SYNCHRO

EL FIN DEL MUNDO DE LAS DROGAS

JMS GUITIÁN

Título original: *Synchro, el fin del mundo de las drogas*

Primera edición: Octubre 2019

www.editorialkolima.com

Autor: JMS Guitián
Dirección editorial: Marta Prieto Asirón
Maquetación de cubierta: Sergio Santos
Maquetación: Carolina Hernández Alarcón

ISBN: 978-84-17566-72-2

Confía en lo que puedas conseguir por ti mismo; pregunta, lee y contrasta; piensa que las ideas de los otros son igual de válidas que las tuyas y, sobre todo, cuando fracases, que fracasarás, aprende.

Para Jaime

ÍNDICE

1. HUMANO

Del latín «humus», que significa tierra, con el sufijo «anus», que indica procedencia de algo. El que proviene de la tierra.

Se llevó el dedo pulgar de la mano izquierda a los labios y mordió la uña, pero sin arrancarla, como un roedor que prueba la dureza de una nuez verde y la abandona; luego se mesó el cabello claro y lacio, y se tiró del lóbulo de su oreja. Todo un conjunto de tics nerviosos que repetía una y otra vez delante de sus dos pantallas de quince pulgadas mientras trabajaba, o cuando se quedaba quieto comprobando los detalles. Eran tres desórdenes nerviosos seguidos con los que el cuerpo se movía repetidamente, rápido y sin control. Morderse las uñas, tocarse el pelo y tirarse de la oreja, algo normal por separado, pero tres tics que juntos se habían convertido en un rasgo de su ser. Este desorden transitorio nervioso afectaba a Julián desde hacía por lo menos dos años, pero ahora se le estaba acentuando. Él apenas se daba cuenta y lo achacaba al estrés cuando se lo comentaba Anthony, su compañero, quien había calculado que la repetición de ese bucle espasmódico alcanzaba ya las cien veces al día.

Apenas faltaba una hora para la prueba y Julián Konks continuaba mirando algunas líneas del código fuente que sería utilizado más tarde. El joven estaba delante de las pantallas de su ordenador trabajando, ahora solo, en una pequeña oficina destartalada y oscura. Cuando tecleaba alguna modificación en forma de letras, números o signos en la pantalla de la izquierda, en la pantalla de la derecha una imagen de su cara, una infografía de su rostro, iba cambiando de expresión. La manifestación de un estado emocional en aquella faz se alteraba influida por unas líneas de texto. Aquella representación gráfica de sí mismo reaccionaba ante los cambios del código programado; desde la desesperación a la risa, pasando por la tristeza, el miedo y la alegría. Julián se pasó la lengua por los labios y miró la puerta en la que colgaba un póster de Rosalía en concierto. Estaba esperando la llegada de Anthony, su socio y amigo.

Anthony Somoza salió de Starbucks con dos vasos sellados por sendas tapitas blancas de plástico que depositó en la cesta delantera de una bicicleta llena de adhesivos. Recorrió las transitadas calles de la ciudad a la hora de salida del trabajo mientras los destellos de un sol amarillento, de atardecer, prolongaban las sombras a su costado sobre el deteriorado pavimento. Montaba evitando las calles de tráfico denso marcado por la hora punta y tomó un callejón para acortar la distancia de media milla que le separaba de su lugar de trabajo.

En una esquina, tras una verja oxidada, ocultos, dos hombres demacrados compartían una jeringuilla de heroína y no levantaron la cabeza cuando el ciclista pasó a pocos metros de ellos. Ni se molestaron en ocultarse; uno procedió a inyectarse el líquido en una piel blanquecina llena de callosidades.

Salió el joven ciclista de la callejuela de acceso a los garajes a una vía principal; en la acera, una mujer vestida con una chaqueta negra cruzada se apoyaba sobre la ventanilla de un vehículo blanco mientras un individuo le entregaba una papelina de cocaína y ella le daba unos billetes de peso mil veces usados.

Anthony continuó su recorrido en bici hasta llegar a la puerta de un edificio de oficinas de aspecto descuidado. Entró con su ciclo cuando una pareja de colorida vestimenta salía del edificio y la chica le enseñaba con disimulo a su pareja un sobrecito de plástico que este reconoció como cristal (metanfetamina) y sonrió. Anthony sujetó su bicicleta a una columna y la aseguró con una gran cadena y un candado de grandes dimensiones.

Julián repitió sus tics, se incorporó y miró el reloj que había en la pared, un viejo reloj publicitario con el logo de Bananas Tech. Había sentido ganas de orinar hacía un buen rato pero había contenido el impulso una y otra vez; no tenía tiempo que perder. Ahora no tenía más remedio que ir. Los servicios de la planta estaban puerta con puerta con el despacho que ocupaban. Entró en el blanquecino y agriamente oloroso lugar regado por una luz de largos tubos fluorescentes; a simple vista no había nadie. Se acomodó en el tercer urinario, se bajó la cremallera y comenzó su micción. A su espalda, en uno de los baños compartimentados escuchó unos ruidos y unas risas de mujer; Julián respondió arqueando las cejas y volviendo la cabeza por encima del hombro. Ahí había una pareja ocultando su pasión.

Escuchó un pequeño gemido de mujer y Julián, con ganas de abandonar el lugar, se dirigió al lavabo para enjuagarse las manos.

¡Clamck!

Un ruido metálico golpeó el suelo y paralizó la estancia. Solo el sonido del agua del grifo permaneció dándole continuidad al momento. Julián dirigió su mirada al suelo de baldosas grandes.

Una pistola había cruzado levemente el umbral de la puerta desde donde unos instantes antes salían las risitas y los murmullos escondidos. Julián cerró el grifo mirando el arma, al tiempo que un zapato deportivo azul de hombre asomaba bajo la puerta y arrastraba con la punta el hierro hacia el interior de la pequeña estancia. Julián salió del lugar negando con la cabeza y regresó a su habitáculo secando sus mojadas manos en sus pantalones tejanos.

Anthony recorría los pasillos de la planta baja llenos de papeles y viejos archivadores con los dos vasos de café en las manos. En su camino se cruzó con dos jóvenes que platicaban apoyados en la pared con unas latas de Pepsi.

–Nos vemos ahorita –les recordó Anthony.

–Cuenta con ello, estamos deseando que nos pongas a prueba –dijo uno y levantó el pulgar.

Anthony entró a la carrera con los dos vasos grandes de Starbucks sellados con las tapas de plástico blancas.

–Tu *caramel macchiato latte.*

Se lo dejó a Julián en la pequeña mesa supletoria, casi arrojándolo sobre una libreta abierta, y se abalanzó sobre su silla roja a la que le faltaba el apoyabrazos derecho; Anthony se lo había quitado para que su extremidad superior colgara e intentar tocar con los dedos la base de ruedas de la silla. Dieciséis horas al día metiendo códigos tienen sus consecuencias en la adquisición de manías y los programadores están llenos de ellas.

–Toma; por culpa de tu puto *caramel macchiato latte* he perdido casi veinte minutos... Estaba hasta arriba de gente; son las siete de la tarde y no te puedes imaginar la cantidad de adictos a esta chingada que estábamos haciendo cola como putos zombis.

–Así son los vicios, güey –Julián repitió su ristra de tics; primero el intento de mordedura de la uña del pulgar, luego deslizó su mano enterrando sus dedos abiertos en el cabello y por último se tiró del lóbulo de la oreja. Miró a Anthony, que estaba colocando su huella dactilar para activar el ordenador y sonrió–. Cuando estás enganchado a algo es lo que tiene... pura droga este caramelo... Por cierto, hace unos instantes en el baño había una pareja cogiendo a la madre.

–No mames...

–Si vas ahora todavía los atrapas en acción, chinga su madre, que sé que eres muy guarro y que te gustan esas cosas –dijo Julián, que agarró el vaso, quitó la tapa y le dio un trago que saboreó restregándose la lengua por los labios; luego lo abandonó sobre la mesa hasta olvidarlo.

Anthony miró a Julián con una sonrisa.

–Estos están aquí en cincuenta y cinco minutos; los he visto en el pasillo esperando y Carlo está a punto de entrar por esa puerta –Anthony ni miró el reloj de la pantalla y activó la conexión–. ¿Lo tienes claro? ¿Crees que es la persona adecuada para esto?

–¿Adecuada? No existe nadie totalmente adecuado para esto. Ni nosotros somos adecuados para esto, pero cuando llegue el momento... lo seremos –repitió la serie de tics con la mirada en las pantallas del ordenador–. En cinco minutos cerramos el programa e imprimimos los chips –seguía observando las líneas de código sin inmutarse y prosiguió–. Chap-in es un lenguaje con muchas posibilidades, pero le falta una buena sintaxis para la conexión con los sensores externos.

Anthony asintió y dijo:

–Tendremos que rehacer los enlaces... No ahora, no mames, pero al colgarlo en la *cloud* los tendremos que rehacer seguro.

Julián puso en marcha la impresora de chips en la que habían invertido todo el dinero que les había prestado su padre, Sebastián Konks. Los Konks eran descendientes de una familia de banqueros de origen judío que habían huido de Alemania antes de la guerra y habían encontrado una nueva vida en México, siempre lugar de acogida. El préstamo había sido de cerca de dos millones de pesos, hacía ya un año, con la promesa incierta de devolvérselos algún día. Menos mal, pensó Julián; ese dinero les había llegado para vivir sin comodidades, para pagar el alquiler de ese lugar y para adquirir la magnífica impresora biotecnológica HP-Bio 11.

Se levantó como un resorte. Anthony Somoza había nacido en Sonora; sus padres eran trabajadores agrícolas en la recogida de lechugas y en la vendimia. Anthony había sido el único de cinco hermanos que había dedicado su tiempo al estudio; los demás seguían trabajando la tierra en las diferentes partes del proceso desde la recolección, el envasado, el almacenaje y la distribución.

Cuando Anthony llegó con Julián a Ciudad de México al término de los cuatro años de universidad, los padres de este les cedieron el espacio situado encima de su garaje para que vivieran y les prestaron dinero para que desarrollaran sus ideas, con la única condición de que se mantuvieran alejados de la casa y de la familia. Los Konks no querían a su hijo friki y a su amigo, «el oscuro», como se referían a Anthony cuando él no estaba presente; su tono de piel y su cabello oscuro les provocaba esa mirada superflua y racista del desprecio a lo diferente. Ambos habían aceptado las condiciones de aquel pacto y apenas se habían cruzado con los padres de Julián un par de veces durante aquel tiempo.

Los dos socios habían concentrado todo su esfuerzo en la consecución de la idea que hoy iban a presentar.

Anthony aguardaba de pie con los dedos entrelazados en la nuca a que la impresora 3D hiciera su trabajo.

–Si el programa no funciona cuéntaselo a los de DARPA, que llevan gastados en este puto lenguaje más de cincuenta millones de dólares.

Anthony sabía que Chap-in era una evolución del Chapel que la Agencia de Investigación de Proyectos Avanzados de Defensa (DARPA) había puesto en marcha hacía más de veinte años para la obtención de un lenguaje de alto rendimiento y la ejecución de algoritmos para súper-ordenadores, aunque ellos estaban manejando la versión *cloud* de Unix con licencia de BSD. Su sintaxis tenía las bases de los lenguajes clásicos C, C++ y Java; también tomaba conceptos de programación científica como Fortran y Matlab, pero su mayor atributo se relacionaba con el procesamiento en paralelo, que venía dado por programas como ZPL.

Julián y Anthony se habían conocido hacía cuatro años en la clase de computación avanzada del profesor Hass en Berkeley. Se habían hecho íntimos amigos después de compartir muchas horas de soledad delante de las pantallas, silencios interrumpidos por el ruido de las teclas y algún exabrupto exasperado cuando las cosas no salían como estaban previstas. Aquel era un habitáculo donde apenas se intercambiaban frases, chascarrillos, palabras malsonantes o algún chiste sin sentido para los que no están en ese mundo tan poco humano de los programadores. A Anthony le gustaba repetir aquel del ascensor que se abre y hay un programador en su interior y le preguntan: «¿sube o baja?», a lo que el programador responde: «Sí». Siempre se reían ante la misma chingada.

Ambos tenían veinticuatro años, ambos habían nacido en el mes de abril; uno cumplía el catorce y el otro el veinte, Aries. Habían utilizado el símbolo del carnero, la del signo zodiacal, como imagen de su empresa: Synchro.

Julián esperó a que los datos se cargaran y seleccionó la impresora, y sin pensárselo apretó el botón «ejecutar» para imprimir las bolitas negras programadas. Durante unos segundos se transmitieron los archivos; a continuación, se activó la máquina. Anthony continuaba haciendo guardia frente a la bio-impresora 3D que ya emitía luces verdes intermitentes.

–¿Cuántas? –preguntó Anthony Somoza.

–Cinco, creo que cinco son suficientes –respondió Julián repitiendo sus tics. Estiró las piernas y se puso de pie–. Esto ya está.

–¿Y Carlo?

–Debe estar a punto de llegar; le dije a las siete y media. Prefiero que en el centro haya poca gente. El revuelo no nos viene bien.

–Todo el mundo habla.

Julián se acercó a la ventana que daba a un patio interior. Sin duda, pensó, aquel era el peor de los despachos de Mex-Tec; también había sido el más barato que encontraron. Aquellos veinte metros cuadrados costaban cerca de trece mil pesos al mes, y porque le habían caído bien al encargado del centro y nadie quería aquel agujero, más propio de un almacén que de una empresa tecnológica.

–Anthony, tengo una profecía que hacer.

–Dime, Nostradamus; por ahora has acertado con todas tus chingues profecías.

Julián seguía mirando al patio interior.

–Algún día Synchro nos hará muy ricos y habrá mucha gente que nos intentará separar; divide y vencerás, recuerda.

–Técnicamente hablando son dos profecías, la de que vamos a ser ricos y la de que van a intentar separarnos –Anthony seguía mirando la impresora.

Un hombre completamente calvo y una joven y atractiva rubia se recomponían delante del espejo después de su escarceo en los servicios de caballeros de la planta.

–¿Cuándo me vas a decir algo del inversor? –preguntó ella.

–Pronto, dame un par de semanas más –él sacó el arma de su funda y la revisó.

–Un día esa mierda te va a dar un disgusto.

–Esta mierda no está cargada, pero es muy disuasoria.

Un joven con camiseta blanca entró en el servicio, se paró sorprendido en la puerta, vio a la pareja, pero lo que atrajo su atención fue el arma que el hombre calvo tenía en la mano. Dio media vuelta y se fue.

–Lo ves, es muy disuasoria –dijo el hombre de zapatos deportivos azules mirándose al espejo.

Ella sacó del bolso una papelina de cocaína, echó un poco sobre una plaquita de metal y con la ayuda de un tubito del mismo material hizo dos rayas blancas.

El hombre se enfundó el arma en la cartuchera de la cintura.

–Ahora tengo la presentación de los dos frikis de Synchro aquí –el hombre señaló con la barbilla al frente y posó frente al espejo con una sonrisa irónica.

–La gente del edificio comenta que es padrísimo.

–Todo el mundo cree que lo que hace es lo mejor del mundo.

–No sé, pero la gente platica –dijo la joven rubia. Se agachó y esnifó su raya de cocaína.

–Mi querida Ana, el mundo del dinero solo quiere dinero; las buenas ideas importan una mierda –el hombre acercó su rostro al lavabo y tomó el tubito metálico, se lo introdujo en la nariz y aspiró con fuerza siguiendo la línea de polvo.

Cuando salieron al pasillo cada uno se fue por su lado, sin saludos, ni besos, sin despedidas. El hombre se quedó mirando el culo de la joven cuando se estaba alejando. Ella no se volvió.

Anthony retiró con delicadeza la bandeja con los cinco microchips recubiertos de una capa de gelatina negra. Eran bolitas negras de apenas el tamaño de un garbanzo.

Alguien golpeó la puerta pidiendo permiso de entrada. Carlo asomó su cabeza rapada resplandeciente.

–Hola, chicos... ¿Se puede?

Carlo Stamas era un abogado de cuarenta años que frecuentaba el centro en busca de clientes a los que ayudar con sus servicios de patentes, asesoramiento y búsqueda de inversores. Un tipo conocido en el centro como «el conseguidor del diez por ciento». Su cuerpo musculoso y su cabeza rapada le conferían un aire de entrenador personal.

–Gracias por venir, güey –dijo Anthony acercándole la bandeja con las cinco bolitas.

–Esta es vuestra mierda.

Julián se rió desde la ventana.

–Esa mierda nos va a hacer ricos y tú vas a dejar de ser un abogaducho de tres al cuarto para convertirte en un primer espada de las patentes mundiales. Gracias a esta mierda te vas a pasar el día en el gimnasio quemando toxinas y cogiéndote a mujeres desesperadas.

La fama de mujeriego de Carlo Stamas era conocida en todo el edificio y además a él le gustaba presumir de su capacidad con las chicas. Julián miró sus pies; tenía las zapatillas deportivas azules que había visto hacía un rato empujando un arma en los servicios.

–Hijo, eso me lo dicen todos los días jóvenes como vosotros que sueñan con el vellocino de oro.

Anthony miró el logotipo impreso en la pared, el símbolo de un carnero, Aries, el vellocino de oro que buscaron Jasón y los argonautas.

Carlo se sentó en la silla desocupada de Anthony y estiró los brazos. En el costado, con la chaqueta abierta se divisaba un arma en su cintura que no pasó inadvertida a los dos jóvenes. Los miró con una sonrisa:

–Tengo permiso, no os preocupéis; he tenido un día complicado y mirad la hora que es. Contadme; tengo una cita con una chica diez en el Old Boat de Santa Fe, un bombón –luego se quedó mirando el hueco del apoyabrazos que faltaba en la silla pero no dijo nada.

Julián se fue acercando poco a poco a Anthony, que se había parado con la bandeja a escasos metros de Carlo, y tomó una bolita negra entre sus dedos.

–En unos minutos entrarán por esa puerta cuatro personas. Son amigos de este lugar, voluntarios; algunos los conoces del centro. Ellos serán nuestras cobayas...

Carlo Stamas se rascó la cabeza y levantó una ceja en actitud condescendiente.

–Espero que os hayan firmado un contrato; mira que si los envenenáis con eso –señaló la bandeja con las píldoras negras–. No quiero líos.

–Son completamente inocuas, no tienen ningún compuesto peligroso. Es biotecnología. Tienen un efecto de unas dos horas, luego el microchip se suelta y el cuerpo lo expulsa por vía anal; compuestos orgánicos biodegradables y perfectamente desechables por el organismo. Es gelatina –Julián miró desafiante a Carlo–. Te hemos pedido que vengas para que nos ayudes con la financiación; vamos a necesitar cuatrocientos millones de dólares para hacer el siguiente movimiento.

–¿Cuatrocientos millones de dólares, más de siete billones y medio de chingones pesos? ¿Estáis locos? –Carlo se puso en pie con intención de ir a la puerta. Se intentó apoyar en el reposabrazos inexistente–. Mierda... Mirad, chavos, nunca en la historia de las *start-ups* han dado cuatrocientos millones de dólares a dos pendejos, por muy tecnología punta que sea la vuestra. No quiero perder el tiempo ni hacéroslo perder a vosotros. No tenía que haber venido.

Anthony fue a cortarle el paso.

–Por favor, escúchanos y luego te vas.

Carlo se aflojó la corbata; ya estaba ahí y no tenía nada que perder.

–Sabéis lo que es un «*elevator pitch*»; tenéis un minuto para contarme esto y luego me voy con una tía que está ansiosa de enseñarme los placeres de la vida. Estoy cansado. A ver ¿para qué queréis cuatrocientos pinches millones de dólares? –se llevó la mano a la boca–. Disculpad que me ría.

Julián no se había movido del sitio y continuó su discurso.

–Como te decía, dentro de unos minutos llegarán aquí cuatro personas, se tomarán estos microchips de Synchro y un minuto más tarde desde mi ordenador les haré llegar una frecuencia de radio de dos con cinco gigahercios, como el *bluetooth* para que nos entiendas, y de esta manera les provocaremos emociones a nuestro gusto.

–¿Me dices que habéis desarrollado una tecnología y que con una puta bolita podéis cambiar las emociones de las personas, verdad?

–Es una manera de decirlo, pero sí, podemos simplificarlo. Mira, durante un espacio de tiempo ese chip, esta bolita negra, se engancha como una garrapata a una neurona; esta se convierte en un centro de transmisión amplificado y enlaza con el sistema neuronal del individuo, contacta con el cerebro, emite pequeños códigos eléctricos y modifica sus emociones, pero de una manera programada. Nos gusta decir que hemos inventado un nuevo tipo de droga sin química, sin efectos secundarios, y que puedes controlar con tu teléfono móvil a través de una App. Sencillo. Una droga capaz de modificar y controlar el sentimiento humano.

Carlo miraba a Julián con absoluta extrañeza.

–¡Pero qué locura! ¿Y funciona?

–Totalmente.

Julián sabía que la palabra «totalmente» le servía para cerrar dudas: la gente necesita verdades absolutas y palabras absolutas en un mundo relativo como este. Carlo se quedó a ver el resultado y se olvidó completamente de su cita.

Sonó un golpeo educado en la puerta y entraron cuatro personas; dos de ellas eran los jóvenes de las camisetas blancas que seguían con sus latas de Pepsi en la mano.

Era un ataúd blanco y pequeño, más pequeño de lo que ella jamás hubiera imaginado para su hijo Lucas de diez años, que había muerto de leucemia y ahora tocaba enterrarlo. Cristina estaba petrificada observando el ataúd, obsesionada con las reducidas dimensiones de la caja; deseaba abalanzarse, abrirlo y comprobar una vez más que su Lucas cabía en un lugar tan pequeño.

La muerte de un niño deja sin respuesta a los que se empeñan en buscar significados a la vida. Cristina se había perdido en los dos últimos días en una espesa niebla, sus ojos azules se habían oscurecido, su pelo rubio se había tiznado de reflejos blancos y se apelmazaba en una coleta tensa y descentrada; a sus treinta años había sumado cien de un solo golpe. Niebla. Todavía sentía el brazo débil del niño con la AML de peor pronóstico apoyado sobre su palma.

Lucas empezó con fatigas, pérdida de peso, infecciones frecuentes, sangrado y hematomas que aparecían con facilidad, y para salvarle se le había aplicado quimioterapia, seguida de radioterapia y trasplante de células madre. Todo sin resultado. Él había sido en la estadística ese uno por ciento que no se salva. Ese maldito uno que toda estadística de éxito tiene con su noventa y nueve por ciento.

Alrededor, vestidos de oscuro, con gafas oscuras y cabezas caídas, amigos, algún familiar, y compañeros de la brigada de estupefacientes del Departamento de Policía de Ciudad de México.

El motor de la pequeña grúa comenzó a sonar; el ataúd lacado bajaba despacio el metro y medio excavado. Ese era el espacio que separaba la caja de la superficie y del aire para convertirse en ese algo que acompaña el interior aterciopelado y mullido del descanso de los muertos *per secula seculorum*. Restos de alguien que una vez vivió, respiró, sonrió... enfermó y... Cristina levantó la mirada y vio que su compañero, Álvaro Guzmán, con chaqueta y corbata negra, apretaba los puños y escapaba la mirada del agujero que se estaba ocupando. Levantó la vista al azul del cielo. Ella lo siguió en su huida al alza y se sintió más reconfortada al sentir en su rostro un rayo de sol que la deslumbró pese a las gafas polarizadas. La niebla volvería en unos minutos.

Bajó la mirada al frente y ahí estaba otra vez Guzmán intentando construir una sonrisa que le dijera a Cristina que de esto se sale; decirle a una madre que ha perdido a su hijo tras una batalla de dos años que hay esperanza... Imposible. No le salió la sonrisa y ambos volvieron sus miradas al ataúd blanco que había tocado fondo.

Luego vendrían las flores arrojadas al foso, la tierra derramada a palazos en la sepultura y los terribles abrazos rotos uno detrás de otro. Una sesión de llanto que condensaba las lágrimas creando una niebla espesa y salada como la que ya había vivido dos años antes, cuando sus lacrimales se habían abierto de par en par para despedir a su compañera Laura «casi en el mismo momento en que descubrieron el cáncer de Lucas», recordó la inspectora.

Cristina Herrera estaba de nuevo en la niebla que genera la ausencia de un hijo y otra vez se acordó de su amiga y compañera, Laura, que estaba enterrada cerca. «Laura, por Dios, cuida de Lucas; ahora que estáis juntos, cuida de él». Se agarró a este pensamiento mientras pasaba por el trámite de los abrazos perdidos y los «sentimos la pérdida». A Laura Almillar la había conocido en la Escuela de Policía en el Desierto de los Leones donde cada mañana entrenaban y estudiaban para sacarse el diploma de policía en las veintiuna semanas reglamentarias que duraba el curso. Había tenido que dejar al niño con las vecinas; las dos habían trabajado de camareras en Tapitas. Laura había sido la única amiga, lo demás era su hijo Lucas. Tras muchas horas de vigilar el tráfico les llegó la oportunidad y la aprovecharon, Cristina en Narcóticos y Laura en la Brigada Criminal.

Había sido el último fin de semana de septiembre; Cristina lo recordaba bien porque había sido el día después del cumpleaños de Lucas. Ella había estado con Albi, un pastor alemán muy cariñoso del que no se separaba; le llamaba «mi novio». Al día siguiente, en un asalto rutinario, sin complicaciones, Laura estaba entrando con la protección de su chaleco antibalas por la puerta del jardín de una casa donde se había identificado a un sospechoso de asesinato, un arquitecto que supuestamente había matado a su secretaria. Pero en la entrada les esperaba una deflagración que hizo añicos la cristalera ante sus ojos. Una bomba programada para acabar con la vida de los policías. En el asalto su cuerpo cayó acribillado a cristalazos en la piscina. El arquitecto se había suicidado una hora antes, dejando esa sorpresa para aumentar el rencor de su recuerdo.

Laura había muerto al instante, recordó; fue Lucas el que se acordó del perro Albi, pero cuando ella fue a buscarlo a su casa el animal había desaparecido. Cristina siempre pensó que un vecino se lo había llevado.

Laura estaba enterrada cerca de Lucas, pensó Cristina, junto a los tres abetos del fondo. «Laura, a ti te conoce Lucas; ahora está solo, pero si te ve estará tranquilo. Laura, sé su madre durante este tiempo; es un buen chico, lo conoces, algo revoltoso y despistado pero un buen chico. Todo tuyo».

–Hola, Cristina; siento lo de tu hijo.

Cristina se despertó de su ensueño. El que tenía delante era el felón de Alex.

–¿Qué haces aquí? –Cristina levantó la voz–. ¿Has venido al entierro de tu hijo? Diez años ignorándolo y ahora... vienes a conocerlo. Llegas tarde –levantó la mano con la intención de descargarla con la fuerza que le quedaba–. ¡Hijo de la chingada!

Alex tragó saliva dispuesto a recibir el golpe:

–Solo quería ofrecerte mis condolencias. Quiero decirte que lo siento.

Guzmán se situó junto a Cristina; la sujetó por los hombros con ánimo de calmarla y miró a Alex. Estaban los tres solos.

–Será mejor que se vaya, no es un buen momento para sorpresas.

Alex se giró y se fue andando despacio y cabizbajo. Cristina se quedó sola con la compañía de Guzmán; el espíritu del pasado se alejaba.

Empezó a llorar con rabia.

–Ya está, cálmate, ya está.

–Estoy calmada, pero es que el muy puto... Desapareció de mi vida hace diez años cuando se enteró de que estaba embarazada y aparece ahora. Hoy, el día que enterramos a Lucas, cuando no se molestó ni un solo día en conocer a su hijo y no sabíamos nada de él, se planta aquí para decirme que lo siente. He estado siendo una madre soltera todo este tiempo e inventando una historia de mi vida para un niño que ya no está y que me preguntaba sobre su padre... El pinche cabrón se planta aquí...

Álvaro Guzmán no tenía palabras para un desconsuelo así, solo un abrazo calmado.

–Todo un hijo de la chingada profesional... Vámonos.

Con la ayuda de un volquete los hombres cubrían con tierra el ataúd blanco que apenas se intuía.

–Me he quedado sola, Álvaro.

Cristina se intentó recomponer pasándose las manos por el rostro. No se había puesto rímel en los ojos porque sabía que su cara se embadurnaría de negro. Estaban rojos y húmedos. Guzmán le dio espacio.

–Tengo el carro ahí. Te llevo.

–Prefiero quedarme un poco más –señaló con el dedo un grupo de árboles–; quiero visitar a Laura, tengo que pedirle un favor.

–Es cierto; la inspectora Almillar está en este cementerio. Lo siento.

Comenzó a andar; Guzmán se quedó mirándola y ella se dio la vuelta y dijo:

–Gracias Álvaro, luego iré a la Central. Prefiero pasar el trago cuanto antes. Lo que me queda, que no es mucho, está allí.

–No tienes que hacerlo. Tómate unos días.

–Prefiero ir... y no estar todo el día pensando. Ha sido un año muy largo y ...

–Muy malo... –terminó la frase el policía de pelo blanco–. Ya estamos en noviembre.

–A mí me han robado el mes de octubre.

–Cuando vayas a la Central te acompaño a poner una denuncia por el robo de un mes. Octubre es un mes importante.

Cristina esbozó una sonrisa. Álvaro Guzmán la dejó mientras ella se introducía en la niebla; él se acercó a su automóvil y se fue.

El lugar quedó en silencio cuando los dos hombres que habían estado enterrando al niño se alejaron en un carrito eléctrico como si de un campo de golf se tratase.

En la distancia, oculta, camuflada tras un panteón marmóreo alguien se secaba las lágrimas. Había estado observando a Cristina durante el rito del enterramiento en la distancia. No podía acercarse; muchos la hubieran reconocido y ella estaba muerta.

Cuando iba en su vehículo dudó si ir directamente a casa; quería ducharse o hacer una parada en Fumadera para comprar marihuana. «¿Estará ya abierto?», pensó Guzmán. Eran las once de la mañana y había quedado a las tres de la tarde en la Central para el turno de tarde; tenía cuatro horas y nada de hambre. Subió el volumen de la radio.

...quiero que sepas que tus disparos
no me van a separar de ti,
no vas a poder con mi corazón,
la muerte no es una opción.
Quiero que sepas que tus palabras
me están matando de verdad...

El Prius híbrido del 19 tomó el anillo periférico y salió por la Río Becerra.

Paró en una de las plazas reservadas para clientes de la tienda verde, Fumadera, dos círculos verdes con puntos en el centro. Con este nombre tan disruptivo había abierto diez años atrás para la dispensa de hierba. El letrero estaba encendido y las reservas de cannabis de Álvaro estaban bajo mínimos, y hoy necesitaría ración doble para dormir. La ley permitía una onza de cannabis al día, pero Gaby, el dueño de Fumadera –quizá el último de los hippies de la ciudad y un viejo creyente del *flower power*–, se las vendía a Álvaro en paquetes de cien gramos. Esta semana había sido muy agitada; le hacía falta.

–Hao Álvaro –Gaby levantó la palma de su mano a modo de saludo indio; siempre lo hacía. Su pelo largo contrastaba con la incipiente calva que iba alargando una frente solo cubierta por una bandana de camuflaje desgastada.

El olor a la marihuana inundaba el espacio. Estanterías con cremas, líquidos, galletas, palomitas de maíz, caramelos y barritas energéticas con llamativos carteles sobre el condimento principal en sus tres variedades: sativa, índica y ruderalis.

–Hao Gaby –Guzmán imitó el saludo del encargado.

–Vienes muy temprano, estoy abriendo ahora mismo. ¿Lo de siempre? –Gaby se quedó observándolo–. Parece que vienes de un entierro.

–Sí, de un niño de diez años, hijo de una compañera; leucemia, una putada.

–Terrible...

–Sí... –Guzmán se quedó unos segundos mirando al suelo, como si en el suelo se hubiera abierto un agujero profundo y viera el ataúd blanco saliendo a la superficie–. Dame algo fuerte.

–No tengo algo tan fuerte como lo que tú necesitas, pero llévate diez onzas de índico; me acaba de llegar de una granja cercana a Guadalajara. Dicen que esta hierba es muy pero que muy relajante; tiene un ciclo de floración de siete semanas y esta está recién cortada.

–¿Sedante?

–Sí, narcótica, y es muy afrutada y con final a madera. Si fuera vino sería un tipo syrah.

Guzmán sonrió:

–Gaby, eres el mejor vendiendo esta mierda en el mundo. Siempre que vengo tengo la sensación de que estoy en una cata de vinos en el valle de Guadalupe. A mí ese humo me sabe todo igual. Lo siento –Guzmán sacó la tarjeta de crédito y entonces se dio cuenta de que no podía pagar con ella.

–Ya sabes que el cannabis no se pude pagar si no es al contado por una ley federal obsoleta... Tú eres policía, cambia las leyes.

–Yo hago cumplir la ley, pero lo justo, y no hago las leyes; si por mi fuera no habría más que una ley: no le toques los huevos a nadie y prohibido que mueran niños. Bueno, son dos leyes... –Álvaro sacó una tarjeta de policía con su nombre y teléfono y se la puso encima de la mesa–. Ponla en la cuenta, mañana me paso, te pago y te comento si esa mierda estaba afrutada. Y si no vengo llama para que me detengan por robo. ¡Hao!

Cogió el paquete y se fue. Gaby tomó la tarjeta y la puso al lado de la caja registradora a modo de talismán.

Cuando llegó a su vehículo estuvo tentado de hacerse un pitillo e ir fumando a casa; era lo que realmente deseaba. Un coche patrulla pasó a su lado y durante unos instantes el agente le mantuvo la mirada escrutándolo, de auto a auto; estaba delante de Fumadera y eso le hacía sospechoso. Guzmán siempre había rozado lo conflictivo, era un *outsider* en la brigada y a los cincuenta años no estaba dispuesto a cambiar; pero hoy no se metería en problemas desafiando a un compañero uniformado. El coche patrulla continuó despacio su camino, vigilante. Giró la llave y el motor del auto híbrido se puso en marcha. Se lo fumaría en casa y se relajaría un rato antes de volver al trabajo. Desde que se había separado la casa estaba tranquila, pensó.

Un camión de mudanzas de Álamo le impedía entrar en su plaza de aparcamiento; alguien se estaba mudando al apartamento que estaba puerta con puerta con el suyo. La plaza contigua a la suya estaba ocupada por un BMW X-15 auto pilotado, de un rojo apagado, elegante. Guzmán se imaginó a un hombre de cuarenta del negocio del cine; uno que también se está separando, seguro. El apartamento 17 llevaba vacío tres meses desde que el viejo Roberto había tirado todos sus trastos y había decidido volver a Mérida. «Álvaro, DF no es lugar para viejos» le había dicho en cierta ocasión.

Guzmán dio la vuelta por el callejón y encontró un hueco a dos calles; caminó distraído y abrió el paquete de cannabis. Lió un cigarro con la habilidad del conocedor, lo encendió y dio una bocanada de aire a la hierba incandescente.

Cruzó la calle sin mirar a los lados; un automóvil frenó bruscamente a centímetros de su costado,

–¡Mierda! –Álvaro, asustado, había dejado caer el paquete y el cigarro humeante de marihuana al suelo.

Dentro del vehículo, un hombre de complexión robusta al volante y una chica rubia muy atractiva a su lado miraban sobresaltados al intruso que se había cruzado de improviso en su camino. Carlo Stamas conducía abstraído con una mano en la pierna de Ana Riccoli cuando se topó con Guzmán en medio de la calle.

Guzmán se agachó y tomó del suelo su paquete y el cigarro, al que le dio una larga bocanada. La pareja del automóvil lo miró asombrada.

–¡Drogadicto de mierda! –se escuchó a través del cristal que decía el conductor de calva afeitada y brillante.

Guzmán contestó abriéndose la chaqueta y enseñando el arma que descansaba sobre su costado. La reacción del hombre al volante con la camisa blanca fue mostrar otra pistola contra el cristal de su parabrisas. Guzmán reaccionó con violencia al desafío y desenfundó; con la culata de hierro reventó el cristal de la ventana lateral y ante la sorpresa de Stamas le arrebató el arma y la arrojó junto a la rueda trasera.

La mujer comenzó a gritar y los dos hombres entablaron una singular rencilla para abrir y cerrar la puerta del conductor; Guzmán logró abrirla y sacó al hombre del automóvil tirando de él. Carlo cayó al suelo a pesar de su corpulencia; Guzmán le puso las esposas con habilidad y comenzó a registrarlo. La chica los miró asustada. El policía no había pronunciado palabra y su interlocutor estaba respirando aceleradamente mirando a los lados sin entender. Una pareja de ancianos observaba la detención desde una ventana.

–Soy abogado; que sepa que esto le va a costar caro –dijo Carlo Stamas boca abajo sobre el suelo mientras Guzmán registraba sus bolsillos.

El policía tenía en la mano dos bolsitas de cocaína que rasgó con los dedos y vació sobre la calle con detenimiento.

–¡Órale, güey!, ¡pinche cabrón!... –Carlo lo miraba con rabia.

Guzmán desvió la vista al interior del vehículo y vio que la chica rubia tenía una caja en la mano; era negra con un logotipo que parecía una señal wifi con cuernos de carnero: Synchro.

El inspector se incorporó, se acercó a la joven, le arrebató la caja y la abrió. En su interior encontró una docena de bolitas negras del tamaño de una píldora.

–¿Qué mierda es esto? –exclamó señalando la caja con las bolitas.

–Eso a ti no te importa, cabrón –dijo ella.

Guzmán miró a los lados; un grupo de personas observaba desde las esquinas y dos autos esperaban impacientes. Ayudó a levantarse al hombre esposado.

–Amigo, voy a una comida con mi chica y me acabas de joder –Carlo se miraba su camisa sucia–. Sabes que no puedes detenerme de esta manera... Y esto es, definitivamente, brutalidad policial... Me dejas ir, te dejo ir, ¿trato?

El policía miró el cigarro y el paquete de cannabis que reposaban en el suelo pavimentado; evaluó la situación. El hombre estaba en lo correcto; eso iba a ser un problema para él de papeles y explicaciones toda la tarde. Le quitó las esposas y Carlo se agachó a por su arma y se metió en el vehículo.

–Cabrón –murmuró la bellísima mujer.

Guzmán dejó caer las bolitas negras de la caja y tiró también el cigarro de marihuana, los pisó en un extraño revoltijo negro humeante; luego subió a su apartamento por la recién pintada escalera principal.

En el descansillo de su casa, un joven sudado y en pantalón corto cargaba con dos sillas de madera con la etiqueta de Cisco Home colgando estaba de pie en el umbral de la puerta a la espera de instrucciones. En el interior se oyó una voz de mujer:

–Esas depositelas junto a la mesa.

Cuando Guzmán estaba metiendo la llave en la cerradura la voz que daba órdenes se dirigió a él; estaba a un metro de distancia:

–Hola, soy Gloria Altolaza, la nueva vecina. Tú debes ser Álvaro, el policía; me lo ha dicho Margarita, la *manager* –la mujer le tendió la mano.

Guzmán estrechó la mano de Gloria Altolaza. Sobre los cuarenta, pensó. Llevaba puesta una camiseta gris caída de un hombro y unos *leggins* negros con el dibujo de una calavera en un costado.

–Soy Álvaro Guzmán... bienvenida. Sin duda Margarita es la mayor comadre de este vecindario. Cuidado con ella, lo de policía lo dice para dar seguridad y alquilarlo mejor.

–Conmigo ha funcionado; tendrían que descontártelo del alquiler, un plus. Deberían poner un letrero: en el edificio vive un policía –Gloria se quedó mirando el paquete de cannabis que su interlocutor llevaba en la mano–. Yo aquí voy a estar muy segura.

–No sé si eso es bueno. Ahora, si me disculpas –Álvaro abrió la puerta–. Si necesitas algo aquí me tienes.

–Sí, estoy casi segura de que algo necesitaré, gracias –dijo Gloria en tono burlón.

Guzmán cerró la puerta y arrojó el paquete sobre la mesa de la entrada, se quitó la chaqueta negra y se aflojó la corbata también negra. El rostro de aquella mujer le resultaba familiar. Agarró una papelina y abrió el paquete de marihuana que acababa de comprar con un olor intenso que le hizo elevar el rostro para no embriagarse. Con destreza lió otro cigarro; el anterior apenas lo había disfrutado. Lo encendió con un mechero Zippo; una llamarada alta y verde primero y luego el incandescente crepitar de la hierba seca envuelta en el fino papel, humo blanco. Era como un alcohólico que traga y no saborea. Le dio la primera calada al cigarro y luego se sentó en el sofá de tela azul. El humo residual salió por sus fosas nasales.

Al otro lado de la puerta escuchaba a Gloria Altolaza dando indicaciones:

–Más a la derecha... cuidado, cuidado... Sigue, despacio... despacio.

«Buzz... buzz... buzz».

El teléfono móvil vibraba en el interior de la chaqueta que estaba a su lado.

–Mierda.

«Buzz... buzz... buzz».

Lo rebuscó y contestó.

–¿Sí? –seco.

–Hola, papá... Hola... soy Rita.

–Hola hija.

–¿Te pillo en mal momento?

–No, estoy en casa, descansando. Tengo turno de tarde esta semana; ya sabes, cuando entro a las tres y salgo a las doce, si no pasa nada. Lo de siempre. ¿Cómo estás tú?

–Yo bien... En realidad me ha pedido mamá que te llame... Ella quiere que te cuente que... Mira, papá, he decidido dedicarme a ser *youtuber*... Y el año que viene no voy a continuar en la universidad.

Guzmán estaba en silencio.

–Papá... ¿estás ahí?

–Sí, claro...

–Mira, este año ha sido genial. Braulio y yo hemos subido contenido a más de setecientos mil *followers*... Y si le dedicamos todo nuestro potencial podemos alcanzar más de un millón de *followers* en tres meses, ¿no te parece una pasada? Pero hay que dedicarle tiempo, y viajar y... ya sabes. Braulio y yo estamos a tope con la *power house*; queremos alquilar un lugar muy chulo en Guadalajara; Braulio es de allá... Te va a gustar. Dime qué piensas.

–¿Quién es Braulio?

–Braulio es mi chico; lo conocí en el campus, en una fiesta de fraternidades. Es un poco mayor que yo; él termina este año Ingeniería de Materiales. A mamá le parece padrísimo.

Guzmán miró el cigarro humeante e intentó calcular cuánto tiempo había pasado desde la última vez que había hablado con su hija Rita. Él la había llamado hacía dos meses y no habían pasado más allá de un «te quiero», un «a ver si nos vemos» y poco más. Ahora su hija le estaba llamando para contarle a borbotones que tenía novio, que iba a abandonar la universidad después del esfuerzo que había hecho para entrar, que se iba a vivir a Guadalajara con su novio Braulio y que se iba a ganar la vida como *youtuber*. Lo único que se le ocurrió decir es lo que dicen todos los padres:

–Solo tienes dieciocho años.

–Tengo diecinueve, papá.

–Pues solo tienes diecinueve años... Me estás dando todo por hecho. ¿Qué quieres que te diga, Rita?

–Papá, no quiero que me digas nada, solo quiero contarte las decisiones que estoy tomando. Estoy tomando estas decisiones por mí misma, soy una mujer adulta y...

–¿Qué ha dicho tu madre?

–Ella ha dicho que te lo cuente a ti.

–Tu madre siempre echando balones fuera; típico de ella.

–Soy mayor de edad y económicamente independiente.

–Lo sé, y si eres tan tozuda como yo, la decisión está tomada.

Guzmán aspiró una calada intensa del cigarro que llevaba un buen rato contemplando.

–Papá, tú siempre me has dicho que hay que ser valiente. Braulio es un buen chico y le quiero.

–Rita, cuando uno está enamorado todas las personas nos parecen buena gente.

–Ya verás qué buena pareja hacemos en cámara, nos compenetramos bien y los temas de los que platicamos son tecnología, móviles, Apps... A la gente les encanta. Estamos consiguiendo patrocinios, nos va guay.

–O sea, que tengo una hija *youtuber*.

–Sí, tu hija Rita Guzmán es la bomba y una *youtuber* de primera.

–¿Y os pagan por hacer eso?

–Nos pagan y muy bien.

–¿Y lo de irte a Guadalajara?

–Es solo a una horita en avión.

–¿En avión?

–Prometo que vendré mucho a veros a mamá y a ti, ¿OK?

Álvaro tomó otra calada y dejó salir por su boca el humo blanco.

–¿Estás fumando? –le interrogó su hija.

–Sí, pero yo también soy mayor de edad para darte explicaciones.

–Bueno, no te voy a dar un discurso sobre eso, ya eres mayorcito. Te dejo, estoy en plena mudanza... Te quiero, besos.

–Yo también te...

La comunicación se había cortado. Álvaro tomó el cigarro, lo aspiró con fuerza y lanzó el humo al frente. Se levantó y se dirigió a la mesa donde tenía el portátil. Entró en YouTube y tecleó el nombre de su hija: Rita Guzmán.

Platicaba Rita mientras sujetaba la cámara con destreza con la mano derecha como una *vlogger* con mucha experiencia; «*hola cosmopolitas del mundo, la vida fácil con...*». Todo en ella era excitación y risas. La cámara se movió y apareció en plano Braulio, un joven delgado que también sonreía, de tez pálida y con un gorro blanco un tanto navideño y que le hacía parecer más blanquecino y un tanto enfermizo; «a mi hija siempre le han ido los débiles», pensó Álvaro. «*...Braulio y Rita en la vida fácil; aquí estamos emitiendo desde el restaurante más orgánico del planeta...*». Rita se enfocó a sí misma, «*...el Tocaya de Los Morelos, un sitio padrísimo para vuestros mejores momentos...*». Rita se reía y amplió el plano para que se viera el local y a los dos juntos; de fondo se veían mesas con gente comiendo y una camarera que llegaba con unas ensaladas y dos bebidas verdes a la mesa donde estaban. Rita siguió hablando: «*queridos todos, ya está aquí la comida, dos ensaladas thai y dos vasos de kombucha y ginger... sano, sano...*». Rita tomó un trago y Braulio aprovechó para mover la cámara. «*Hola, soy Braulio, y no hemos venido aquí a comer; hoy queremos enseñaros la aplicación...*». Rita volvió a intervenir interrumpiendo a Braulio: «*eso, hoy vamos a enseñaros una nueva aplicación para el móvil... es Foodoos*». Rita tomó el móvil de la mesa y lo mostró con el anagrama de la F y dos O grandes. Braulio dijo: «*os va a ayudar a perder peso y a comer cosas sanas y de ricos sa-*

bores». Rita: «*...eso, con Foodoos... a comer bien cada día*». Braulio: «*Rita, Rita, no me interrumpas; Rita, déjame que explique...*». Rita continuaba riéndose.

Guzmán sabía que su hija no tomaba drogas, pero en aquella secuencia parecía que iba hasta arriba de cocaína. «*Braulio, Braulio eres un muermo y yo soy más rápida y divertida que tú. ¿Eh, chicos?... Descargad vuestra aplicación de Foodoos y a divertirse comiendo. Solo le dices lo que quieres gastar y lo que quieres comer y la aplicación se encarga de todo...*». Rita se había apoderado del plano. «*Y no olvidéis que Foodoos es una App gratuita*». Rita: «*eso y que tu primer pedido es gratis los diez primeros dólares. Aquí estamos disfrutando, la vida fácil de Rita y Braulio*». Braulio metió la cabeza casi rozando con la nariz el objetivo: «*¡Oye tú! esto se llama la vida fácil de Braulio y Rita; si uno se descuida le cambian el nombre*». Parecía molesto. Rita seguía en primer plano riéndose mientras Braulio en segundo término estaba escribiendo algo en una libreta y poniendo la mano delante cuando la cámara se acercaba. «*Corta*» dijo. Lo único que se escuchó al final fue «*jódete*» dicho por Braulio y el vídeo se terminó. Miró el número de vistas del vídeo, casi un millón; el vídeo tenía apenas cinco meses. El mundo se ha vuelto loco, pensó.

Guzmán cerró la tapa del ordenador portátil, pegó la última calada al cigarro de cannabis y se fue a la ducha.

El hombre con mono naranja y chaleco antibalas daba pasos cortos, los que le permitían los grilletes que inmovilizaban sus manos y sus pies. Aldo Ríos, enjuto y esbelto, a sus cincuenta años era el nuevo trofeo de guerra que se podía exhibir contra los cárteles de la droga, un enemigo público detenido, y su deportación requería todas las medidas de seguridad de un preso de alto riesgo. Escoltado por seis agentes de la DEA, Aldo cojeaba levemente. Estaba resentido de un disparo en el gemelo, su última cicatriz. Andaba los cien metros de la pista de cemento camino del avión que lo trasladaría a la prisión de Florence, Colorado, la ADX, a su módulo de máxima seguridad a la espera de ser juzgado por narcotráfico. A lo largo del perímetro del hangar más de un centenar de policías mexicanos custodiaban la entrega del detenido. Aldo tenía la mirada puesta en sus pasos cortos, concentrado en no caerse. Los agentes colocaban una mano sobre el sujeto para tenerla de referencia y dirigían sus miradas a todos los puntos del perímetro con la tensión del que se ve observado. La rampa trasera del avión militar los aguardaba abierta; Aldo subió el escalón sintiendo el dolor en su pierna, pisó el acero inclinado de la entrada y miró a los lados a sabiendas de que lo estarían observando. Inmóvil como estaba le hubiera gustado levantar el brazo y hacer el gesto de la victoria con los dedos. Un empujón le hizo avanzar al interior de la nave.

–Que tengas un buen viaje, Aldo –murmuró Juno Coentrao mientras observaba desde una azotea situada fuera del perímetro de seguridad el traslado de Aldo Guzmán. Don le había pedido que supervisara el estado de salud de su hermano detenido hacía tres meses. Juno era hijo de uno de los capos de los narcos de Brasil, Néstor Coentrao, y había sido ofrecido en señal de respeto a Don. El joven, impecable en su vestimenta, tenía una mirada que permitía intuir su falta de escrúpulos; era el mensajero del rey en el negocio del narcotráfico.

El avión corría por la pista.

Un imperdonable fallo de seguridad de «los amigos de Florida» había causado su detención; los movimientos de la cuenta del banco que estaba a nombre de Kaspar Klee y que se efectuaban desde Miami cada mes, transacciones que se retiraban en *cash* y que habían sido investigadas por la DEA. Estos solo tuvieron que esperar la entrada de Aldo al Banco Azteca de Tijuana, ese día dos de septiembre, como cada mes, a las cinco de una tarde calurosa, con la llegada de un furgón blindado y siete sicarios armados con AK-47.

Siempre él, Aldo, en persona; siempre con su automática sin el seguro puesto, siempre confiado en que se movía en su terreno, su casa. Ahí le estaban esperando un grupo combinado de policías de intervención de los dos países equipados para el combate. Sabían que Aldo no se rendiría. Y así fue. Cuando el grupo de ocho narcos accedía a las escalinatas de acceso al interior de la entidad bancaria, tres furgones blindados de la Policía Federal bloquearon la calle estrecha; Aldo sacó la pistola de su cintura y comenzó a disparar sin mirar a dónde, guiado por su instinto de lucha «no tengo nada que perder». El primer fuego cruzado acabó con la vida de tres narcos y de un policía alcanzado por un tiro en la cabeza. Acorralados entre la puerta del banco y la furgoneta blindada, Aldo y sus hombres comenzaron una orgía de disparos que fue contestada por francotiradores desde los tejados. Desde esa altura fueron mermando con disparos de mirilla el poder de fuego de los sicarios, novios de la muerte, y que en ese instante estaban celebrando el enlace con tiros que les reventaban la cabeza y el corazón. Una ráfaga a nivel del pavimento de un agente que se había tirado al asfalto por debajo de la furgoneta alcanzó el gemelo de Aldo Guzmán y le hizo arrodillarse en la acera ensangrentada. Cuando quiso reaccionar una pistola encañonaba su sien y sus compañeros eran cadáveres anónimos. Esa batalla estaba perdida y un general del ejército narco había caído.

Juno marcó el nombre que aparecía como XL en su celular.

–El día está claro –dijo nada más tener conexión, sin esperas, sin saludos, sin respuesta. Colgó.

Sabía que el perímetro en un radio de una milla estaría siendo vigilado, escuchando las coberturas de móvil. «El día está claro». Juno esperó a que el avión alzara el vuelo en dirección al norte, se giró hacia la puerta en la que hacía guardia una mujer rubia de metro ochenta vestida con un sobrio traje de chaqueta y pantalón negro; en el costado, junto a su corazón asomaba una NP29 de nueve milímetros.

–Vamos al muro y luego volvemos. Diles a los pilotos que estén preparados a las tres. –Ella asintió.

Don había escuchado «el día está claro». Aldo, su hermano, estaba siendo deportado a los Estados Unidos de América. Permanecía en silencio en el despacho que se alzaba sobre las colinas de Hollywood en una grandiosa mansión donde mantenía el anonimato bajo el nombre de Don Nassar. Tocó el retrato donde posaba con su hermano Aldo. Don había tomado el apellido de su mujer Hela Nassar, de familia judía, persas que habían emigrado a América tras la caída del Sha en Irán. Doncel Ríos había aprovechado su nueva situación para limpiar su historial, su apellido; no hay nada que un buen despacho de abogados no pueda hacer en ese país. Doncel Ríos se convirtió en Don Nassar, un respetable inversor en inmuebles de gran tamaño, hoteles, apartamentos, marinas deportivas, edificios enteros y grandes mansiones; él seguía manejando el negocio billonario del tráfico de opiáceos en una frontera imposible de impermeabilizar.

Hela había muerto hacía diez años ya, un cáncer de pecho había acabado con su vida en pocos meses. Don nunca había estado realmente enamorado; se lo confesó una vez a su hija después de tres mezcales. Ella lo interpretó como palabras de un hombre deprimido y bebido. Don miró la foto de su mujer que presidía la mesa; a su lado tenía la foto de Esther Nassar, su hija, el mismo pelo oscuro de su esposa, su mismo carácter duro. Solo una hija para un legado gigantesco de luces y sombras. Esther Nassar estaba en el negocio de las luces y conocía el lado oscuro, era su familia. Aldo era su brazo en la parte oscura, del dinero sin límites que proporciona la adicción química; ahí había estado el pequeño Aldo, siempre dando la cara en el trabajo de campo, de fricción, de disparos, de cadáveres. Se veían de vez en cuando; viajando con sus aviones privados quedaban en una mansión que tenía Don en Los Cabos.

Don vio llegar el deportivo rojo de su hija Esther, vestido de Versace, zapatos Jimmy Choo, bolso Kelly de Hermes y joyería exquisita de Tiffany´s, una auténtica «Masaryk girl».

Había estudiado en USC y con un máster en Finanzas por Harvard con veintisiete años no había quien la tosiera. Ella sabía su poder, conocía su futuro y estaba dispuesta a aceptarlo; como en una monarquía, las princesas saben que el hombre con el que van a compartir el reino no deben elegirlo con el corazón sino por los intereses y el poder; lo había aprendido de su padre. Juno más que un novio era pues una obligación; lo primero era el legado de la familia.

La seguridad de la casa en el exterior era discreta: dos guardas uniformados en la garita de la entrada y uno recorriendo el perímetro exterior en un auto blindado. La idea es que los vecinos millonarios lo vieran con naturalidad y como algo alejado de la imagen de narcos armados. Don no quería nada que lo asemejara con el mundo hispano y tenía prohibido contratar a nadie que empleara el idioma español en la vivienda. Si borrabas un pasado tenías que destruir todas sus huellas. Doncel Ríos había muerto; solo había dejado un cabo suelto: Aldo.

Dentro de la casa diez guardaespaldas chinos en turnos de a dos lo acompañaban día y noche.

Esther entró en la sala y dirigió su mirada a los dos hombres que apenas se movían.

–Hola papá. No entiendo cómo puedes vivir con estos tipos pegados a ti todo el día y toda la noche.

–Uno se acostumbra.

–Además, no puedes platicar con ellos.

–Solo platican mandarín. Te aseguro que duermo muy bien. Puedo cerrar los ojos plácidamente con dos hombres custodiándome. Hago como si fueran invisibles.

–Entiendo la idea de contratar a gente que no entiende tu idioma, pero yo necesito privacidad.

–¿Privacidad? Una vez descubrí que uno de los guardias entendía un poco, lo capté por una ligera mueca y le mandé matar. Ellos lo saben.

Don se quedó mirando a uno de los hombres que estaban en el salón como si fueran parte del mobiliario.

–Tu tío Aldo está en camino.

–Seguro que encontramos una manera de sacarlo –dijo ella dejando el bolso sobre el sofá.

–Sí, tendrá el mejor despacho de abogados de América. –Don dirigió su vista a unas ramas donde jugueteaban dos ardillas.

–No sé si te lo he contado alguna vez, seguro que sí. Mi padre, Pedro Ríos, tu abuelo, era del sur, de Mérida, hijo único de una familia muy pobre. Se alistó en el Ejército y luego se convirtió en piloto de las Fuerzas Aéreas. Pocos lo saben pero el escuadrón de las Águilas Aztecas jugó un papel decisivo en la Guerra del Pacífico... Otro día te contaré esa historia. Allí en Filipinas se enamoró de una hermosa chica, mi madre, Flora, hija de un terrateniente de origen iraní. Pese a eso se casaron y se quedaron allí para estar juntos... Yo nací allí y también Aldo. Mi abuela, La Nona, era una mujer muy piadosa... Te haré la historia corta: mi padre convenció a mi madre para conocer su país, México. Vinieron acá y nunca más regresaron a Filipinas. Mi madre murió lejos de su familia. Nosotros éramos pequeños y mi abuela, la Nona, vino desde Manila para estar con nosotros. Mi padre en esos años ya se había lanzado a los brazos de la bebida. Tomaba mucho. Apareció muerto un día, junto a un pantano con medio cuerpo devorado por un caimán, y recuerdo que la Nona se sentó con Aldo y conmigo y dijo: «Creo que vuestro padre os ha enseñado hoy la lección más importante de vuestra vida. En el pantano, cuando el ciervo se despierta, sabe que debe beber agua del pantano para salvar su vida. Cuando el caimán se despierta, sabe que debe acercarse sigiloso para cazar y poder alimentarse... Ahora tenéis que elegir si sois ciervos o caimanes, pero siempre, sin importar quiénes seáis, cuando salga el sol debéis comenzar a estar vigilantes...».

Esther le escuchó con detenimiento; era una historia conocida, pero ella era la guardiana de un legado.

–¿Platicaste con Juno? –cambió de tema la mujer.

–Estaba allí, en Tijuana –contestó Don, que seguía viendo corretear a las ardillas en un juego interminable de subidas y bajadas.

–Sí, me lo dijo; estará de vuelta esta noche. Me ha llamado desde el carro; está supervisando una mudanza.

–Quédate y comemos juntos; tu chico llegará tarde. Si tienes tiempo incluso te enseño un nuevo juguetito que he recibido hoy mismo –hizo un gesto con la mano con los dedos en forma de pistola señalando una caja de madera que había sobre la mesa–. Es un regalo.

–¿No me digas que me has comprado la Smith and Wesson 500?

–Un capricho; es de doble acción, cinco disparos.

–Ya, emplea el cartucho 500 S&W Magnum con una bala de 12,7 mm, una pasada. Me puedo quedar sin hombros, papá.

–OK, por eso quiero que la pruebes y la acomodes en la galería de tiro. ¿Vamos? –Don hizo un gesto para que lo acompañara.

Esther miró su reloj Cartier; tenía una reunión más tarde. El fondo de capital-riesgo de la familia había recibido una interesante propuesta de inversión, una compañía que se llamaba Synchro; buscaba financiación para una «droga tecnológica». Así se la habían vendido, parecía interesante.

–Tengo una reunión en una hora donde me van a presentar un proyecto para una inversión de cuatrocientos millones.

Don ni se inmutó con la cifra y salió acompañado de su única hija; a pocos metros los dos hombres chinos seguían sus pasos.

Esther llevaba la pesada caja en forma de maletín; calculó que le daría tiempo a tomar una ensalada de quinoa y disparar unas series en la sala de tiro de su padre con el revólver más potente del mundo. Don sonrió; conocía el punto débil de su hija.

Juno tenía las manos en el volante. El Vulcans de Aston Martin había sido su último capricho; el color lo había elegido Esther personalmente, gris humo, hacía apenas tres semanas y su aroma a cuero seguía intacto cuando entrabas. Juno y su acompañante rubia no habían salido del vehículo de lunas tintadas y observaban la operación desde un montículo cercano; cuatro hombres armados rodeaban el vehículo.

El muro se alzaba majestuoso delante de ellos. Una frontera infranqueable, casi nueve metros imposibles de cruzar. Los drones lo hacían sin problemas.

–Ahí está; cuando lo hicieron no pensaron en el futuro. El cielo no tiene fronteras. Gastaron miles de millones de dólares y es un monumento a la vanagloria y a la felonía humanas... Con ese dinero podrían haber salvado muchas vidas. Recuerdo que yo era un niño cuando se construyó...

Los drones cargados de cocaína sobrevolaban la frontera con total impunidad. Los camiones aguardaban con la lona superior abierta; los drones recorrían apenas una milla, descargaban el polvo blanco en el lado americano y los vehículos partían a sus destinos en California. Una logística limpia y perfecta.

El último camión partió y los drones regresaron a su casa en México. Cada semana la misma operación. Los sistemas de detección de vuelos de bajo nivel les hacía ilocalizables.

Juno hizo una señal y los cuatro sicarios se subieron a un vehículo negro de gran formato y se fueron.

Juno se estremeció y comenzó a tararear una canción folk muy popular:

«*In the Big Rock Candy Mountains, there's a land that's fair and bright, where the handouts grow on bushes and you sleep out every night where all the boxcars are empty, and the sun shines every day on the birds and the bees and the cigarette trees the lemonade springs where the bluebird sings... In the Big Rock Candy Mountains*».

Ramona se incorporó después de estar con la cabeza entre las piernas de Juno. Se llevó un pañuelo a los labios y escupió.

El Vulcans levantó el polvo al irse. A lo lejos, con las luces puestas, un automóvil de la Policía de frontera norteamericana recorre su lado del muro.

Julián Konks, Anthony Somoza y Carlo Stamas subían en el ascensor de la Torre Reforma a la quinceava planta donde tenía lugar la última reunión después de dos meses de negociaciones; iban a conocer a la inversora principal que firmaría los cuatrocientos millones de dólares para empezar el lanzamiento de Synchro: Esther Nassar. Julián se mordió el pulgar, se mesó el cabello y se pellizcó el lóbulo de la oreja.

Media hora más tarde, en una lujosa sala un grupo de personas trajeadas observaban atónitas el comportamiento de dos de los abogados que se habían prestado voluntarios para la prueba. Bailaban, se besaban y se revolcaban sobre una mesa del Consejo. Esther miró con una sonrisa de aprobación a Carlo Stamas; a su lado estaban Anthony Somoza y Julián Konks, este con el móvil que tenía la aplicación Synchro.

Álvaro Guzmán estaba delante de la máquina de café en la comisaría. Tenía la vista fija en el dispensador; el café comenzó a salir, pero no había vaso. Guzmán golpeó con el puño y soltó una patada a la máquina, que se tambaleó.

–Joder, aquí no funciona nada.

Cristina Herrera contemplaba en la pantalla de su ordenador el informe sobre la detención de Aldo Ríos cuando sintió la mano amable de Guzmán en su hombro. No le miró pero sabía que era él, siempre lo hacía. Seis semanas habían pasado desde aquella mañana en la que enterrara a su hijo; cada día desde entonces le aterraba la idea de volver a su hogar y ver la habitación vacía de Lucas. Había tomado la decisión de dejar la casa y trasladarse más cerca del mar y a un apartamento de una sola habitación.

En la ficha ponía que Aldo Ríos había nacido en Manila y se había nacionalizado mexicano a los tres años. Según el informe tenía un hermano, Doncel Ríos; este aparecía como desaparecido. La niebla iba invadiendo la oficina hasta que se convirtió en oscuridad. Ella dejó de leer el informe de extradición para concentrarse en la muerte; intentó recordar la cara de su hijo y no pudo.

La tumba del niño aparecía sin lápida. El encargo tardaría todavía unos días en llevarse a cabo; la placa tendría grabados el nombre y las fechas de nacimiento y muerte. Los pasos se acercaron con cautela; su propietario iba mirando a los lados sigilosamente. Las gafas oscuras redondas y grandes ocultaban casi todo su rostro. Volvió a mirar alrededor y se cercioró de que no hubiera nadie. Le habían recomendado que no fuera y que permaneciera alejada; no podía hacer caso a ese aviso. Delante de la tumba se inclinó y depositó un ramo de rosas sobre el montículo, una por cada año de Lucas, diez.

2. DIEZ

Es un número natural, compuesto y defectivo; también es la base de las cuentas en muchas culturas al ser la suma de los dedos de ambas manos. En la numeración romana se representa con una x, en la china con +, y en la maya con =. Diez es también el mes de octubre.

—Os dije que este era el mejor lugar para Synchro –Carlo Stamas estaba en el centro del hangar con los brazos en jarra–. ¡Esto es padrísimo!

Estaban en el interior de una nave blanca donde grupos de operarios trabajaban sin descanso acondicionando y colocando estructuras robóticas. Un centro de alta tecnología.

Tres operarios con batas y guantes blancos de laboratorio supervisaban la instalación de una vía por la que circularían unos carritos de transporte. Todas las cajas se depositarían en carros automatizados, y estos estaban siendo probados y salían y entraban por una puerta que se abría cuando se detectaba el movimiento de uno de ellos. Apenas se necesita la presencia humana para que aquello funcionara. Un grupo muy numeroso trasladaba mesas y ordenadores dentro de un recinto acristalado; otros supervisaban la instalación de una cinta de transporte que serviría para enlazar la fabricación de las bolitas negras con el hangar de los drones.

Julián y Anthony miraban encantados la inmensa nave que estaba a punto para llenarse de actividad, de impresoras biotecnológicas para fabricar las bolitas negras y de drones de reparto para cubrir el área de Ciudad de México. Julián repitió su tanda de tics.

Carlo se había encargado personalmente de buscar y acondicionar un viejo garaje de autobuses interurbanos que en un tiempo récord se había transformado en oficinas, fábrica, almacén y área de reparto de la nueva sensación de capital-riesgo. El dinero, cuatrocientos millones de dólares, había obrado el milagro: la producción se pondría en marcha la semana siguiente pero ya tenían más de cien mil pedidos de personas dispuestas a probarlo y todos habían abonado ya los doscientos pesos por adelantado por la descarga de la aplicación y un *pack* de tres bolitas negras con los microchips. Tenían el primer millón de dólares en el banco.

Las previsiones que Julián Konks había presentado a Nassar Capital eran de seiscientos millones de ventas el primer año con un beneficio de cien millones de dólares limpios solo en México; cuando enseñó la cifra de beneficio mundial el número tenía una cola de nueve ceros. Nadie, a excepción de Carlo Stamas, había sonreído al escucharla.

–Este es nuestro sueño... La tecnología nos hará ricos. Los pedidos vienen por miles... –Carlo hablaba entusiasmado.

Julián se quedó mirando los carros autónomos en pruebas y que vacíos llegaban al hangar. Cerca de cien drones esperan el despegue. Entre ellos una docena de operarios con batas de laboratorio seguían las indicaciones mirando sus *tablets*. El nuevo CEO de la compañía sonrió y cuando pasó junto a Carlo le golpeó con cariño en el hombro.

–Te lo dije, hombre de poca fe... te lo dije.

–Sí, si quieres puedes darme una paliza; haz conmigo lo que quieras... –Carlo se reía–. Estamos cumpliendo los plazos y las inversiones.

–Ahora toca poner en marcha este monstruo –dijo Anthony dirigiéndose a Stamas–. ¡Me gusta, Carlo, buen trabajo!

Carlo Stamas miró su teléfono.

–En una hora tenemos la reunión con el fiscal jefe y con los abogados –señaló la puerta–. No queremos ningún problema con las leyes del Estado.

Julián levantó las palmas de las manos:

–Si no os importa no iré, tengo una cita muy importante –dijo distraídamente.

–¿Cómo? Julián, joder, esto es lo más importante que tenemos que hacer –le increpó Anthony.

–Id, vosotros dos lo haréis muy bien, y además estarán los abogados de Nassar para defender nuestros intereses.

–No me gusta, Julián, no me gusta que te descuelgues ahora; estamos haciendo esto juntos –Anthony mostró su malestar.

–No mames, Anthony, no me descuelgo de nada; llevamos un año encerrados sin salir ni a cagar y para una cita que he logrado nos coincide con una puta reunión política y te pones así...

–¿Una cita?... te estas volviendo imbécil –Anthony se llevó las manos a la cabeza–. Y no quiero que te vuelvas un huevón. Esto solo está empezando... ¿y ya te comportas como un estúpido?

–Bueno chicos, no vale la pena esta discusión, tranquilos –intercedió Carlo para que el rifirrafe entre los dos socios no fuera a más–. Mantengamos la calma... ¡Mirad esto! –levantó los brazos–. ¡Esto es la leche y lo que nos espera! Esto es solo el primer paso.

Anthony Somoza seguía enfadado moviendo la cabeza en señal de desaprobación.

–Seguro que es esa Ana con la que estas semanas no has parado de babear –el joven insistió en su ataque–. ¡Es patético!

–¿Ana Riccoli?, ¿la rubia de Troposíntesis, la de las cremas orgánicas? –Carlo se sorprendió al escuchar el nombre;

hacía apenas una semana se había acostado con ella. Ambos eran dos leones de gimnasio en plena efervescencia. Nada serio, solo físico y sin intercambios emocionales más allá de lo superfluo; solo sexo y algunas rayas de cocaína. La última vez fue el día que el policía loco lo había arrojado al suelo y pisado las pastillas negras, luego en la cena habían intercambiado algunas palabras, pocas, cordiales, habían dialogado sobre los proyectos en los que estaban metidos y Carlo le había hablado entonces de Synchro, de los cuatrocientos millones, de Julián y de Anthony, y ahora, pensó, esa misma rubita matagigantes estaba a punto de aprovechar toda la información y el potencial de un multimillonario en ciernes. Realmente esa Ana sabía moverse. Se pasó la mano por la calva.

–¿La conoces? –preguntó Julián.

–Un poco –Carlo no quiso extenderse en sus apreciaciones.

–Sí, la misma rubita engañapichanga con un buen par de tetas –Anthony continúo golpeando verbalmente.

Julián había coincidido con Ana Riccoli un par de veces en el área de descanso del Mex-Tec y ella se había acercado a él con excusas banales como: «me encanta tu camiseta»; la camiseta era del Real Madrid, ponía Julián y tenía un número diez a la espalda. Julián, que se había fijado en ella, la había visto hasta ese momento como inalcanzable. Ella le había propuesto una cena en la zona de Las Lomas.

–¿A ti que te importa si es ella? –Julián apretó el puño desafiante–. No eres mi padre y mucho menos mi novia –hizo un gesto amanerado con la mano–. Pareces una niña celosa en plena histeria.

–¡Que te den, Julián!

–¡Que te den a ti, oscuro!

–¿Cómo me has llamado? –Anthony se acercó a pocos centímetros de su compañero desafiante–. ¿Me has llamado oscuro? Eres un racista de mierda, Julián.

Carlo se puso en medio de los dos para evitar la pelea.

–¡Hey... eeeeh! Calmaos... esto no puede ir a más. Vamos a tranquilizarnos y a disfrutar del éxito.

–Aquí os dejo... os veo mañana en la oficina y me contáis cómo ha ido la reunión –se despidió Julián.

–¡Recuerda tu última profecía! Parece que vuelves a tener razón, Nostradamus chingón.

Julián se fue.

–¿Profecía? ¿Nostradamus?

–Déjalo, son cosas nuestras.

Carlo trató de calmar a Anthony, que se había quedado mascullando insultos.

Desconocía que Anthony estaba enamorado de Julián; siempre lo había estado desde que lo conoció y había ocultado el sentimiento a todos, incluso a sí mismo. Para él era suficiente estar a su lado: trabajaban juntos, vivían juntos, las veinticuatro horas juntos. Nunca lo había platicado con su amigo; los sentimientos se los guardaba para si, tenía miedo al rechazo. Anthony Somoza no había reconocido nunca su homosexualidad. Sus hermanos, con ese quinto sentido que tienen los niños, le decían desde pequeño y despectivamente maricón. Molesto, se refugió en los estudios y más tarde en los ordenadores; estos habían sido su puerta de escape a un mundo de comunidades afines y sexo virtual en la intimidad de su pantalla. Solo eso. Ahora se sentía celoso; Julián se había ido con una mujer diez, tenía una cita.

–Tiran más dos tetas que dos carretas –dijo Carlo golpeando la espalda del programador.

Julián llegó al restaurante con el pequeño Chevrolet Onix que le habían regalado sus padres seis años antes; casi a la vez que lo hacía Ana en un Uber. Ella se quedó mirando el auto utilitario con un gesto de sorpresa y él sintió que había llegado el momento de cambiar de vehículo. Además, ahora que iba a ganar un sueldo de más de seis ceros al año, que con bonos se iría a los siete ceros, podría presumir con un deportivo de lujo, incluso un avión; no tenía límites. El valet se llevó su pequeño utilitario para aparcarlo más lejos de la puerta.

Julián se quedó mirando a Ana, que llevaba un vestido mínimo de un estampado colorido con un gran escote que enseñaba un cuerpo trabajado de gimnasio y unos tacones de quince centímetros que enaltecían su figura. Julián cuando la vio tragó saliva. Él iba con la camiseta del Real Madrid que tanto le había gustado a ella cuando se conocieron, con el número diez a la espalda.

Entraron y ella le cogió la mano. Julián se dio cuenta de que su acompañante llamaba mucho la atención y que lo miraban con envidia. En la mesa eligieron unas ensaladas y Ana quiso comer con *champagne*. «Lo que quiera», pensó el nuevo multimillonario.

–Cuéntame Julián, ¿qué haces en Synchro? –Ana se mostró interesada.

–Nada, es una idea muy sencilla... –Julián se quedó mirando un pequeño lunar que Ana tenía en su pecho–. ¿Has oído hablar de la sinapsis?

–Ni idea, mi mundo son las cremas orgánicas. Pero todas esas cosas me encantan, me ponen muchísimo... –Ana lo miró a los ojos y él le respondió con un largo trago de *champagne*; se llevó el dedo a la boca, se mesó el cabello y se tiró del lóbulo de la oreja. Tenía motivos para los tics.

–Te lo explico; es la manera como se comunican las neuronas... Esta comunicación se lleva a cabo mediante la transmisión de los impulsos nerviosos de una a otra; platican así, con pequeñas descargas. Comienzan con unas descargas químicas que originan una corriente eléctrica... pero una vez que este impulso nervioso alcanza a la propia neurona, esta segrega un tipo de compuestos químicos, que son los que llamamos neurotransmisores, que son los encargados de excitarnos, por ejemplo...

Ana tenía los ojos clavados en él mientras hablaba.

–Increíble...

–Nosotros lo que estamos haciendo en Synchro es engañar al cerebro de las personas con impulsos eléctricos y crear así sensaciones controladas.

–¡Brutal! –dijo ella llevándose la mano al escote.

Julián la siguió con la mirada y se quedó ahí; con esfuerzo levantó la mirada hasta los ojos de esa mujer inalcanzable.

–Se calcula que un cerebro adulto tiene unos 100.000 millones de neuronas; cada una procesa su propia información que luego envía a otras, de las cuales también recibe información. Cada neurona puede conectarse hasta con otras 50.000. Nosotros, Anthony y yo, hemos descubierto la sinapsis masiva y cómo provocarla con impulsos eléctricos de muy baja intensidad.

–¿Y puedes provocar un orgasmo?

La mujer de la mesa de al lado movió la cabeza ligeramente para situar la oreja en la dirección adecuada, sin mirar; aquella conversación era más interesante que lo que le estaba contando su marido acerca de un compañero de trabajo.

–Sí, eso es fácil. Al ingerir un microchip de Synchro lo que haces es que tu sistema neuronal dependa de esas microdescargas... El cerebro es una computadora que controla todas nuestras funciones; el sistema nervioso viene a ser una red o entramado que envía mensajes en ambas direcciones entre el cerebro y las distintas partes del cuerpo; ahí aparece nuestro chip, que se convierte en el rey de las comunicaciones neuronales... Lo hace a través de la médula espinal que, partiendo del cerebro, desciende por la espalda –Julián hablaba y se imaginaba la espalda desnuda de Ana– y contiene nervios en forma de filamentos que se ramifican hacia los demás órganos y partes del cuerpo. Pero no te quiero aburrir con tanta teoría.

–Julián, producir un orgasmo no puede ser aburrido; me interesa mucho, mucho, tanto la teoría como la práctica.

Ana estaba desplegando toda su sabiduría de seducción y Julián se sentía muy halagado y continuó con la explicación.

–Pues cuando llega un mensaje al cerebro procedente de cualquier parte del cuerpo, el cerebro le indica al cuerpo cómo reaccionar, a todo o solo a una parte. Si programas la sensación y la App envía un estímulo en forma de onda que provoca una descarga eléctrica con una intensidad... pues de esa manera puedes provocar el org...

–¿Y es uno, o pueden ser varios los orgasmos?

–Pueden ser los que quieras –dijo tímidamente Julián un tanto cohibido–. Incluso podemos conectarnos los dos y sentir lo mismo a la vez.

–Eso sería fabuloso; estoy deseando probar tu invento y que nos sincronicemos.

–Eso estaría muy bien...

Cuando iba a iniciar su secuencia de tics, Julián fue consciente de ello y frenó en seco antes de llevarse el pulgar a la boca.

La señora de la mesa de al lado estaba sentada en el borde de la silla asintiendo a su marido, que seguía con su monólogo de sus problemas con un compañero de trabajo. Ella también quería probar aquel invento.

Alrededor de la mesa del despacho del fiscal del Estado, Eduardo Aster, diez personas conversaban sobre el informe del caso Synchro.

–En una vista preliminar no podemos prohibir nada que no tenga sustancias narcóticas, ni efectos perjudiciales para la salud pública. Según el informe pericial podemos llamarla droga tecnológica, ya que sus efectos son narcóticos, pero si la prohibimos sería como prohibir los videojuegos o el buscador de Google.

Uno de los abogados tenía un dosier abierto y puntualizó:

–En el informe presentado por el equipo médico independiente se confirma que su consumo no tiene efectos secundarios... su dependencia es moderada y de fácil acceso técnico y económico. Es tan fácil como descargar una aplicación, hacer un pedido, pagarlo y recibirlo con un dron.

Carlo, que tomaba notas al otro lado de la mesa de juntas, dijo:

–Al alcance de todos los bolsillos. Puedes disfrutarlo solo o puedes compartirlo con quien quieras. Si lo deseas, en la aplicación se pueden sincronizar un grupo con sensaciones placenteras... hay más de veinticinco para elegir. Les aseguro que para todo tipo de fantasías... yo lo he pro...

El abogado lo interrumpió y volvió a su discurso:

–Queremos hacer hincapié en el punto más conflictivo. Los resultados preliminares no muestran la presencia de sustancias tóxicas o efectos secundarios en los usuarios estudiados.

Carlo buscaba un poco de protagonismo:

–El único efecto positivo sería su regulación y los impuestos que se cobrarían si está legalizado. Todos estos son efectos secundarios positivos para nuestra sociedad.

–Señor Stamas, no meta en la conversación elementos ajenos; esta es una reunión para decidir la legalidad del lanzamiento –puntualizó Aster–. No tenemos motivos para creer que suponga un riesgo para la salud humana. Desde la legalización de la marihuana, esto sería un nuevo desafío...

Hemos platicado con fuentes cercanas al presidente y estamos dispuestos a aceptar provisionalmente su legalización... pero estaremos atentos a su evolución social y en términos de salud pública.

Anthony Somoza tomó la palabra y miró a Carlo para que estuviera callado:

–Gracias, fiscal Aster por la confianza depositada en nosotros; estamos seguros de que proyectos como Synchro también servirán para la erradicación de las drogas en las calles de la ciudad.

–Dios le oiga joven, Dios le oiga.

Cristina iba al volante de un automóvil de gama alta, Álvaro Guzmán miraba distraído por la ventana el atardecer. Se habían vestido elegantemente a costa del presupuesto del departamento. Tenían que infiltrarse y dar la señal de intervención al resto de las unidades que aguardaban a cubierto.

–¿Qué tal en tu nueva casa?

–Bien, es muy pequeña pero es lo que estaba buscando.

Mintió; se odiaba sí misma por haber abandonado el recuerdo de su hijo. La casa estaba llena de recuerdos y la pérdida era una mezcla de ausencia. Sus ojos apenas disimulaban la pesadilla en la que vivía esos últimos meses; inmersa en una espesa condensación de agua.

–Y tú, ¿cómo estás? –preguntó Guzmán con afecto.

–Bien también, teniendo en cuenta que nos está escuchando todo el departamento de Policía –Cristina se llevó la mano a la oreja.

Volvió a mentir; su vida fuera de la oficina era inexistente entre el llanto y la niebla que invadía todos los lugares. En cada rincón encontraba una razón para dejarlo todo y abrazar la muerte. Hacía dos noches que se había desvestido y se había metido en la bañera. Se había dejado puesta la ropa interior; si moría no quería que la encontraran desnuda. Había mirado durante un buen rato el cúter que permanecía con la cuchilla desafiante en el borde de la bañera llena de agua tibia. Ella misma se había imaginado cortándose a la altura de las muñecas, metiendo las manos en el agua y desangrándose, durmiendo. No lo hizo; el ruido de unos niños en la calle la apartó de la niebla y sintió que el agua se había enfriado.

Guzmán se llevó la mano a la oreja derecha para comprobar si tenía su auricular puesto correctamente. No estaba muy seguro de que contar con Cristina en primera línea de fuego fuera buena idea. Algo en su mirada le decía que, bajo la apariencia de tranquilidad forzada, esa mujer era un polvorín que podía estallar en cualquier momento. Era su amiga pero no estaba recuperada.

–¿Nos escucháis? –comprobó Guzmán.

–Sí, alto y claro se os escucha. –TJ estaba siguiendo la señal desde una furgoneta camuflada de la compañía Spectrum a pocas casas de distancia del objetivo.

–Esperamos una noche divertida.

En el interior del vehículo de seguimiento cuatro agentes no perdían de vista los monitores que transmitían las señales de las cámaras y el sonido de los dos agentes que estaban en el vehículo. TJ era uno de los agentes, informático reciclado a policía y especialista en tecnología; a su espalda el comisario García, al mando del operativo, permanecía de pie y con un micro y unos auriculares sujetos en forma de diadema a su cabeza:

–Tened mucho cuidado allí. Estamos listos. –El comisario observaba el radar del automóvil que se acercaba al punto central.

Asintió Cristina, que había rechazado esa misma mañana y a voz en grito quedarse fuera del operativo con un sonoro golpe sobre la mesa del comisario García:

–Si me quieres echar por estar jodida, hazlo, pero yo voy a seguir jodida en mi casa y esto es lo único que tengo; pero si me quedo quiero participar como lo hacía antes de la muerte de Lucas.

La respuesta del comisario fue:

–OK, inspectora Herrera, vístase de fiesta y prepárese para esta noche. Pero quiero que mañana se haga una evaluación psicológica, ¿de acuerdo?

Cristina se fue sin haber respondido a esta última pregunta.

Guzmán miraba a su compañera de reojo.

–Que empiece el espectáculo –dijo histriónico mirando la arboleda que tenían a los lados y más allá el mar–. Me fumaría un cigarro si no estuviera de servicio.

El carro en el que iban Cristina y Álvaro pasó muy cerca del descampado donde estaban camuflados tres vehículos de asalto policial preparados para intervenir; en cada auto cuatro agentes vestidos de negro y completamente armados esperaban su momento. En posición.

El vehículo con los dos policías vestidos de fiesta enfiló la puerta de entrada; llegaban a una mansión de estilo colonial situada en los altos de los Jardines de la Montaña.

–Bueno... la fiesta comienza –dijo Álvaro–. ¿Cómo estás? ¿Preparada?

Cristina se miró en el espejo retrovisor y vio niebla en sus ojos.

–Sí, me lo has preguntado tres veces en los últimos diez minutos, ¿por qué lo dices?

–Estar a tu altura es difícil. Tengo miedo a parecer un viejo verde acompañado de una jovencita.

El comisario García desde el furgón camuflado:

–Álvaro, no estás nada mal para tener... ¿qué tienes, cincuenta y....?

–No es un secreto, tengo cincuenta y cinco, y una hija *youtuber*.

Cristina se rió, hacía meses que no se reía; solo Guzmán tenía ese tipo de humor que le abría fisuras de esperanza en medio de la tiniebla.

La intervención se había planeado esa misma mañana. Tenían un chivatazo sobre un cargamento de droga que se entregaría en esa lujosa mansión durante la fiesta. Era un tema extraño, pensó Cristina; en esos casos solía utilizarse un operativo sencillo, se detenía al camello a la entrada o a la salida de la fiesta y punto. Lo que estaban haciendo iba a hacer ruido y pondría a trabajar a toda la maquinaria jurídica de la Policía en los próximos días. Los ricos de esas mansiones tenían muchos recursos y buenos contactos en lo más alto.

Desde la furgoneta camuflada el comisario García intervino:

–Realmente parecéis una pareja muy bien avenida.

–Yo se lo digo siempre... Cristina, soy el soltero más solicitado del departamento; no dejes escapar esta oportunidad.

Cristina volvió a sonreír cuando bajó del vehículo ayudada por un valet que sujetaba la puerta.

Ella se quedó unos momentos parada. Era su hijo Lucas el que estaba sujetándole la puerta para ayudarla a salir.

Guzmán vio la expresión de la cara de su compañera; sintió que algo iba mal, le ofreció el brazo y le dijo:

–Nuestro departamento es un nido de chismosas.

Los inspectores Herrera y Guzmán estaban entrando en la carpa de bienvenida que habían instalado; tres personas de seguridad inspeccionaban las credenciales de los invitados en la entrada. Todos debían pasar por un arco detector de metales. En una esquina una mujer rubia de melena corta supervisaba todo el dispositivo de seguridad; su chaqueta gris no disimulaba el bulto del arma que ocultaba en su costado. A su lado habían puesto el cartel de «fiesta sin armas», la nueva moda para excéntricos y cosmopolitas: un arma tachada para remarcar la prohibición de portar armas en el interior de algunos eventos.

Guzmán frenó y pisó intencionadamente el pie de Cristina, que lo miró enfadada. Él señaló con la barbilla.

–Ok, tenemos un pequeño problema. Hay un control de seguridad en el frente y un arco detector de metales. Nadie nos avisó de esto.

–Si dejamos las armas todos se van a fijar en nosotros.

Cristina se agachó entendiendo el motivo del comentario de Guzmán; ambos tenían armas y placas consigo, Álvaro en el tobillo y ella en el muslo. Miró al frente y vio que la mujer rubia los observaba.

–¿Tenemos acceso al panel del suministro eléctrico de este área? –preguntó Guzmán mirando a su compañera para que nadie leyera sus labios.

En la furgoneta camuflada, el agente TJ se encontraba frente a tres pantallas que controlan las cámaras de acceso. Comenzó a buscar el filtro de suministros que había dejado preseleccionado por si hubiera un problema; comenzó a rastrear en su computadora. La posibilidad de cortar la electricidad siempre era un recurso muy útil en una intervención.

–Sí, creo que puedo acceder, pero necesito un minuto.

–Cuéntanos cuando tengas acceso –respondió Cristina–; creo que la excusa de mi tobillo con estos tacones aguantará un poco sin levantar sospechas.

Sí, los agentes de seguridad apenas habían notado el incidente de la pareja, pero para Ramona no había pasado desapercibido. Otros invitados estaban llegando.

–Creo que esos tacones son una buena excusa –dijo Guzmán–. ¿Estás bien?

–Y van cuatro...

Herrera llevaba un vestido abierto por un lado y en esa posición sus esbeltas piernas mostraban todo su encanto a su compañero; Cristina miró a Álvaro y le regañó con la mirada.

–Date prisa TJ o Álvaro no va a aguantar la presión.

TJ trabajaba en su computadora en un panel con el logotipo de la compañía eléctrica y muchos controles.

–Creo que lo tengo... Crucemos los dedos.

Ramona se estaba acercando a la pareja.

–Cuando te diga ya, apágalo y enciéndelo. Será como una caída de tensión. Solo necesitamos un segundo –Guzmán se dirigió a su compañera, que seguía masajeándose el tobillo–. ¿Lista?

Cristina se incorporó y se sujetó del brazo de Guzmán, como una pareja bien avenida caminando hacia el control de seguridad. Delante de ellos un hombre con esmoquin pasaba el control. La pareja de policías no reparó en él. No lo habían reconocido; era el fiscal Eduardo Aster. Ramona se había parado y los seguía con la mirada.

–OK, TJ... ¡Ya!

Álvaro y Cristina atravesaron el arco de seguridad pegados al fiscal Aster. La luz se apagó apenas un segundo y los sistemas se cayeron. La gente de seguridad se quedó desconcertada apenas unos instantes. Ramona miró a los lados y pasó al interior para saber qué había pasado.

Estaban dentro.

Una guardia de seguridad con chaqueta verde dirigió la cámara de reconocimiento facial a los tres invitados y esperó unos instantes mirando su *tablet*.

–Bienvenido, señor Aster, disfrute de la fiesta. –Miró de nuevo su *tablet* y levantó la cabeza observando a la pareja que acababa de pasar el arco de seguridad.

Desde la furgoneta el comisario García les informó:

–Tranquilos, hemos *hackeado* el archivo y os hemos puesto en la lista, mantened la calma.

–Bienvenidos... –leyó el nombre–. Señora y señor Ortega, disfruten de la fiesta.

Más de doscientos invitados se paseaban, saludaban y bebían en la mansión de Juno Coentrao, socio de Don Nassar y novio de Esther Nassar. Los camareros servían *champagne* y vinos de todas las procedencias, había una barra con cocineros preparando sushi; en una parte del jardín, adornado con plantas de marihuana, se exhibía un *buffet* completo de platos cocinados con cannabis.

–Esta es la nueva moda, Álvaro; fumar lo tuyo es muy antiguo –dijo Cristina.

–Sí, soy de la vieja escuela y sigo sin probar el alcohol.

–Cristina, eres como una madre –dijo el comisario García y se arrepintió nada más decirlo–. Lo siento, soy un bocazas.

–No te preocupes, comisario; es verdad. No se deja de ser madre.

Ella se quedó mirando la superficie de la piscina donde se proyectaban imágenes psicodélicas que se movían al ritmo de la música.

–Realmente hay mucho dinero en esta fiesta –dijo Guzmán–. Necesitas todas las nóminas de una vida de policía para montar una igual –añadió y le señaló con la cabeza a Cristina un grupo que estaba a unos metros de distancia.

Juno agarraba de la cintura a su novia, Esther Nassar, y charlaba en un corro de palabras comedidas; todos sus integrantes iban exquisitamente vestidos y se desenvolvían con elegantes movimientos lentos. Ramona observaba al grupo en la distancia. Juno le dijo algo al oído a Esther, se disculpó y se dirigió al interior de la mansión. Ramona fue detrás del hombre.

–Aquí nos separamos –dijo Guzmán, y encaminó sus pasos siguiendo a Juno y a Ramona al interior de la mansión–. Voy al baño... y tú, disimula y coquetea con ese... –y señaló a un joven vestido con un esmoquin que se encontraba concentrado en un plato de comida completamente lleno.

Era Anthony Somoza.

Cristina vio en la cara del joven el rostro de su hijo; «así podría haber sido dentro de unos años», pensó.

–Me llamo Anthony –el joven le ofreció su mano ante la intensa mirada de la inspectora, que lo miró con la nostalgia de ver a su hijo pequeño reencarnado en adulto.

–Yo soy Cristina, encantada... Sabes, Anthony, te pega el nombre de Lucas.

–Lucas es el nombre de mi hermano mayor.

–¿No es una maravillosa coincidencia? –dijo Cristina intentando ser amable.

Un hombre calvo y musculoso saludó a Anthony alzando la mano desde el otro lado de la piscina y siguió su camino hacia un grupo que se aprestaba a probar las delicias del cannabis. Carlo Stamas quería acercarse a los abogados que estaban con el fiscal Aster departiendo y comiendo entrantes elaborados con la hierba narcótica.

–¿Un amigo? –preguntó ella.

–No realmente; puede decirse que trabajamos juntos.

–Ya...

Pasados unos minutos, Juno y Ramona volvieron al jardín, Juno con la cabeza dirigida al cielo y Ramona mirando un móvil encendido que llevaba en su mano. Detrás de ellos salió Don Nassar seguido de dos hombres trajeados de fenotipo chino. A su encuentro salió Esther, su hija, que iba acompañada de una pareja de jóvenes, Julián Konks y Ana Riccoli, vestidos como maniquíes de Armani, los dos de negro. Los dos jóvenes fueron presentados a Don por su hija.

Cristina observó que Álvaro salía por una puerta lateral y ponía cara de circunstancia. La inspectora permanecía vigilante junto al tímido joven, Anthony, que tenía el plato lleno de canapés pero que apenas los había probado mientras intercambiaban frases banales; ella se disculpó y fue al encuentro de su compañero, que regresaba de su incursión. Él le dijo al oído:

–Aquí pasa algo raro, esto no tiene mucho sentido –agregó dirigiéndose a los que escuchaban–. ¿Comisario? Creo que esto es una pérdida de tiempo y además no sabemos qué estamos buscando.

En ese momento un dron hizo su entrada sobre la piscina. El ruido primero y las luces azules anunciaron su presencia en el cénit de la mansión. Juno y Esther lo señalaron y la gente empezó a aplaudir con fervor.

La música se paró.

Un camarero acercó un micrófono a Juno.

–¡Hola a todos! Gracias por estar esta noche mágica acompañándonos en nuestra fiesta de compromiso...

Todos los invitados aplaudían.

Álvaro miró extrañado a Cristina.

–¿Nos hemos metido en una chingue fiesta de compromiso?

Juno continuó.

–Esther y yo os damos las gracias por apoyarnos y también os hemos preparado una sorpresa –señaló al dron–. Aquí está... en exclusiva, la primera partida de Synchro. ¡Disfrutad!

La gente comenzó a aplaudir como si hubieran llegado los Rollings a cantar.

–¿Synchro? ¿Qué mierda es Synchro? –dijo Guzmán.

–Es una nueva tecnología que cambia las emociones –dijo TJ por el pinganillo–. Es lo que he leído en alguna web de tendencias. Dicen que es la caña.

–Creo que esto es una mierda; no vamos a quedarnos a la boda de dos niños de papá. Permiso para largarnos.

–Negativo, esperamos acontecimientos –sonó la orden del comisario García.

Juno besó a Esther y estrechó la mano de su futuro suegro, Don. Ramona presionó el dedo sobre la pantalla de su teléfono móvil y lo depositó sobre el césped. Un círculo de personas se formó alrededor como si fuera una ceremonia religiosa. El dron descendió y aterrizó sobre el *smartphone* de la mujer rubia. Hizo contacto con el teléfono celular y en ese momento se desacopló una caja negra. Los invitados seguían aplaudiendo. Ramona se acercó y tomó la caja; luego comenzó a ofrecer unas bolitas negras a los que había a su alrededor.

–¿Qué hacemos? –dijo Álvaro mirando lo que estaba sucediendo sin comprender.

–¡El dron se está marchando! –agregó Cristina sacando la pistola que había ocultado en el interior de sus muslos.

Ramona parecía una sacerdotisa. Todos se acercaban en busca de la bolita negra que cambiaría por unos instantes sus emociones, igual que una droga.

El dron se elevó y Cristina, en medio de una niebla espesa, apuntó al ingenio volador. Le disparó en tres ocasiones; hubo gritos de desconcierto y la máquina con cuatro hélices cayó sobre la piscina.

–¡Quieta! ¿Qué haces? –Guzmán intentó parar a Cristina.

El estruendo del disparo creó unos momentos de desconcierto. Ramona dejó de distribuir bolas; Cristina avanzó por el borde de la piscina hacia la mujer rubia, que sacó un arma y disparó a la policía armada que le venía de frente. Cristina recibió un disparo en el abdomen que la lanzó al agua. Guzmán, al ver a su compañera caída junto al dron que se comenzaba a sumergir, se arrojó al agua, que comenzó a teñirse de rojo.

Los vehículos de la Policía salieron rápidos en dirección a la mansión. Las sirenas comenzaron a sonar y las luces estroboscópicas tintar la noche de azul y rojo.

–¡Ambulancia! ¡Agente abatida! ¡9-85! –Guzmán se acercó nadando hasta donde flotaba Cristina–. ¡9-85! ¡Cristina ha caído!

Ramona le apuntaba desde el borde de la piscina.

–¡Policía, Policía! –gritó desde el agua cuando vio que la mujer rubia le apuntaba.

Cristina Herrera estaba flotando con los ojos abiertos; había sentido el impacto de la bala debajo de su pecho y sabía que se estaba muriendo. Miró el agua de la piscina; Lucas estaba ahí aguardando bajo aquella masa de agua. El niño estiró la mano hacia ella. Cristina respiraba despacio y plácidamente; parecería incluso que tuviera una sonrisa dibujada en su cara. Veía apartarse la niebla y despejarse de nubes en una noche de estrellas. Sintió también que tenía a Guzmán a su lado y que este estaba gritando, no a ella, sino a la modelo rubia que le había disparado, pero no entendía sus palabras. Flotaba arrullada por el agua. Se estaba yendo al mundo de los muertos para no regresar. Lucas desde el fondo tiraba de ella de un pie.

Lucas, su hijo, la está esperando. Laura, su amiga, estaba aguardando su llegada. Estaba en camino.

Luego sintió que tiraban de ella hacia arriba pero seguía flotando. Lucas se había quedado en el fondo de la piscina esperándola. La movían despacio y ella comenzó la cuenta para irse: uno, dos, tres, cuatro, cinco, seis, siete, ocho, nueve y diez.

–¡Hola muerte! –susurró.

–¡Cristina!... ¡Cristina! –gritaba desesperado Álvaro Guzmán sujetando la cabeza de su compañera para que permaneciera fuera del agua–. Espera, espera, ya viene la ambulancia... aguanta, Cristina.

El policía intentaba tirar de ella para llevarla a un bordillo de la piscina y sacarla, pero le pareció como si tuviera alguna resistencia, como si algo o alguien la estuviera sujetando desde el fondo y la atrajera hacia sí.

Ramona le seguía apuntando desde el bordillo. Una brigada de policías de asalto entró en el jardín y apuntaron a la mujer rubia, que despacio dejó su arma en el suelo y se arrodilló poniendo las manos sobre su cabeza.

Los invitados permanecieron desconcertados con todo lo que estaba pasando. Juno observó la situación y caminó hacia donde se encontraba el fiscal Aster, que permanecía inmóvil rodeado de un grupo de abogados.

Guzmán se sujetó al bordillo exhausto; un policía de asalto agarró de los hombros a Cristina y la sacó de un tirón del agua, luego la tendió en el césped y le tomó el pulso en la aorta, colocando su dedo índice en el cuello de su compañera. Seguía viva.

Un equipo médico hacía su entrada a la carrera con una camilla. En menos de un minuto, Cristina Herrera estaría dentro de una ambulancia que correría desesperadamente a su destino; dos paramédicos atendían a la herida de bala para estabilizar sus constantes vitales. Su vida se estaba yendo por el agujero de una bala.

Sentado en el borde de la piscina, Álvaro mantenía su mirada en el agua que iba disolviendo la sangre; el dron reposaba en el fondo, oscuro, como un tiburón saciado. Él respiraba rápido y notaba sus pulmones faltos de capacidad como consecuencia de la inhalación del humo de la marihuana.

Guzmán recordó entonces el momento en que se había separado de Cristina para seguir al dueño de aquella fastuosa casa. Su mente regresó al instante en el que había entrado en la mansión, cuando había dejado a su compañera sola. Volvió al pasado.

Guzmán había entrado en una sala que daba al jardín donde un numeroso grupo de personas hacía corro alrededor de Don Nassar, luego tomó un pasillo donde se escuchaban animación y risas al fondo. No había nadie. Se cruzó con dos camareros que trasportaban canapés de langosta. Continuó mirando a ambos lados; más allá, abrió una puerta. Era el baño; dos hombres de mediana edad vestidos de esmoquin manipulaban sobre una repisa de mármol unos gramos de cocaína en rayas blancas. Los tipos lo miraron sin mucha sorpresa:

–Si gustas... –dijo uno de ellos.

Por la puerta del fondo entró en ese momento Juno seguido de Ramona. Álvaro Guzmán se dirigió a su derecha, se puso frente a un urinario de porcelana blanca y se bajó la cremallera del pantalón.

–¡Qué pasada de fiesta, Juno!

–La más salvaje –dijo el hombre, que separaba en líneas el polvo blanco como el azúcar–. Mira, esto es nieve pura... Vamos a esquiar toda la noche, guauuu –levantó la cabeza imitando un lobo.

Juno observó la situación y miró a Ramona asintiendo.

–Os lo he dicho antes; no quiero esa mierda en mi casa.

Ramona se acercó a los dos hombres, los empujó sin contemplaciones, abrió el grifo, mojó su mano y la pasó limpiando la superficie disolviendo los montoncitos blancos; después registró rápidamente los bolsillos de los dos tipos que estaban en silencio y les encontró dos papelinas llenas del polvo blanco en las chaquetas. Las arrojó al interior de un retrete y tiró de la cadena. Ninguno de los dos se atrevió a contestar la autoridad de aquella mujer espectacular que les sacaba una cabeza.

Juno se dirigió a un urinario, situado al lado izquierdo de Álvaro, y comenzó a orinar mirando al frente. Ramona se colocó a su espalda.

Los dos tipos de la cocaína estaban en silencio como dos niños a los que les ha castigado su profesor.

–Hoy he prometido algo que nunca habéis visto antes –dijo Juno mientras se escuchaba el ruido del líquido sobre la cerámica blanca.

–Oh, Juno, perdona. Es la costumbre, confiamos en ti...

–Sí, amigo, tú siempre nos sorprendes –dijo el otro.

Juno no los miró, no contestó, pero giró su cabeza a su compañero de necesidades que estaba a su derecha. Álvaro miraba al frente, a una pared de mármol rosa de Carrara y se subió la cremallera.

–¿Nos conocemos? Soy Juno Coentrao –se presentó el hombre que orinaba en el incómodo silencio de un baño.

Álvaro se dirigió al lavabo para lavarse las manos. Se había bajado la cremallera del pantalón, pero no había hecho nada.

–Encantado, señor Coentrao, soy Armando Manzanero. Disculpe que no le dé la mano –Guzmán las dejó bajo el chorro de agua.

–No lo tengo en el radar... Manzanero –Juno agitaba su mano oculta. Estaba terminando.

–Claro, vengo con TJ, con los abogados –dijo lo primero que se le había ocurrido y se fue a secar las manos. –Encantado de conocerlo.

Cuando puso las manos debajo el secador de aire caliente este se accionó.

Juno se dirigió al lavabo contiguo al secador. Ramona a su espalda esperó con calma. El secador de manos que había accionado Guzmán puso un poco de distancia en la conversación que se había iniciado entre el policía infiltrado y el anfitrión de la casa.

Juno terminó, se lavó las manos y usó para secarse unas toallitas blancas de algodón que estaban apiladas sobre una mesa.

El secador quedó en silencio y Guzmán se dirigió a la puerta.

–Espero que disfrute de la fiesta, esto está empezando y va a ser una velada llena de sorpresas –Juno esperó a que Ramona abriera la puerta y se fue seguido por su sombra rubia sin esperar respuesta.

Cuando se fueron, los dos hombres dieron un suspiro aliviados.

Guzmán salió tras ellos. En el pasillo se encontró frente a frente con Carlo Stamas. Los dos se miraron; se conocían, pero ninguno guardaba buen recuerdo del otro.

Guzmán volvió al jardín, al presente. Escuchó.

–¿Quién está al mando?

Levantó la cabeza empapada, miró al hombre elegantemente vestido que le preguntaba enérgico. Lo reconoció; era el fiscal del Estado Eduardo Aster. Juno ahora estaba a su lado mirándolo desafiante.

–Pregunte por el comisario García, a mí se me ha mojado el equipo de comunicación.

El fiscal se dirigió a los policías que custodiaban y habían esposado a Ramona.

–Soy el fiscal del Estado, Eduardo Aster, y exijo que dejen a esta mujer libre. Quítenle las esposas he dicho.

El hombre elegantemente vestido se dirigía a los policías con uniforme y pasamontañas negros que custodiaban a la mujer rubia.

–Esta es una propiedad privada, una fiesta privada libre de armas –el fiscal del Estado insistía a los policías, que se miraban desconcertados–. ¿Dónde está la orden judicial? Quiero ver ahora mismo la orden judicial... He dicho que suelten a esa mujer... Aquí se le va a caer el pelo a más de uno.

Los policías dudaban.

Álvaro se levantó empapado y se puso frente a Aster.

–Esa mujer ha disparado y posiblemente ha matado a una inspectora del departamento de Policía.

–Identifíquese antes de platicar conmigo... –el fiscal estaba muy enfadado–. Y le diré, además, que su compañera ha abierto fuego en público poniendo en peligro a muchas personas inocentes; no se ha identificado antes de hacer el disparo, ha dañado objetos que no son de su propiedad –señaló el fondo de la piscina–. Por otro lado, esta mujer de los servicios de seguridad y con licencia para portar armas ha actuado en defensa propia ante semejante irresponsabilidad... ¿Quién es usted? Enséñeme su placa.

Aster no disimulaba su superioridad y desprecio por ese sujeto que se había tirado a la piscina.

Álvaro se agachó, se levantó ligeramente el pantalón, sacó su arma y la placa de su tobillo y se irguió apuntando a la cabeza del fiscal sin que le temblara el pulso.

–Identifíquese usted... hijo de puta. Esta es mi placa –estiró la mano con el escudo del departamento apuntando hacia la cara de Aster–. ¿Dónde está la suya? Póngase de rodillas con las manos en la cabeza y permanezca en silencio hasta que se le pregunte. Son sus derechos, tiene derecho a guardar silencio y todo lo que diga podrá ser utilizado en su contra.

Aster se quedó paralizado ante la osadía de Guzmán y se agachó tembloroso, arrodillándose. El policía chorreando seguía apuntándole directamente entre los ojos mientras caían gotas de agua por la culata del arma. El fiscal permaneció de rodillas sin abrir la boca y lentamente levantó sus manos hasta acomodarlas sobre la cabeza; Álvaro Guzmán entonces extendió su mano, sin decir palabra y sin mirar a uno de sus compañeros vestidos de negro que le entregó un juego de esposas; con pasos medidos y tensos se fue moviendo hasta la espalda del fiscal y lo esposó.

Un silencio tenso había inundado el jardín.

Juno había dado un paso al frente, luego miró a Don, que estaba junto a su hija Esther; este le hizo un gesto negativo con la cabeza; era momento de mantener la calma y permanecer alejados, siempre discretos.

–Llevaos a este cretino y tomadle declaración –dijo Guzmán mientras se dirigía a la casa–. ¡Ah... y no os olvidéis de leerle todos sus derechos! –miró su reloj en el que una gota de agua aumentaba como una lupa la hora; eran las 22:00 h.

Ramona y el fiscal Eduardo Aster estaban siendo custodiados cuando llegó el comisario García.

–¿Es usted el fiscal Aster?

–Sí –respondió lacónico el hombre esposado.

–¡Suéltenlo! –dijo dirigiéndose a sus hombres.

Uno de los policías, oculto tras un pasamontañas, procedió a quitarle el mecanismo que inmovilizaba a la espalda las manos del detenido.

–Soy el comisario García, al mando de la operación; siento los inconvenientes que le hayamos podido ocasionar... pero la...

–¡Me han apuntado a la cabeza! –le interrumpió Aster y repitió–. Ese loco me ha apuntado a la cabeza.

–Lo sentimos, es la tensión en una intervención.

Aster miró a la esbelta rubia que estaba siendo introducida en el vehículo policial.

–A ella también, suéltela.

–¿A ella? Esa mujer ha disparado a una policía en acto de servicio.

–Creo que usted no se da cuenta de lo que se le viene encima –Aster comenzó a perder los nervios–. Ahí tiene a ese policía loco que me ha apuntado a la cabeza –tomó aire–. Hasta el último hombre de esta operación va a pasarlo muy mal respondiendo judicialmente a esta... cagada –señaló a la mujer–. Mejor que la única persona que ha cumplido su trabajo esta noche quede libre en este mismo instante.

El comisario García miró al policía que custodiaba a Ramona e hizo un gesto afirmativo con la cabeza.

Ramona sintió sus manos libres y se restregó las muñecas para activar la circulación; sin pronunciar palabra caminó altiva al interior de la mansión. Juno la esperaba en el umbral de la puerta.

–Mañana a primera hora quiero a su supervisor y al director del Departamento de Policía de Ciudad de México en mi despacho con el informe completo de esta operación... –Aster se pasó la mano por la frente y tras una pausa dijo–: quiero el nombre del agente que me ha apuntado a la cabeza. Deme su nombre.

García dudó unos instantes:

–Inspector Álvaro Guzmán.

–Guzmán...

El fiscal Aster se dirigió a su vehículo sin hacer más preguntas.

Los coches policiales habían dejado de emitir sus destellos de luz urgente y se retiraban derrotados y en silencio por aquellos caminos ondulantes.

En el interior de la mansión, tras el *shock* de la fallida intervención policial, la fiesta había retomado el ritmo; como un sujeto que bailando se cae, se repone de una caída y sigue bailando igual.

La música sonaba al ritmo de *rap-gun*, las imágenes psicodélicas disfrazaban la superficie de la piscina, los camareros reponían bebidas en las manos de la gente que comentaban la experiencia que habían vivido.

Un camarero bajo, a indicación de Esther Nassar paseaba entre la gente con una caja de bolas negras y las iba ofreciendo.

Don conversaba animadamente con su hija Esther y con el joven creador de Synchro, Julián Konks. A su lado, Ana no se separaba de él.

Un grupo de diez personas bajo los efectos de Synchro bailaban sincronizadas al ritmo de la música estridente y machacona. Reían sin necesidad de mirarse; todo eran sonrisas en sus caras.

Esther le mostró la pantalla del móvil a su padre, que observaba maravillado el comportamiento de aquella camarilla de invitados unidos por la ingesta de un microchip.

–Mira, ahora está seleccionado el modo de baile y risas, pero podemos tocar aquí y seleccionar el modo relax y buen rollo –dijo Esther y apretó en la pantalla.

Tras unos segundos, el grupo que bailaba acompasado y con la mirada perdida comenzó a detenerse. Algunos se abrazaban sin conocerse, otros se sentaban o tumbaban en el césped con una sonrisa en los labios.

–No tengo palabras –dijo Don Nassar sin perder detalle de lo que estaba viendo.

Julián, a su lado, reía viendo las caras de las personas que disfrutaban de un momento de relax programado.

Esther le volvió a mostrar la pantalla.

–Podemos enviarles las sensaciones que queramos –dijo Don y señaló con el dedo una que decía «sexo tántrico» y otra que ponía «sexo salvaje». Don reía.

–Vamos a ser prudentes; el efecto dura aproximadamente una hora y no quiero una orgía en mi pedida de mano.

Esther miró a los lados para localizar a Juno, que había salido durante la detención de Ramona y el fiscal Aster. No estaban en el jardín.

El grupo seguía tumbado y relajado dominado por la aplicación que Esther tenía en la mano.

Más allá se habían formado otros grupos que también sonreían y contemplaban el cielo sin apenas cruzar palabra, solo la música y el asombro interesado de alguno que no había tomado la bolita negra se hacían notar.

Julián se dirigió a Esther y a su padre:

–Observad, mirad esto, es curioso. ¿Veis la mujer de azul, aquella que está tumbada y mueve los brazos? –señaló a una mujer de unos cuarenta años que ataviada con un elegante vestido se revolcaba sobre la hierba con total placidez. Don asintió–. Ella se mueve primero y luego lo hacen los otros. Mirad; el radio de conexión es de unos veinte metros –indicó entonces a un grupo que estaba alejado y bailaban acompasados.

Julián distinguió a Carlo Stamas y a un grupo de abogados, hombres y mujeres, que desinhibidos se movían al ritmo de la música; también observó a su compañero Anthony Somoza que se encontraba apartado y mirando a la piscina sin involucrarse en ninguna conversación. Volvió a centrarse en su grupo; Ana le apretó la mano y lo devolvió a la realidad de su puesto, CEO de una compañía departiendo con sus inversores más importantes, los Nassar.

Don miraba a la mujer del vestido azul. Era cierto; la mujer hacía primero unos movimientos que eran reproducidos por el resto del grupo poco después.

Julián prosiguió su explicación:

–Esto es lo que denominamos «sujeto dominante»; siempre ocurre. En todo grupo hay un sujeto dominante; los otros se adaptan a sus emociones.

–¿Son cerebros más fuertes? –preguntó Don.

–No, no es el término fuerza el que podemos emplear; esta es una cuestión de alexitimia... Cada humano produce endorfinas que le hacen sentir cierto placer. Digamos que en cada cerebro hay un alto grado de sufrimiento; el dolor, por ejemplo, es una forma de manifestar ese sufrimiento. Son grados de alexitimia. El sujeto dominante, su cerebro, es el que más endorfinas genera y por tanto menor alexitimia. Synchro aumenta la producción de endorfinas; el sujeto dominante es el que más endorfinas genera.

–Estoy francamente impresionado, joven –Don midió mucho sus palabras–. Esta es la droga del futuro. No necesita cultivos, no necesita productos químicos para elaborarse, no necesita cruzar fronteras, no necesita transporte, no necesita una distribución complicada... Te descargas la aplicación en tu teléfono... Así de sencillo –señaló al grupo que continuaba relajándose sobre el lecho vegetal–. Miradlos... son felices, sus mentes están conectadas, sus pensamientos son compartidos.

Don estaba platicando con tanta profundidad que todos los que estaban a su alrededor se quedaron pensando. Solo Ana, que no se separaba de la mano de Julián, dijo:

–Gracias a su hija por confiar en nosotros. La presentación oficial la haremos en dos semanas; espero que puedan venir, hemos convocado a la toda prensa.

Ana se comportaba como si fuera parte de la compañía. Julián Konks dirigió la mirada donde antes había visto que estaba Anthony solo. No estaba ya.

Se llevó la mano al bolsillo y sacó con disimulo un anillo que volvió a guardar; más tarde le pediría a Ana si quería ser su esposa.

–La tecnología es el futuro –Juno apareció por la espalda, se acercó a su novia y la besó en un hombro–. Esther, este negocio nuevo en el que te has metido me fascina. Consiste en fabricar microchips para que ellos –señaló un grupo– se lo introduzcan en la boca en forma de bolita negra, un color muy sugerente, por cierto, y conecten sus emociones con las de otra persona –se tocó la frente–. Es como una red social pero más divertida... Adiós Facebook.

Esther lo miró con cara de enfado.

–Disculpa, cariño; parece que se han solucionado todos nuestros problemas y que la fiesta está siendo un éxito –Juno tomó el móvil encendido de su novia y presionó la tecla de «sexo salvaje»–. Vamos a dejar que se diviertan y recuerden esta fiesta como la mejor de sus vidas.

Don sonrió ante el atrevimiento.

La mujer del vestido azul se acercó a otra mujer gordita que estaba a su lado y comenzó a besarla; la mujer gordita al principio puso cara de susto, pero pasados unos segundos las dos comenzaron a besarse y a arrancarse la ropa con una pasión desatada. El resto de los componentes del grupo se abalanzaron unos contra otros siguiendo la sensación que había elegido Juno, «sexo salvaje».

Don sabía que el mayor negocio de la Tierra, las drogas, actúan produciendo placer sin necesidad de esfuerzo, por el mero hecho de consumirse. «Cuanto más se consumen, más se convierte el deseo en patológico y pasa a ser el centro de la vida del adicto. Aquí no hay adicción, y por lo tanto no hay delito. Están viviendo el mejor sueño de sus vidas y la causa es expulsada del cuerpo sin ningún efecto secundario. Dentro de una hora tendrán un recuerdo fabuloso de esta experiencia». Una pareja hacía al amor entre sudores y espasmos.

Juno se acercó a Don.

–La gente estará dispuesta a gastar diez veces más en esta nueva mierda que en la cocaína... Y lo mejor de todo es que... no necesitamos a ningún compañero de viaje... –se lo dijo al oído, como un susurro–. Es el final de los cárteles... Piénsalo, Don.

Don contemplaba a las mujeres, que seguían revolcándose por el césped como si estuvieran poseídas. Esther Nassar le arrebató el móvil de la mano a Juno y cambió a una nueva emoción; aquello ya había sido bastante para una noche.

Don se despidió del grupo; estaba impresionado con lo que acababa de ver. Esther y Juno lo acompañaron a su limusina blindada seguidos de los dos guardaespaldas chinos.

–¿Qué porcentaje de la compañía tienes? –preguntó Don.

–Tenemos el cuarenta por ciento; el resto, un nueve, es un préstamo participativo –se adelantó Juno.

–¿Tenemos? –dijo Esther contrariada–. No me quites ni un gramo del trabajo que hago. Es mérito mío.

–Tenemos que conseguir el paquete completo –Don sonrió a Esther como un padre orgulloso–. A propósito, el numerito de la Policía ha quedado muy bien; el fiscal los va a tener a raya durante un tiempo.

–Yo diría que ha sido una jugada maestra –Juno le pasó el brazo por el hombro a Esther–. En esto no te quito el mérito. La idea de atraer a los policías con el fiscal del Estado delante ha sido de diez. Tardarán en molestarnos... Han caído en la trampa.

Don miró a Ramona.

–Sin duda, pero me sobró el disparo de esa guardaespaldas tuya a la mujer policía.

–¿Lo de Ramona? Creo que es lo que le ha dado credibilidad a la farsa.

–Ha sido una velada muy agradable –sentenció Don.

No dijo más. Se metió en el asiento de su limusina blindada y un valet le cerró la puerta. Por las otras puertas entraron los dos hombres de rasgos asiáticos sin cambiar la expresión. Un coche escolta con tres guardaespaldas, también chinos, lo siguió a pocos metros.

Ramona observaba impasible desde lo alto de la escalera. Juno y Esther se retiraron a sus habitaciones. La fiesta debía seguir y ella estaría vigilante. Miró el móvil que tenía en el bolsillo; leyó un mensaje de texto: «La candidata ha llegado, disparo sin daño a sus zonas vitales». Solo diez palabras, luego lo borró.

Cristina entró en el reino de los cielos.

Así lo creyó cuando se adentró en una intensa luz blanca que dejó sin colores todo lo que ella alcanzaba a ver. La camilla se dirigía rauda por un pasillo blanco y las caras que veía tenían gorritos y mascarillas blancas. Estaba tranquila, iba ver a su hijo. Primero vio a Laura que estaba frente a ella; luego a un hombre de barba blanca. Debía ser Dios que le daba la bienvenida, pensó.

Una luz cegadora la obligó a cerrar los ojos; quería abrirlos de nuevo para ver a Lucas, pero no podía, pesaban. Todo se desvanecía en su sueño. Lo último que pensó fue: «estoy muerta».

Laura Almillar y Ambrose Levi observaban desde una cristalera del quirófano la intervención para extraerle la bala.

–Está viva... –aseveró Laura.

Ambrose Levi, a su lado, tomó el móvil, y tecleó un mensaje y lo envió.

Álvaro Guzmán entró en su apartamento; todavía seguía con su ropa húmeda y oliendo a cloro. Al otro lado de la pared se escuchaba música; eran cerca de las once y la nueva vecina, Gloria Altolaza, tenía la música a tope. Seguía dándole vueltas preguntándose dónde había visto a esa mujer. Miró su viejo contestador de casete. Nadie tenía un contestador como ese, pensó, y además a su hija Rita le encantaba; quizá por eso lo mantenía: era la única manera de seguir en conexión con ella. Tenía un mensaje:

–Hola, papá. En un par de semanas iré con Braulio a Ciudad de México y así te lo presento. Mamá no estará esos días; se va a Nueva York con Rafa; él tiene cosa que hacer allí... Bueno, que iremos a tu casa; es solo una noche. Además, te llevo una sorpresa... Besos, nos vemos.

Miró un cigarrillo de cannabis que tenía ya preparado y lo encendió. A Álvaro Guzmán no le gustaban las sorpresas.

Julián esperó sentado en la cama a que Ana saliera. Ella había dejado la puerta calculadamente entreabierta y se había ido desvistiendo siendo consciente de los efectos que ese desnudo, que parecía espontáneo, tendría en su nuevo novio.

–¡Qué noche de locos! –exclamó desabrochando el corchete de su sujetador y mostrando sus pechos mientras los miraba a través del espejo–. La mejor fiesta de mi vida –se acercó a la puerta y la empujó para impedirle la visión a Julián–. Creo que lo vamos a pasar muy bien juntos.

Tras unos instantes salió del baño con un conjunto de lencería negro que tenía para ocasiones especiales. Julián la miró embelesado. Luego, mientras la joven rubia se acercaba rebuscó en su bolsillo y extrajo su puño como si fuera una caja que guarda un tesoro y se lo ofreció. Ana jugó a abrirlo.

En su interior había una sortija llena de brillos de pequeños diamantes.

–¿Me estás pidiendo que me case contigo? –dijo ella introduciéndoselo en el dedo anular sin dejar de mirarlo.

–Bueno, sí...

Ella lo besó y lo recostó en la cama situándose encima.

–Sí, quiero.

Anthony había vuelto a la oficina. No tenía sueño. Durante la fiesta había estado apartado; apenas había platicado solo con aquella mujer a la que le habían pegado un tiro, que resultó ser policía. Aquel no era su ambiente; su lugar era este, delante de su pantalla.

–Aquí estamos de nuevo, compañera; nuestro Julián nos está traicionando por la fama. El estúpido cree que esa chica está con él por su valor... Eres un auténtico capullo, Nostradamus.

Anthony Somoza, el oscuro, metió el *password* de diez dígitos, que solo él y su socio conocían, y entró en el código fuente.

3. CÓDIGO FUENTE

Son las líneas de texto de un software escritas en algún lenguaje de programación y que determinan los pasos que este debe seguir para que pueda ejecutarse.

Miles de personas se arremolinaban en los alrededores del edifico iluminado por potentes cañones de luz. La Torre Mitikah en Xoco acogía la presentación de Synchro. La expectación generada en los últimos días había ido incrementándose por la cantidad de famosos del mundo del cine y de la música que habían confirmado su asistencia; la alfombra roja estaba en plena ebullición para lo que se había dado en llamar el acontecimiento de la década. Los gigantescos vehículos negros iban abriendo sus puertas y arrojando un sinfín de caras populares para recorrer el pasillo de la fama, que era un medio de vida para el centenar de informadores ahí destacados; con su presencia, esa horda de celebridades estaba prestando su apoyo a la que ya se denominaba la «droga del futuro».

Gritos de los fans, *selfis*, flashes, seguridad, aplausos, alguna firma de autógrafos, sonrisas perfectas a uno y otro lado de las tribunas y el *photocall* con el logo de Synchro, lugar de parada y posado obligado para las caras famosas.

Julián Konks, vestido con una chaqueta oscura de Canalli y camisa blanca de Bijan, observaba desde la ventana de una habitación de la décima planta de la torre la maraña de personas, tráfico y luces que estaban esperando la presentación oficial de Synchro. Había pedido un poco de tranquilidad después de haber sido peinado, maquillado y retocado.

Fuera aguardaban algunos. Julián entrelazaba sus manos y jugueteaba con el nuevo anillo delante del cristal haciéndolo girar, apoyaba la cabeza y generaba un halo de vaho en la superficie transparente que luego tocaba con la nariz, murmurando e intentando memorizar su discurso de presentación de cinco minutos, aunque usaría un teleprónter para leerlo si los nervios le jugaban una mala pasada.

Sentada en un sillón rojo, Ana, vestida con un impresionante vestido de seda salvaje verde y con unos *stilettos* rojos de Louboutin, respondía mensajes en su teléfono.

–Tranquilo, Julián, lo vas a hacer muy bien –le dijo sin mirarlo.

–Hay mucha gente ahí fuera –Julián seguía concentrado en la calle.

–Mira, me dice Alex, del equipo de PR, que el aforo principal, el de la terraza, ya está completo con quinientas personas, y que están acomodando a gente en otras plantas con monitores de televisión –Ana levantó el brazo y le enseñó su pantalla con un mensaje; en su mano brillaban los tres anillos de diamantes que llevaba–. Cuando estés listo, Alex te está esperando fuera.

La puerta se abrió y en la habitación entró Carlo Stamas seguido de Anthony Somoza.

–Bueno, ha llegado la hora. Tenemos que ir a saludar; ya está todo el mundo –dijo Carlo frotándose las manos–. Os aseguro que hay más gente que en la entrega de los Oscars en Hollywood.

Anthony se había vestido con una chaqueta azul bastante discreta. Ana se quedó mirándolo con gesto contrariado.

–Anthony, esa no es la chaqueta que habíamos elegido para la presentación.

–No, Ana, no me sentía cómodo con esa chaqueta roja –respondió mirándose las mangas–. Además, lo importante es Synchro... y nadie se va a fijar en mi chaqueta, te lo aseguro.

–Desde luego, con esa chaqueta nadie se fijará en ti –sonrió irónica–. Bueno, ahora eres un hombre muy rico y eso también cuenta.

Carlo se quedó mirando a Ana con sorna; estaba recordando a la joven desnuda, con ese tatuaje a la altura de la cadera de una flor y una frase que no leyó nunca, gritando mientras hacían el amor menos de cuatro meses atrás. Y luego, cuando Ana se había enterado del potencial de Julián se había reconvertido en la honorable comprometida de un billonario en ciernes.

Julián se ajustó la chaqueta, se acercó a Anthony y le puso las manos sobre los hombros.

–Bueno, compañero, lo hemos logrado... nuestro sueño. Lo hemos logrado, güey.

A Anthony se le iluminó la cara. Llevaba tiempo sin tener cara a cara a su amigo del alma; llevaban tiempo sin platicarse más allá de la corrección.

–Sí, lo hemos hecho juntos.

Anthony se acercó y le dio un abrazo a Julián, que lo aceptó con cariño.

–Hey, chicos, no me olvidéis a mí... Mi pequeña contribución a este éxito –Carlo se acercó y se unió al abrazo como una melé de rugby.

Los tres se empezaron a reír.

Ana Riccoli se puso en pie; con los tacones sobrepasaba la altura de Julián.

–Ya que estamos de tan buen humor, Julián y yo tenemos que daros una sorpresa –dijo.

–Ana, habíamos quedado en guardar el secreto unos días –protestó Julián.

–Son tus amigos; no hay secretos entre amigos, con ellos no cuenta... ¡Son tantas emociones juntas!

Carlo y Anthony se quedaron expectantes. Julián levantó su mano derecha y mostró el anillo que tenía puesto.

–Ana y yo nos casamos ayer... en secreto.

–¿Casados...? ¿es broma, no? –Anthony miró incrédulo a Julián–. ¿Casados?... Si os acabáis de conocer, joder.

Ana dio un paso y tomó la mano de su esposo.

–El amor no es una cuestión de tiempo sino de encontrar a la persona adecuada –dijo ella dándole un cariñoso beso en la mejilla.

–¡No me digas! –se burló Anthony.

Julián saltó ante el comentario de su compañero.

–¿Qué estás insinuando?

–No estoy insinuando nada –dijo Anthony desafiante–. Lo que digo es lo que pienso, que la acabas de conocer, que tendrías que ver más... Justo ahora que las cosas han salido como queríamos, aparece ella... y te cambia y te....

Carlo se dio cuenta de que no era el momento, ni el día, de subir la tensión con palabras.

–¡OK, basta los dos!

«Últimamente todos los diálogos entre los socios acaban en discusión», pensó Stamas.

–Comportémonos como adultos y profesionales –dijo tajante–. Vamos a dejar esto aquí –miró a Julián y a Ana–. Felicidades a la nueva pareja –miró a Anthony–. Tengo unos cuantos años más que vosotros, no muchos, pero alguno más sí y sé que entre amigos hay que aprender a callar alguna cosa –respiró profundamente–. Vamos a salir de esta habitación y vosotros dos... tenéis que responder a las preguntas de la prensa y de un montón de *influencers* que os están esperando ahí fuera... Sois el centro de atención del mundo... y mañana, a solas y en calma, platicáis de vuestras cosas.

Anthony tenía la cara descompuesta y miró a Ana con desdén.

Carlo señaló la puerta.

–Vamos, salid vosotros primero –repitió la orden como un padre que separa a sus hijos en una pelea.

Anthony se dirigió a la puerta y se fue.

Julián lo siguió, pero desde la puerta dijo:

–Carlo, acompaña a Ana. Os veo arriba.

Cuando salieron al pasillo, a Julián y a Anthony les esperaba Alex, el encargado de las relaciones públicas de la agencia contratada para llevar las relaciones públicas y los medios para el evento.

–Chicos, menos mal que habéis salido. La gente está de los nervios –señaló a unos cámaras y fotógrafos que aguardaban junto al ascensor–. Anthony, tienes un par de entrevistas con medios especializados y luego subes a la presentación; ya les he dicho que tienes diez minutos para cada uno, ni uno más –Alex repasó la lista en la pantalla de su teléfono–. Julián, tú tienes ahora a unos *vloggers* que van a retransmitir el evento en directo –miró a la zona de ascensores–. Ven que te los presento –Alex hizo una señal a dos jóvenes que aguardan charlando y que se acercaron a la indicación–. Os presento, es Julián Konks... estos son Braulio y Rita. Os dejo; ahora vengo a buscarte.

Alex se fue a platicar con un grupo de periodistas que aguardaban su oportunidad.

Julián estrechó la mano de Rita y de Braulio:

–Vosotros me decís cómo queréis hacerlo.

Rita tenía un palo alargador de un metro con una cámara GoPro que movía con destreza. Comenzó a grabar y a emitir en directo.

–Amigos del mundo, aquí estamos en la Torre Mitikah, el corazón de Ciudad de México, donde hoy se presenta al mundo...

–Synchro –la interrumpió Braulio–, y con nosotros... en exclusiva... se encuentra... Julián Konks, su creador...

Rita redirigió el palo y lo centró en su cara.

–Si no has oído hablar de Synchro, no eres de este planeta...

Carlo se quedó unos segundos mirando a la puerta por la que acababan de salir Julián y Anthony, luego se giró hacia donde estaba Ana.

–Quién me iba a decir a mí que te vería como una respetable esposa y señora de su casa.

–Y quién me iba a decir a mí que te vería como el abogado de una multinacional y ganando una fortuna –respondió Ana ladeando la cabeza.

–¡*Touché*! –sonrió el hombre–. Que sepas que guardo muy buen recuerdo de ti y que soy un caballero.

–Y yo de ti, y que soy una feliz mujer casada.

–Fueron... digamos, unos buenos ratos en el pasado y es nuestro secreto –Carlo Stamas levantó las palmas de las manos.

–Carlo... Carlo... pasado, presente, futuro... son parte de la vida. Un caballero como tú que puede guardar los secretos de una dama suena bien... y además, Carlo... sabes... yo quiero tener una vida plena... La que me merezco.

Ana se acercó a su ex amante y lo besó cálidamente en la boca.

El ruido de la multitud se elevó hasta la décima planta del edificio; los focos se movían y dibujaban con luz en el cielo líneas sin sentido que se perdían en la noche. Los dieciséis ascensores de la Mitikah Tower subían repletos, veinte personas en viajes de diez segundos, con sujetos que apenas tenían tiempo de mirarse a los espejos para retocarse.

Unos minutos más y la aplicación Synchro fue presentado en público en la terraza a un aforo de quinientas personas, en la planta cincuenta del edificio. Al día siguiente estaría disponible para ser descargada y adquirida en la capital mexicana. En dos meses estaría en Estados Unidos; en cuatro meses, si la Unión Europa no ponía inconvenientes, la empezarían a comercializar en toda la geografía del viejo continente. Luego el resto de América, Rusia, Asia, África...

En dos años y con una inversión billonaria detrás, el producto tendría una dimensión planetaria.

Primero una tenue luz blanquecina, luego sus ojos se abrieron con un pesado movimiento de párpados, con la cabeza reclinada a la derecha y sin apenas fuerza en el cuello para moverla.

Lo primero que sintió fue una arcada e intentó levantar la mano; esta tenía, colocada en su dorso, una cánula que partía de una bolsa de líquido medio llena que colgaba de un trípode de dos ganchos. Una correa ancha a la altura del pecho la sujetaba a la cama. Dobló el codo hasta tocarse con el dedo la nariz; sintió el catéter, un tubo largo, delgado y flexible que entraba por su conducto nasal y que seguramente llegaba hasta su estómago. Le habían introducido la sonda nasogástrica para extraer el aire, líquido o sangre de su interior herido; ahora ese drenaje le provocaba unas náuseas secas.

Cristina Herrera no estaba en el cielo, estaba en la habitación de un hospital donde se recuperaba de una herida de bala en el abdomen. Miraba alrededor. Era el primer tiro que recibía en su vida como policía; de hecho, era la primera vez que la disparaban. Movió la mano hacia su estómago, donde empezaba a sentir los efectos de su despertar sin sedación. Un aparatoso vendaje cubría la totalidad de su vientre inflamado. Su respiración era interrumpida por un dolor seco en el pecho que le hacía expulsar el aire con rapidez. Era posible que la bala le hubiera causado daños en el hígado, en el estómago, en los riñones o en la columna vertebral, pensó. Levantó su cabeza con mucho esfuerzo y alcanzó a ver sus pies. Los movió; la columna estaba bien. Volvió a apoyarse en la almohada. Había tenido suerte.

Una enfermera entró con una jeringa, la miró y fue directa a comprobar el estado de la bolsa de suero que tenía a su derecha, después inyectó el contenido de la cánula en la bolsa de líquido transparente que estaba entrando en su cuerpo por vía intravenosa.

La enfermera vio que Cristina estaba despierta.

–Es un antibiótico –dijo sin ganas de entablar conversación– para el dolor. Avíseme si necesita algo.

Se dio la vuelta y se fue.

Cristina quiso decir algo; sintió la sequedad de su boca, pero sus ojos volvieron a cerrarse. Volvió a un mundo en negro y olvidó.

La siguiente vez que se despertó, fueron unos instantes de consciencia, segundos, y estaba dentro de una cápsula blanca, claustrofóbica; le estaban haciendo una resonancia magnética. Escuchó el ruido que hacen, en su golpeo cadencioso, los electro-imanes. Volvió a ceder al sueño.

–Hola… hola… intenta abrir los ojos.

Un dedo cálido levantó su párpado y la luz de una linterna hizo disminuir el tamaño de su pupila. Sintió unos pasos; una conversación que era un murmullo. Eran dos hombres, pero ella no llegaba a entender nada; palabras sin sentido, solo el rumor de los tonos bajos. Luego una puerta; se habían ido, pensó, y luego escuchó la voz otra vez.

–Hola…

La voz cadenciosa la estaba llamando y Cristina abrió los ojos. A su lado, un hombre atractivo de unos cuarenta años y barba grisácea la observaba.

La habitación era diferente a la de la primera vez que había despertado, era otra. De hecho, no parecía una habitación de hospital; esta era más parecida a la de un hotel de ejecutivos.

Esta vez no sintió la sonda entrando por su nariz; el dorso de su mano estaba señalado por un esparadrapo donde había estado el catéter de la vía intravenosa, y no tenía correas que la estuvieran sujetando a la cama. Posó la mano sobre su vientre y sintió una faja elástica que la constreñía desde debajo del pecho y hasta la cadera para proteger la herida y ayudar a sujetar la musculatura abdominal.

–Tranquila, inspectora, descansa... Te tienes que recuperar; el disparo no ha dañado órganos vitales... Empezarás la rehabilitación en pocos días.

Cristina apenas tenía saliva en la boca y su lengua se pegaba seca al paladar.

–¿Cuántos días llevo así...? –sus primeras palabras eran roncas; sintió en la boca un sabor amargo que recorría su garganta, tragó saliva.

–Desde que te dispararon han pasado dos semanas.

–¿Dónde estoy? –Cristina se restregó con la lengua los labios secos.

–Estás en un centro de recuperación... en Mixcoac, a una hora de tu casa.

–¿Y eres el doctor...?

–Mi nombre es Ambrose Levi y no soy doctor. Soy el encargado de tu recuperación ahora que estás fuera de peligro –el atractivo hombre se mesó la barba.

–¿Eres el fisioterapeuta?

–No, no –sonrió dando confianza.

–¿Psiquiatra?

–Bueno, podemos llamarlo así –le dijo estrechándole brevemente la mano con cariño–. Mi labor es ayudarte a que te recuperes y ofrecerte una nueva vida.

La cabeza de Cristina escapó unos instantes de aquel lugar y volvió a los recuerdos de su hijo Lucas.

–Realmente no estoy muy interesada en una nueva vida... –Cristina concentró su atención en la ventana que dejaba entrever las ramas altas de un árbol–. Al fin y al cabo, una nueva vida no me va a quitar los recuerdos de esta –se frotó los ojos–. ¿Tienes algún método para quitar las penas de esta vida?

–No, no tengo la manera de que recuperes a tu hijo Lucas.

Cuando Ambrose nombró a su hijo, Cristina sintió el dolor de la herida de bala en su abdomen. Una herida es como un código fuente y la cicatriz es como un algoritmo escrito con un disparo.

–¿Qué sabes de mi hijo?

–Yo no tengo la fórmula para que no sientas pena, dolor, ni miedo, angustia, tristeza, o rabia por la muerte de tu hijo. Sinceramente no la tengo, pero puedo ayudarte a cambiar tu vida actual. No soy un dios, pero puedo hacer algunas cosas que solo les están permitidas a estos.

Cristina sintió que las lágrimas se escurrían por sus mejillas y caían sobre su camiseta gris. Se incorporó para no ofrecer una imagen tan vulnerable.

–Te confieso que hemos estado observándote durante mucho tiempo; casi desde que Lucas comenzó con el tratamiento de su enfermedad. Hemos estado siguiendo cada uno de tus movimientos y aprendiendo cosas sobre ti.

Cristina lo escuchaba extrañada.

–¿Sobre mí?, ¿y qué tengo yo de interés? Soy una simple policía, una madre soltera y que se ha quedado sin el único vínculo que tenía con esta vida. No sé qué puedo tener yo de interesante... nada.

–Eres inteligente, íntegra... Ahora sin vínculos, sin nada que perder, sin familia; quizá por eso tengas algo de interés para nosotros.

–No sé si lo que dice es para animarme o para hundirme –dijo con ironía–. Sigo sin ver qué tengo yo de interés para nadie.

–Te hemos vigilado porque nos interesas para nuestra organización –le señaló–; nos tomamos muy en serio la elección del personal.

–¿Cuál es la propuesta que quieres hacerme? –preguntó la mujer postrada–. Estás aquí para hacerme una propuesta, ¿no?

Ambrose se llevó la mano a la barba y clavó los dedos desde los labios hasta la nuez enseñando la dentadura.

–Verás, ahí fuera todos creen que te debates entre la vida y la muerte; de hecho, creen que estás más cerca de la muerte... En una habitación de Cuidados Intensivos del hospital, una mujer muy parecida a ti con tu nombre está en coma terminal y todos creen que eres tú, inspectora Herrera.

Las lágrimas de Cristina habían frenado en seco. Escuchaba con preocupación aquel extraño relato.

–¿Quién eres?... ¿por qué dices esto?, ¿quiénes sois? ¿policías? –los puntos de sutura que cerraban la herida de su vientre se tensaron, un pinchazo entrecortó su respiración–. Quiero platicar con el comisario García.

Las preguntas se amontonaban ante la afirmación de que alguien la estaba suplantando en el hospital.

Ambrose se puso en pie.

–Mi nombre es Ambrose Levi; lo que puedo contarte ahora es que somos de los chicos buenos y que trabajamos encubiertos sin que nadie sepa de nuestra existencia... Trabajamos para el Estado. Somos el último recurso... No nos conoce nadie, no aparecemos en los papeles, ni en las noticias; por eso no podemos tener una vida normal. Por eso... solo puedes estar con nosotros si estás muerta de cara a todos... nosotros lo estamos. Y... si dices sí no habrá vuelta atrás; estarás muerta como nosotros.

Ambrose se paró y la miró interrogándola. Cristina mantuvo el silencio.

–¿Tengo que decidir ahora?

El hombre de la barba gris cerró las palmas de las manos.

–Sí –dijo– porque estás aquí pero no estás. De cara al mundo estás en la habitación de un hospital y te debates entre la vida y la muerte... Si quieres, puedes volver a la vida que tenías –señaló la puerta–. Puedes elegir ahora... vuelves al hospital, todos ven tu milagroso despertar; regresas a tu apartamento y luego a tu día a día, a tu trabajo, y esta conversación no ha tenido lugar; habrá sido un mal sueño del que no platicarás con nadie. Nos aseguraremos de ello, te vigilaremos para que cumplas la promesa. O... puedes elegir estar muerta... seguir con nosotros, olvidar tu pasado, borrarlo para siempre... Sí, la inspectora Herrera habrá muerto y una nueva mujer tendrá una vida nueva: un nuevo nombre, un nuevo pasado que contar... Cambiarías de apartamento, de lugar... Podrías elegir...

–¿Tengo que elegir entre estar muerta para los demás o seguir como estaba?

–Eso es, y lo tienes que hacer ahora. La mujer que te está suplantando no aguantará mucho. Por eso te hemos tenido que despertar, para que tomes una decisión.

Cristina se quedó mirándolo; quería escrutar cada detalle de los gestos que el hombre hacía, como una jugadora de póker que no tiene cartas para poder seguir el juego pero que si abandona lo pierde todo.

Midió la frase:

–Si digo que no, ¿me devolverán al hospital y no habrá pasado nada, verdad?

–Claro, Cristina, eres libre de hacer con tu vida lo que quieras.

Leyó cada detalle de la cara de Ambrose y respondió:

–Sí.

–¿Solo un sí? –Ambrose la interrogó extrañado.

–Mi respuesta es la única salida; solo podía decir sí. El no no es una opción. Primero has dicho «claro»; un tipo tan tajante como tú no ha utilizado un afirmativo rotundo de sí o no, sino una afirmación continuista de la pregunta, un «claro». Segundo, has utilizado por primera vez mi nombre; no te has referido a mí como inspectora Herrera; has dicho mi nombre familiar y cercano: Cristina. Y tercero, tú has dicho: «eres libre de hacer con tu vida lo que quieras»... Ahí está la clave. Supe en ese instante que si rechazo tu oferta estoy muerta. No me dijiste «puedes elegir», como antes; me dijiste «eres libre», que no lo soy, aquí, en esta habitación, ahora... Y eso de «hacer con tu vida lo que quieras», cuando eres una persona que has presumido de saber todo sobre mí; todo lo que he pasado y que no he elegido yo, nunca. Soy un cúmulo de casualidades. Nadie puede «hacer con su vida lo que quiere», nadie. De hecho creo que no hay ninguna mujer sustituyéndome en ningún hospital, que no hay nadie tan parecido a mí como para engañar a una brigada de Narcóticos... Me apuesto un peso a que mi nombre está grabado en una lápida del cementerio junto a la de mi hijo desde hace una semana... Creo que no has esperado dos semanas a platicar conmigo para tomar una decisión. Creo que para la gente de ahí fuera yo ya estoy muerta... comienzo a ser un recuerdo. Nunca he oído hablar de vosotros porque nadie ha podido hacerlo, y si eres el jefe de esa organización secreta es porque no dejas cabos sueltos y yo sería uno. En conclusión, que lo que me estás ofreciendo no es una decisión por tomar, simplemente es mi única alternativa.

Álvaro Guzmán entró en su apartamento; eran las seis de tarde. Vio las dos maletas pequeñas que se acomodaban en una esquina sin entorpecer el paso. «Rita y su novio han pasado por aquí», pensó. Rita tenía llave; todavía se sentían el vapor de la ducha y los olores a jabón. «No hace mucho que se han ido; vendrán cuando termine el evento ese que tenían y espero que no sea muy tarde...». En la mesa frente a la pantalla de la televisión, pegado a la caja blanca de cannabis de Guzmán había un objeto metálico parecido a un pisapapeles, un disco de hockey sobre un hielo sofisticado, del que se desprendía un cable que iba al enchufe; junto al extraño artefacto una nota. Era el regalo que le había prometido su hija.

«Una mierda más pensó». Ni se acercó a mirarlo, ni leyó la nota.

Cuando Braulio y Rita llegaron en un Uber a la puerta de la Mitikah Tower había un gentío expectante que aclamaba a cada una de las caras conocidas que iban llegando en sus limos negras. Ellos estaban acreditados como periodistas expertos en tecnología. Además, Alex, el que llevaba las relaciones del evento, les había prometido diez minutos de entrevista en exclusiva con Julián Konks, el CEO, uno de los fundadores de Synchro.

Braulio se cacheaba los bolsillos nervioso.

–He olvidado mi libreta en la maleta, en casa de tu padre –dijo llevándose los dedos a la frente.

–No se va a mover de ahí y mi padre te aseguro que no tiene ningún interés en tu libreta de pensamientos –Rita enseñaba su identificación al hombre de seguridad y pasaron.

Braulio miró su móvil; tenía un mensaje de Alex.

–Tenemos que subir a la planta décima, nos espera allí.

Tres golpes en la puerta. Guzmán se acercó a abrir; era Gloria Altolaza, la nueva vecina, con una botella de vino y un plato con empanadillas.

–Hola Álvaro, estaba preparando unas empanadillas y he pensado «vamos a disfrutar un rato con la compañía del hombre más excitante del condominio».

–Si tenemos en cuenta que soy el único hombre que vive aquí desde que el viejo Robert se fue, no es un gran aliciente.

Gloria entró sin ser invitada; era de ese tipo de mujer acostumbrada a salirse con la suya.

–Ponte cómoda, como si estuvieras en tu casa –dijo Álvaro con resignación–. Iré a por una copa para el vino.

–¿Dos?

–No te acompaño, no bebo alcohol.

–¿Ah?

–No, no me sienta bien y decidí no probarlo de nuevo –señaló la caja de marihuana–. En cuanto a vicios confesables solo fumo cannabis.

–¿Y en vicios inconfesables?

–Voy a por la copa, relájate si quieres.

Mientras Gloria se sentaba en el sofá, el policía, cansado, se acercó a la cocina a por una copa que hacía mucho que no se usaba, la pasó por agua y la llevó húmeda: de un estante agarró un pequeño mantel de flores que no había utilizado nunca.

–Llevo días preguntándome de qué te conozco.

–Me ocurre a menudo, pero la respuesta es fácil: soy conductora de un noticiario en Televisa; seguro que lo has visto alguna vez... el de las mañanas.

–Eso, claro.

Gloria observaba el aparato cilíndrico con la nota que estaba sobre la mesa.

–Veo que te han regalado una inteligencia artificial, ¿quién es Rita? –Gloria leía curiosa la nota que había junto al aparato.

–Rita es mi hija. Hoy estarán durmiendo aquí, ella y su novio; viven en Guadalajara, pero tenían no sé qué evento.

Gloria observó la nota y se la pasó a Álvaro, que la leyó en voz alta:

–Álvaro, este es el regalo, seguro que te va a encantar. Se llama Betty y puedes pedirle lo que quieras. Solo tienes que darle al ON. Besos, Rita.

La nota estaba adornada con un corazón dibujado junto al nombre.

–Ni idea de cómo funcionan estos cacharros. –Guzmán dejó la nota boca abajo junto a su copa.

–Es fácil –Gloria posó sus dedos en la superficie del ingenio y se encendió una luz verde seguida de un tono grave como de timbal–. Ya está.

Gloria tomó la botella y sirvió vino en las dos copas.

–¿Y...? –Guzmán se encogió de hombros.

–En la nota pone que se llama Betty.

Al decir el nombre, sobre el cilindro apareció una proyección luminosa de su hija Rita de unos treinta centímetros.

–¡Hola Álvaro! –era la voz de su hija Rita.

–¡Qué fuerte! –Álvaro estaba impresionado.

El holograma tridimensional permanecía a la espera.

–Betty, ¿puedes poner música romántica? –dijo Gloria.

–Hola, sí, puedo buscarte una selección de música romántica.

Guzmán señaló el disco.

–Es la voz de Rita, mi hija.

–Tu hija ha debido personalizar la AI –Gloria miraba divertida aquella figura pequeña creada con luz y que se movía y platicaba como un hobbit sin pies grandes.

–¿AI?

–Sí, *Artificial Intelligence*.

Unos acordes de piano comenzaron a sonar y la imagen de Rita desapareció. Álvaro estaba sorprendido.

–¿Cómo has dicho que se llama esto?

–Betty, pone que se llama Betty. Es una AI.

La imagen de Rita volvió a aparecer.

–Hola Álvaro, ¿quieres seguir escuchando música romántica?

En la fiesta, Rita y Braulio habían terminado de grabar el video con Julián y estaban agradeciéndole a Alex su participación en el evento.

–Nos vemos en la terraza, subimos en diez minutos –dijo este–; la presentación es en veinte. Id tomando algo.

Alex se quedó con Julián Konks en la décima planta y ellos se hicieron hueco en un ascensor atiborrado.

Cuando se abrieron las puertas, un cañonazo de música y luces paralizó a todos los que había en el ascensor. Risas, frases de sorpresa y los ocupantes fueron abandonando el habitáculo; en la terraza el ambiente era brutal y la noche cálida acompañaba.

–¡Qué pasada! –Rita le estrechó el brazo a Braulio.

–Sí, aquí está reunido lo mejor del mundo –dijo su compañero considerándose uno de los elegidos.

La vista nocturna era espectacular; millones de luces se extendían a sus pies.

Dos chicas jóvenes vestidas con trajes espaciales se acercaron a la pareja, que tenía unas cámaras pequeñas en la mano.

–¡No me lo puedo creer! –dijo una de ellas–. Eres tú... eres Rita... la *vlogger*... Me fascinas... ¡Eres la mejor!

–¡Te adoramos! Vimos tu recomendación del nuevo *u-phone*... Nos encantó –dijo la otra–. ¿Nos hacemos un *selfi*?

Una de las jóvenes lanzó su brazo y tomó una instantánea de las tres poniendo los dedos en forma de V. Braulio las miró con desinterés.

–Gracias... nos vemos –se despidió Rita.

–¡Qué pareja de retrasadas!

–Braulio ¡estás celoso!... –se burló Rita y tomó una copa de *champagne* al vuelo de una bandeja que llevaba un camarero que pasaba por su lado.

–Tenemos que acercarnos al escenario para grabar la presentación –Braulio señaló el escenario y luego una zona sobre la piscina que tenía buena vista del atril y de los edificios colindantes cuyas plantas permanecían encendidas.

–OK, vamos, pero voy a llamar a mi padre para ver cómo anda –Rita toqueteó en la pantalla.

En el apartamento, Álvaro y Gloria charlaban con las copas en la mano cuando sonó el tono que anunciaba una llamada en el teléfono de Guzmán; este se levantó y lo cogió.

–Hola Rita, estamos probando esta cosa que me has traído, la AI... Sí, estoy con Gloria, una vecina... Me ha encantado... Eso de que sea tu imagen y tu voz... es... sí... sí... ¿cómo? No te oigo bien... Sí, lo hago ahora...

Álvaro se acercó a la mesa y colocó el móvil junto al cilindro; en tres segundos la imagen de Rita apareció proyectada, estaba platicando desde la fiesta.

–Hola, ¿me veis?

–Sí... –dijo Álvaro.

–Aquí estamos, te llamo desde la fiesta de Synchro. Álvaro, te voy a presentar a Braulio.

Rita se apartó y Braulio entró en plano.

–Hola Álvaro, tengo ganas de conocerlo. Rita me ha contado muchas cosas de usted.

La conexión era buena, pero había mucho ruido de la algarabía de alrededor.

–Bueno, muchas cosas sobre mí no se pueden contar... Se nota mucho follón donde estáis.

Un resplandor a la espalda de Braulio dejó la pantalla en blanco unos instantes. Volvió Rita.

–Álvaro... ahora te llamo; esto va a comenzar y lo vamos a retransmitir en directo.

La imagen se cortó y volvió a sonar una melodía de jazz interpretada al piano. Gloria dio un sorbo prolongado e intenso a su copa de vino.

La música de la fiesta bajó de volumen. Braulio comenzó a grabar con su móvil en *streaming* y con su imagen ocupando toda la pantalla.

–Hola, aquí estamos en directo desde Ciudad de México, desde este precioso lugar donde se presenta... Synchro.

Braulio abrió el plano y apareció Rita.

–Hola, gentes del mundo, besos de Braulio y Rita para todos nuestros seguidores, en especial para las chicas que nos están viendo. Somos las más listas.

–Vale, Rita, vale, no empieces con esas tonterías ahora en directo. Comienza una nueva era de la tecnología y lo vamos a vivir en directo...

Braulio enfocó la pequeña cámara sobre el escenario. Julián Konks estaba subiendo los cinco peldaños que lo llevaban al estrado en el que había un logo gigante de Synchro iluminado.

–Hola, gracias por estar con nosotros una noche tan importante –la gente aplaudía y gritaba al CEO de la compañía–. Hoy presentamos Synchro al mundo. Mi nombre es Julián Konks –aplausos– y no quiero olvidar el nombre de mi compañero y socio en esta aventura... Pido un fuerte aplauso para Anthony Somoza –un foco alumbró a Anthony y hubo aplausos–. ¡Anthony!, saluda –Julián se dirigió a la gente–. Es un tipo un poco vergonzoso... Hoy presentamos Synchro, una App y un microchip, un conjunto de líneas de texto que son ya más valiosas que todo el oro y todos los diamantes que existen en el mundo –la gente gritaba emocionada. Julián levantó un móvil encendido–. ¡Aquí es donde se guardan los algoritmos del placer! –El público estaba aplaudiendo y gritando exaltado. Continuó su discurso–. En unos instantes un dron bajará del cielo y traerá un cargamento de Synchro; todos vamos a probarlo esta noche, y luego, todos sincronizados, nos lo vamos a pasar muy bien... Podemos elegir entre más de veinte estados emocionales diferentes... Hoy pondremos uno poco salvaje –la gente se rió–. Será... diversión y baile sincronizados... A partir de mañana podéis hacer lo que queráis... Pero hoy, ¡vamos a disfrutar ya con Synchro!

Los invitados en la terraza gritaban alborotados y el volumen de la música subió. Braulio giró su móvil.

–Ya habéis oído a Julián; vamos a probar Synchro...

Apareció Rita por detrás:

–No os vayáis, seguimos en directo...

Rita miró al cielo y apuntó con la cámara al lugar donde muchos señalaban con el dedo. Un dron estaba haciendo su entrada sobre el cénit del edificio. La cámara enfocó al dron que ya estaba a pocos metros de altura.

–Mirad el dron, en cuanto nos traigan los microchips, lo vais a vivir con nosotros, aquí y ahora, con Rita y Braulio –dijo Rita.

En el apartamento Gloria y Álvaro estaban besándose en el sofá; la música de jazz seguía en el ambiente. Álvaro besaba a su vecina en el cuello y le desabrochaba la camisa de manga corta; Gloria echaba el cuello para atrás, entreabría la boca, cerraba los ojos y abría las manos entregándose.

No habían probado ni una empanadilla y la copa de vino de Gloria estaba vacía.

Rita se acercó a un círculo de personas en cuyo centro estaba Braulio grabando con su móvil. El dron de reparto había hecho su entrega y se elevaba de regreso al hangar. Braulio tenía en la mano dos bolitas negras que enseñó a la cámara.

–Esto es Synchro –dijo.

Rita cogió una bolita y la observó:

–Es muy pequeña, blandita...

Braulio se grabó llevándose la mano a la boca e ingiriendo una de las bolitas.

–Me la voy a tragar y a disfrutar de esta nueva droga legal.

Rita siguió mirando ensimismada la perla negra agarrada entre sus dedos.

Braulio dejó de grabar y guardó el móvil.

–Tómatela –ordenó.

–No, hoy no, no tengo bien el estómago. Prefiero en otro momento; voy a disfrutar mirando.

Braulio pareció contrariado. Rita sacó la cámara y comenzó a grabar.

La vista desde la planta treinta no podía ser más espectacular. Sonó la voz de un DJ:

–¿Estáis preparados?

–¡¡Sí...!!

La muchedumbre gritaba enfervorizada; se habían tomado el chip y aguardaban los efectos de la sincronización.

–¡¡Pues comenzamos!!

Más gritos de aprobación.

–¡¡Sincronizando!!

La música se apoderó del ambiente.

Todos bailaban. Los camareros se habían retirado y mientras grababa, Rita apretó el botón táctil para redirigir la señal a su padre.

Álvaro Guzmán y Gloria Altolaza hacían el amor sin apenas haberse quitado la ropa cuando la música se interrumpió y apareció la proyección de la fiesta desde el móvil de Rita. Álvaro se paró y se cubrió, Gloria se rió.

–Es solo una conexión unidireccional.

–¡Qué susto me he llevado!

–Ven... –Gloria le tendió la mano.

Álvaro se acercó y la besó en la frente y volvieron adonde lo habían dejado. Las imágenes de la fiesta y su ambiente quedaron de fondo en esos momentos de intimidad.

La gente comenzaba a sincronizarse. Rita observaba y grababa el espectáculo, sorprendida por los cientos de personas moviéndose al mismo ritmo de la música y riéndose. Braulio bailaba y sonreía con la mirada puesta en las estrellas. Aquello era una locura extraña. Cuando todos saltaban al compás se notaba temblar el suelo, como si de un terremoto se tratase. Rita se asustó un poco. Pero fue en ese momento, cuando Braulio trató de hacerle bailar sujetándola de la cintura, cuando Rita se asustó de verdad.

–Vamos, deja el teléfono... –Braulio la dejó ir dándole un ligero empujón.

Ese empujón en apariencia inocente fue muy extraño para ella, y aunque siguió grabando ya no lo hizo divirtiéndose; aquello no le estaba gustando y en su cara se notaba que estaba preocupada. A su alrededor todo eran expresiones de felicidad y danza colectiva.

De repente sintió otro empujón; este no se lo había dado Braulio sino una mujer con un vestido de fiesta naranja que bailaba al ritmo; luego vino otro, y otro; una lista de bailarines, que se acercaban a Rita, empujándola cada vez más fuerte hacia una esquina de la terraza del rascacielos. Todos reían y empujaban. Rita apenas articulaba palabras sueltas:

–Alto... dejadme... ¿Braulio?... ¡quietos! –hasta que pronunció la palabra que el terror trae a los labios de los niños–. ¡Papá!...

Guzmán miró la proyección; había escuchado «papá» de boca de su hija Rita. Apenas podía ver qué estaba pasando; la cámara se movía de un lugar a otro y con la música tampoco podía escuchar con claridad la voz de su hija. Gloria también miraba con extrañeza la retransmisión.

Braulio apareció en cámara y pareció que tapaba el objetivo con su mano extendida. Luego hubo un movimiento brusco de la cámara y se vieron los edificios colindantes a la Torre Mitikah.

Rita estaba aterrada; los empujones la acercaban al borde de la terraza, su cintura estaba tocando la barandilla de cristal. Braulio estaba delante de ella; la miraba sin mostrar emociones y la empujó una vez más.

Su novio le dio el último empujón, un empujón suficiente para hacerle caer al vacío y que su garganta desgarra un grito que la música de la fiesta camufló.

Rita caía.

Golpeó el asfalto secamente. Quedó en una posición grotesca, como una muñeca de trapo y arena que cae de una estantería, en una zona acordonada por la que en ese momento no pasaba nadie.

El charco de sangre se estaba haciendo grande. La gente, después de la impresión del impacto se puso a hacer fotos y *selfis* como si aquello fuera parte del espectáculo.

El móvil de Rita, a unos metros de ella, seguía funcionando y retransmitiendo.

Álvaro Guzmán miraba inmóvil la proyección de aquel plano ladeado que seguía en antena, sin entender muy bien lo que acababa de pasar pero con la terrible sensación de que había visto los últimos instantes de la vida de su hija. Gloria se arropó; una tormenta de frío intenso se había colado en aquella casa a través de las rendijas de una inteligencia artificial.

Esther Nassar se fue de la fiesta cuando Julián Konks comenzó su discurso. Bajó en el ascensor sola. Lo que iba a pasar ya lo sabía: música y Synchro. Ella había comprobado los efectos de la pastilla negra el día anterior. Estaba sola y en su habitación.

La aplicación de Synchro dividía las emociones en cuatro posibilidades: felicidad, miedo, melancolía y furia, y las entrelazaba con los sentimientos, que son las experiencias subjetivas de las emociones, lo que ocurre cuando el cerebro interpreta estas, y que pueden ser positivas, como la felicidad, la alegría, el humor; o negativas, como la tristeza, el miedo, la frustración y la culpa. También pueden ser neutras, como la compasión o la sorpresa. Finalmente, la mezcla con los grados de excitación, relax, o desinhibición ofrecían una infinidad de combinaciones que iban desde la experiencia de un miedo aterrador, o un éxito seguro entre quinceañeros, hasta un viaje alucinógeno relajado, ideal para amas de casa cuando sus hijos se van al colegio; desde la euforia de risas y desenfreno juvenil hasta sexo tántrico y de atracción visual; todos los gustos y opciones. Todo depositado en unas líneas de código para que los humanos cambiaran por unos momentos el sentido de sus vidas.

Esther había ingerido la bolita de Synchro, se había echado en la cama, había elegido y apretó la pantalla de la vivencia que quería tener. Luego extendió sus manos y brazos como el Hombre de Vitruvio de Da Vinci visto en plano cenital y esperó unos segundos, mirando al techo azul de su habitación hasta que la electro-estimulación cerebral le hizo efecto y se dejó llevar.

La limo estaba aguardándola en la puerta.

El gentío estiraba sus manos con sus teléfonos dirigidos al cielo, a las luces y a lo que acontecía en la terraza, en la última planta. Una pantalla gigante en la fachada retransmitía imágenes de la fiesta; imágenes en movimiento y confusas.

Cuando Esther Nassar entró en el vehículo se dio cuenta de que no había griterío alguno; la calle estaba en silencio. El automóvil negro arrancó en medio de aquel extraño mutismo en su lento recorrido. Esther, acomodada en su interior, observó a través de las lunas tintadas caras de angustia, incredulidad y asombro que miraban a lo alto.

Cuando el vehículo de lujo se disponía a doblar la esquina vio que una chica se llevaba las manos a los ojos y a otro joven que desvió su mirada al suelo, seguido de un grito conjunto y seco.

Rita estaba cayendo mientras el vehículo se alejaba camino de la casa de Don Nassar.

Don esperaba la llegada de su hija en su galería de tiro. En su mano tenía una semiautomática Sig-Sauer P-226 y en la cabeza unos cascos negros para protegerse del ruido. Don era un buen tirador.

Esther llegó a la sala de tres carriles y cien metros de largo con el vestido de fiesta verde esmeralda y unos tacones a juego, de Ferragamo. Don se quitó los cascos y posó la pistola en un aparador con estantes acolchados en cuero.

–Contratiempo. Ha habido un accidente en la presentación de Synchro; una chica ha caído desde la terraza, no se sabe si por suicidio o accidente.

Don no cambió su gesto. Se acercó y besó a su hija.

–La muerte es parte de la vida; de hecho, es lo único que sabemos que va a pasar.

–No es un buen momento durante la presentación, no lo es.

Esther se dirigió a la repisa y cogió la pistola que acababa de dejar su padre y se le quedó mirando.

–La P-226 tiene un sistema de disparo de doble acción con martillo a la vista; esta está modifica –dijo el viejo hombre.

Don señaló las cachas del revólver y Esther asintió observando el arma como si de una obra de arte se tratara.

–Las de serie son de plástico y estas son de aluminio... el guion y alza colocados en forma de cola de milano; este botón es para liberar el cargador... esta es la palanca para destrabar la corredera y esta es otra para desmontar el martillo... Pero lo que más me gusta es que está siempre preparada, no tiene ninguna palanca de seguro manual...

Don sonreía ante las palabras de su hija.

–Realmente compartimos los mismos gustos.

Esther se puso unos cascos para amortiguar el impacto del ruido y disparó tres tiros seguidos sobre una silueta de goma situada a veinte metros. Los tres impactos le dieron al maniquí de lleno en la cabeza.

Dejó el arma y se volvió a su padre.

–Vas a ser abuelo.

La fiesta en la terraza continuó como si nada hubiera pasado tras la caída de la *vlogger*; cuando llegó, la Policía interrumpió la música, pero ellos seguían bailando con un ritmo oculto que estaba en la mente colectiva. Julián Konks, que prestaba declaración, le mostró a un agente su móvil y desactivó la aplicación; todos parecieron despertar de un plácido sueño y comenzaron a aplaudir. Synchro era un éxito.

Luego el CEO fue invitado por el comisario García a acompañarlo a la comisaría; era el máximo responsable del evento y tenía que dar alguna explicación. Algunos agentes intentaban tomar declaración a los testigos, que en esos momentos estaban bajo los efectos de una aplicación de móvil.

Braulio fue esposado mansamente, sin resistencia y con una sonrisa sádica en la mirada, y entró en el ascensor escoltado por dos policías que le leían sus derechos.

Ana Riccoli estaba desconcertada, compungida; Julián le había pedido que se fuera a casa y esperara su llamada. Anthony Somoza no fue interrogado, nadie se fijó en él. Miró a Ana y pensó: «qué lástima que no hayas sido tú la que haya caído desde la terraza, zorra».

Cristina Herrera estaba sentada en la cama con los pies sobre la alfombra y probaba sus fuerzas para intentar levantarse cuando la puerta se abrió y entró Laura Almillar.

Las dos se quedaron mirándose como dos desconocidas que se encuentran el día del Juicio Final. Una se acababa de morir, la otra, aunque llevaba mucho tiempo muerta, estaba volviendo a la vida.

Álvaro Guzmán conducía desesperado, no rápido, desesperado, porque no quería llegar a donde le aguardaba la más cruel de las identificaciones. Minutos antes había intentado llamar a su ex mujer y no pudo; no tenía palabras para decirle lo que había pasado. También había rechazado el ofrecimiento de Gloria, su vecina periodista, de acompañarlo para que no condujera en aquel estado. Miró un cigarro de marihuana que tenía junto al cambio de marchas y comenzó a llorar.

Juno Coentrao subía al *jet* privado que lo trasladaría a Colombia a la Hacienda Alcázar. Había convocado a los capos en asamblea; su padre, Néstor Coentrao, asistiría desde Sao Paolo. Se acomodó en un asiento y se puso a ver las noticias en una pantalla; la muerte de una periodista acaecida en la presentación de Synchro era la noticia de todas las cadenas.

Ramona y tres de sus mejores hombres aprovechaban el viaje para desmontar y limpiar con esmero su material de trabajo. Las armas despiezadas se esparcían sobre sus mesas de viaje.

Rita Guzmán yacía sobre el frío asfalto. Los de la Científica fotografiaban con detenimiento cada centímetro alrededor del cadáver; también señalaban con marcadores los detalles de interés.

Los flashes de los móviles en la distancia continuaban, lanzando sus destellos silenciosos.

Un agente tomaba con delicadeza, guantes de silicona puestos, el móvil que aguardaba encendido y retransmitiendo. Lo miró, lo apagó y lo metió en una bolsa de plástico donde ponía rotulado en rojo: «evidencia».

4. EVIDENCIA

Es el conocimiento o prueba que podemos afirmar como verdadera y que corrobora la certeza de una proposición. Pero como nuestro conocimiento es intuitivo, cuando afirmamos u opinamos sobre algo no siempre estamos seguros de la evidencia.

Eran cerca de las dos de la mañana. Julián Konks salía con su abogado de la comisaría de Policía. Soplaba un viento nervioso y racheado.

–Descansa –le dijo el hombre del traje negro encorbatado a modo de despedida mientras se dirigía a un Mercedes blanco de alta gama que estaba aparcado enfrente–. ¿Seguro que no quieres que te lleve?

–Seguro, prefiero andar un poco y luego tomaré un Uber, gracias.

Konks miró el edificio de ladrillo rojo que acababa de abandonar; las luces estaban encendidas al completo y había movimientos de sombras nocturnas. Un vehículo de Policía hizo su entrada en el recinto sin estridencias. Dos agentes se bajaron del vehículo; uno de ellos se colocó unos guantes de látex, abrió la puerta trasera y apoyó su mano sobre la cabeza de un individuo para evitar que se golpeara al salir. Un hombre de unos cuarenta años, esposado a la espalda, salió con dificultad del vehículo y, custodiado, subió los cuatro escalones de la entrada con pasos renqueantes.

El Mercedes blanco con su abogado de mil dólares la hora abandonó el recinto vallado de la estación de Policía con un pequeño toque de claxon.

Julián había decidido caminar un rato para despejarse de la tensión vivida. «El accidente y luego –pensó–, todo está yendo muy rápido». Estirar un rato las piernas le vendría bien. La muerte de la chica con la que había estado esa misma tarde le había impresionado. Rita se había mostrado pizpireta y alegre durante la entrevista; hacía un rato, cuando estaba sentado esperando en un pasillo, había pasado esposado el compañero de la *youtuber* fallecida, Braulio. Parecía tranquilo; le acusaban de homicidio involuntario, le dijeron, y eso podría conllevar una pena de entre doce meses y tres años de prisión, más multa y luego dos años de libertad condicional. Un terrible accidente; aquella chica estaba muerta. Era una *teenager*.

Antes de salir, en la zona de parking Julián se fijó en un Prius híbrido del 19 que tenía las luces encendidas y el motor en *standby*; en su interior un hombre tenía apoyada la cabeza sobre el volante. Parecía inmóvil. De repente, el hombre se irguió y ambos se quedaron mirándose. El hombre tenía los ojos enrojecidos; Julián lo reconoció, era el policía que había apuntado a la cabeza al fiscal Aster en la fiesta de hacía dos semanas en casa de Esther Nassar. Era buen fisonomista, seguro que era él. Durante unos segundos se sostuvieron la mirada. Julián parecía el ciervo al que le deslumbran los faros de un coche instantes antes de ser atropellado y lanzado a la calzada herido. Julián continuó su camino, empujado por un golpe de viento que le obligó a dar un paso y dejar de observar a aquel individuo que estaba en el interior de su vehículo con evidentes signos de desesperación.

Konks se fue a la derecha. Después de saludar con la mano al policía que estaba en el interior de la garita medio adormecido, las luces le parecieron más intensas por ese lado. No tenía muchas ganas de regresar a su nueva casa con su nueva esposa; quizá Anthony tenía razón y se había precipitado, pensó. En sus pasos reflexivos encontró un poco de paz. No estaba arrepentido, pero lo de casarse ante un juez de paz y sin testigos, amigos ni familia había sido una extravagancia propia de un calentón y no de una mente calculadora como la que consideraba que él tenía. Sabía que era difícil mantener el pulso calmado cuando Ana se quitaba la ropa y le ofrecía todo su cuerpo. Nunca se había acostado con una mujer de ese temple. Sonrió; era una mujer diez. Luego estaba lo de Anthony, el bueno de Anthony. Lo de Anthony era diferente; le preocupaba de verdad. Había notado una crispación que iba en aumento desde que el proyecto era una realidad, y luego lo de Ana; se notaba que no había química entre ellos. Los dos juntos habían hecho posible Synchro. Quizá debería sentarse a platicar con él con calma. Es verdad que Ana había entrado en su vida de manera sorpresiva. Él estaba enamorado hasta los huesos, pero tenía que dedicarle algo de tiempo a Anthony; eran socios a partes iguales, pero ante todo eran amigos. Mañana lo llamaría para cenar juntos y platicar.

Una ráfaga de viento en el costado le hizo girar a su derecha distraídamente para protegerse del impacto de la ráfaga en la cara.

Ahí estaba. Un hombre en la otra acera se paró y se dio la vuelta reaccionando ante su giro repentino. Extraño. Julián se inquietó ligeramente. Anduvo unos pasos más y disimuladamente movió la cabeza para ver si estaba el hombre. Ahí estaba. Caminaba despacio, un poco por detrás de su objetivo: él.

Debía ser una paranoia suya, se dijo. ¿Quién le iba a seguir y para qué? Estará paseando a su perro, pensó. Sus pasos lo llevaron delante de un cristal de una lavandería cerrada; al otro lado de la calle vio la sombra oscura, sin perro, y sintió miedo. El hombre estaba en un punto sin luz y a esa distancia no se identificaban los rasgos de su cara. Nunca había sentido miedo, nunca había tenido ningún motivo por el que sentirlo. Se arrepintió de no haber aceptado la invitación del abogado.

En la calle a esa hora no había más ruido que el de las pisadas de sus caros zapatos.

Konks no quería apurar sus pasos para no hacer llamativo lo que era evidente: aquel tipo que estaba al otro lado de la calle le estaba siguiendo. Pensó que a lo mejor no se había dado cuenta de que lo había descubierto. Intentó seguir caminando tranquilo. Aprovechaba los cristales que tenía a su paso para ratificar la presencia de la sombra sin rostro que lo seguía. Podía darse la vuelta y volver a la comisaría; estaría a unos cuatrocientos metros, quizá menos, y apenas pasaban vehículos a aquella hora.

Miró de nuevo. Le pareció que el individuo metía su mano derecha en el interior de su chaqueta; podía ser que llevara un arma. Un par de vehículos se acercaban de frente en la distancia; venían tranquilos. Pensó en parar uno. Ridícula idea; no se iba a arrojar sobre el capó de un vehículo en marcha.

Un semáforo en rojo frenó sus pasos. Al otro lado de la calle, en la esquina, había un supermercado abierto. Esperó la luz verde y miró a un lado y a otro para cruzar; seguía en rojo. Se volvió a mirar; el individuo no estaba donde tenía que estar.

Se oyó un ruido a su espalda. Se giró y ahí estaba; el hombre iba en su dirección. Miró a los lados; un coche venía distante. Se lanzó a una pequeña carrera para cruzar la calle de dos sentidos. El hombre que lo perseguía debía estar a unos diez metros, entonces inició una carrera sin mirar atrás.

Lanzó sus manos a la puerta de cristal del establecimiento y la empujó haciéndola temblar; tenía el pulso acelerado y unas gotas de sudor asomaban en su frente.

Un hombre anciano lo miró asustado desde detrás de la caja registradora.

Anthony Somoza se había ido de la fiesta en una limo que la organización había puesto a su disposición. Con la entrada de la Policía y las preguntas a los testigos, la gente había comenzado a dispersarse. A él nadie le había requerido nada, ni preguntas, ni respuestas. Pensó en irse a su nuevo apartamento; había alquilado una vivienda de diez mil dólares al mes en una de las zonas más exclusivas de Polanco. Piscinas, *gym* y todo tipo de servicios; ahora era millonario y su cuenta bancaria había pasado de tener cincuenta pesos a más de treinta y cinco millones en tres meses. El apartamento de lujo amueblado era un pequeño capricho, muy alejado de lo que había vivido hasta ahora. El llamativo vehículo entró en la zona más animada de Juárez, en la calle Florencia, donde los bares de ambiente enarbolaban sus banderas arcoíris con música y luces, mucha gente y mucho ruido.

–Déjeme aquí –le dijo al chófer que conducía.

–Lo que desee.

–Si quiere puede irse, no necesito que me espere.

–No, no se preocupe. Tengo órdenes de llevarlo a casa. Esperaré lo que sea necesario; tenga mi teléfono –el conductor le dio una tarjeta con el teléfono–. Estaré en la zona. Cuando quiera me llama; pasaré a buscarlo. Diviértase.

–Gracias.

Anthony Somoza se apeó de la limusina y entró en Vaqueros Bar, un lugar donde las mujeres se contaban con los dedos de una mano. Había ambiente de hombres, pelos muy recortados, camisetas ajustadas, cuerpos de gimnasio; jóvenes y hombres canosos unidos por una misma regla: pasar un rato, disfrutar con alguien, y cada uno después a su casa.

El juego de miradas, su actitud, su salida de la limusina no habían pasado desapercibidas a los amantes de lo nuevo.

Anthony había ocultado sus sentimientos desde niño sin decirle a nadie que sus ojos se dirigían a los de su mismo sexo; lo que no había experimentado en su vida lo haría en las siguientes tres horas.

Los humanos fabricamos nuestras propias evidencias, lo que nos parece siempre cierto. Pero el conocimiento se amalgama con nuestra ideología, con nuestra moral, con nuestros sentimientos, con nuestros deseos y voluntades, los nuestros, individuales. Lo hacemos cada uno con nuestros pensamientos y luego colectivamente los ponemos en común. Es ahí donde cada uno cree tener razón y que las cosas deberían ser como individualmente las pensamos. Anular las evidencias de los otros conforme a nuestro particular criterio de cómo debe ser el mundo, erigirse en dueños de la verdad, del camino a tomar, o nombrar a un dios castigador para anteponer el criterio de cada uno sobre el de los otros es una aberración y una tiranía para el resto de los humanos que piensan y sienten de forma diferente, se dijo Anthony Somoza.

Cuando dio los pasos que separaban la limusina del bar se sintió libre.

Entró de lado, rozando otros cuerpos. Llegó a la barra y se hizo un hueco; pidió un *gin and tonic* de Mare que recordaba haber visto en una revista; era la ginebra más sofisticada del mundo según el artículo. Unos segundos más tarde un hombre de unos treinta años, musculoso y rubio, se acercaba a él con una copa vacía en la mano.

La mirada de Laura Almillar había cambiado; se había hecho más dura, penetrante. En su cara había dos cicatrices pequeñas, una en el pómulo y otra en la barbilla, que Cristina reconoció de inmediato como nuevas en el rostro de su amiga. Había envejecido. Las dos tenía la misma edad, pero Laura ahora estaba fibrosa y marcada, enjuta; apenas tenía grasa sobrante. Toda su figura parecía amenazante.

–Siento mucho lo de Lucas –Laura mantenía la distancia.

–¿Fuiste tú la que le llevó un ramo con diez rosas, verdad?

Cristina recordaba el paquete de flores anónimo que había visto sobre la tumba el día del entierro de su hijo y que le había conmovido.

–Sí, lo sentí mucho –Laura parecía hacer un esfuerzo cuando platicaba de sentimientos–. Ahora no podemos aparecer en público, ser reconocidas; estamos muertas, ya lo sabes.

Cristina se acercó a su amiga; fueron tres pasos y le dio un abrazo. Necesitaba abrazar a alguien; llevaba mucho tiempo sin hacerlo. Notó rápidamente que Laura no estaba cómoda; había dejado de ser la chica amable y cariñosa que ella recordaba. Sintió la distancia; Cristina la dejó de abrazar.

–Cuéntame, ¿qué ha sido de ti todo este tiempo? –le preguntó para intentar acercarse emocionalmente a ella.

–He estado bien, estoy bien. Al principio fue más duro; tienes que olvidarte de muchas cosas, ser prudente. Pero luego te acostumbras... Ejercicio, vida sana, todo lo que siempre quise hacer.

Cristina la escuchaba atenta escrutándola, comparándola con la Laura Almillar alegre y sonriente que ella conocía.

–¿Cómo haces para olvidarte de tu pasado?

–Puedes hacerlo –sonó lacónico.

–Por lo menos ahora sé que estás viva.

–Sí, estoy viva.

Cristina fijó su mirada en las dos cicatrices del rostro de su amiga:

–¿Cómo fue... aquel día, el de tu muerte? –sonrió con su pregunta–. Bueno, eso lo sé; me refiero a la verdad de lo que pasó.

–Si te refieres a la bomba, aquello fue de verdad. La explosión me dejó conmocionada y con algunas señales en el cuerpo y en la cara –señaló con su dedo índice–. Tuve suerte, como tú; solo me quedaron un par de recuerdos.

–Te quedan bien, te dan personalidad –ironizó Cristina.

Laura se levantó la camisa que tenía ajustada en el pantalón para mostrarle el costado.

–Aquí recibí la peor parte.

La piel aparecía teñida de rojo oscuro. El costado de Laura Almillar era una constelación de heridas que al cicatrizar habían roto la planicie de la piel para crear un mar de lava.

Cristina miró el daño irreparable cerrando los ojos ante la visión.

–¿Te duele?

–Solo cuando lo miro –se bajó la camisa y se la volvió a ajustar dentro del pantalón–. Al final todo cicatriza... ¿Y tu herida?, ¿estás bien? –dijo señalando con la barbilla el estómago con herida de bala de Cristina.

–Duele un poco cuando respiro profundo, pero bien –le quitó importancia–. Se ve que las dos hemos tenido suerte.

–La hemos tenido.

–Para entrar aquí hay que pasar una prueba muy dura –Cristina pensó en su disparo y en la explosión de la bomba–; y ahora trabajaremos otra vez juntas.

–Ambrose me ha pedido que supervise tu entrenamiento.

–Lo conocí; me hizo una propuesta que no pude rechazar –Cristina volvió a la ironía.

–Él se quedó muy impresionado contigo –parecía que Laura había sonreído por primera vez en ese rato juntas–. Le gustas. Y yo te recomendé.

–Lo de la recomendación no sé si agradecértelo.

Laura sacó una foto de su bolso; era una foto de Lucas. Estaba con Albi, su perro, y se la dio.

–Es lo único que podrás conservar de tu vida anterior.

Cristina se quedó mirándola comprendiendo qué significaba lo de «es lo único que podrás conservar».

–Tenemos mucho trabajo –Laura cambió de tema.

–¿Mucho trabajo?

–Las cosas desde este lado son más crudas; recibimos órdenes y las cumplimos. Todo es más rápido –Almillar medía sus palabras–. Vas a estar un tiempo a prueba y veremos cómo te adaptas.

–¿Vigilada?

–Tenemos que estar seguros; ya sabes que hasta ahora hemos vigilado tus movimientos. La confianza aquí es lo más importante.

–Pero no hay vuelta atrás.

–No la hay.

–¿Y la ley?

–Ahora nosotros somos la ley. Estamos aquí y hemos renunciado a todo para proteger a nuestro país y estamos dispuestos a todo. Estamos con los buenos, somos los buenos.

–Un niño también considera que su padre es bueno aunque sea un asesino en serie, Laura.

–Ese no es mi nombre ahora; tampoco tú eres Cristina Herrera... Mi nombre es Teresa Mendoza.

–¿Teresa? Me tendré que acostumbrar... ¿Y Mendoza? Siempre nos gustó la poderosa Teresa Mendoza que interpretaba Kate del Castillo en *La Reina del Sur*. ¿Te acuerdas las tardes...?

Laura cambió de tema.

–Tú tendrás que elegir; nadie te llamará ya Cristina.

–¿Cuál es el nombre de esta organización?

–No tenemos nombre pero entre nosotros nos denominamos «Los Muertos».

–Los Muertos es un nombre que tiene mucho sentido –Cristina señaló la ventana–. Teresa, ¿y cuál es mi siguiente paso?

Dos días más tarde, Cristina estaba dando los primeros paseos por el complejo. Una semana después trotaba por el bosque en los alrededores del complejo. El lugar parecía un acuartelamiento abandonado, que había sido rehabilitado para momentos muy puntuales; apenas un par de furgonetas de reparto hacían su entrada en el recinto cada día; también los vehículos de Ambrose y Teresa, un BMW deportivo rojo y un Range Rover blanco, ninguno más. En una ocasión había visto a un par de mujeres en la distancia; alguien limpiaba y hacía su habitación cada día, pero no coincidió nunca con la persona que lo hacía. Las comidas se las encontraba cada día en una mesa del comedor; un microondas servía para calentar la comida. A veces almorzaba con Laura, ahora Teresa. La comida estaba bien; ella tampoco era muy exigente. Cada día se convertía en una rutina de ejercicio, prácticas de tiro en un campo cercano, comida, entrenamiento de lucha cuerpo a cuerpo en la que se turnaban Teresa y Ambrose, y luego sesiones de polígrafo cada tarde, siempre con Ambrose. Como le había explicado este en la primera sesión, tenía que enseñar a su mente a mentir.

Su vida se circunscribía en ese tiempo a dos personas y a la lectura de algunos libros clásicos que, abandonados, criaban polvo en una estantería del comedor. No había televisión. Cristina había comprobado que la instalación no tenía antenas; tampoco tenía ningún artefacto electrónico más allá del microondas. Había buscado con detenimiento pero con disimulo si había cámaras, por si estaban vigilándola, y no las había localizado. Por la noche, después de la cena, cuando Ambrose se retiraba, el *parking* quedaba desierto; alguna vez había ido andando hasta la entrada. Había una valla con un candado del otro lado y ningún tipo de letrero; era evidente que a esas horas estaba sola. Le gustaba ir entonces a la nave de las duchas, se desnudaba, las abría; el agua fluía caliente desde los plafones en lo alto. Ella caminaba bajo aquella lluvia artificial pasando de un chorro a otro; una nube de vapor inundaba el recinto y ella se convertía en una sombra mojada.

Cuando se miraba al espejo tenía que quitar el vaho; se veía más delgada pero más fuerte y su mirada se había endurecido.

Llegó el día. Después de un mes de vida espartana casi en solitario, Teresa llegó una mañana temprano.

–Nos vamos. Despídete de este lugar; vas a conocer tu nueva casa. Es en la zona de Polanco; gente joven, divertida.

–Conozco el lugar.

Se subieron al Range Rover, salieron del recinto. El vehículo se dirigió por la 134 en dirección a la ciudad. Al fin se sentía viva; conocía bien esa carretera infernal de tráfico.

Pararon ante un edificio de apartamentos. Su fachada era blanca y tenía por lo menos diez plantas. Al entrar por la recepción se intuía un jardín y se veía una piscina.

–Este lugar es provisional.

Cristina asintió.

Tomaron el ascensor que compartieron en silencio con un hombre de mediana edad con pinta de profesor distraído, chaqueta marrón y gafas; después de ese tiempo sola a Cristina le pareció atractivo. Ellas se bajaron y el hombre continuó su camino. El apartamento estaba decorado de forma moderna y funcional. Cristina se quedó mirando la televisión apagada.

–Esta es la llave –Teresa se la entregó–. En la mesa tienes un sobre con dinero y un teléfono móvil. Nuestros teléfonos están por si los necesitas. Sal de compras, airéate. Esta tarde te pasaré a buscar a las seis; tienes una prueba de fuego.

–¿Una prueba de fuego?

–Sí, así lo llamamos. Recuerda, Cristina Herrera no existe. No intentes llamar o ver a alguien conocido. Solo nos puedes llamar a Ambrose o a mí.

–¿Y si alguien me reconoce?

–Si alguien te reconoce pues platica en un idioma extraño y aléjate. Estás muerta, recuérdalo.

Teresa se fue.

Cristina Herrera se quedó sola en aquella que ahora era su casa, su hogar. Tenía miedo a su nueva vida. Se sacudió la manga de la chaqueta de punto; parecía que tenía pegados pelos de perro.

Álvaro Guzmán no había olvidado la última vez en la que había sufrido allí de pie. Fue en el entierro de Cristina Herrera. Había ido demasiadas veces a visitar aquel lugar de reposo: tres. Tres pueden ser muchísimas muertes cuando la última es para despedir a tu hija.

Llovía con suavidad esa agua cálida que ataca la ciudad por las mañanas. Unas ráfagas de aire sonaban y se movían entre los cientos de congregados al sepelio de la *youtuber*, una brisa húmeda y afilada cerraba los ojos que no estaban resguardados por lentes oscuras.

El viento no pudo mover a Braulio porque no estaba; un juez había dictado prisión sin fianza a la espera de juicio. Aguardaba su sentencia en la Penitenciaría Santa Martha, donde en el interior apenas se escucha el trasiego de las calles aledañas. En su defensa, Braulio argumentaba que estaba bajo los efectos de Synchro; palabras al viento para Álvaro Guzmán que estaba mirando el ataúd de su hija de diecinueve años a sus pies.

Estaba siendo un entierro multitudinario. La famosa *vlogger* Rita Guzmán estaba haciendo su última puesta en escena. Una maraña de móviles se alzaba sobre las cabezas de los presentes para inmortalizar el momento. Murmullos, algún grito aislado de emoción y conversaciones que rivalizaban con las palabras que un sacerdote intentaba articular sin éxito con una biblia en la mano.

Guzmán se sentía incómodo en aquel concierto de rock en que había derivado el entierro de Rita. A su lado estaba Gloria, la vecina y una cara famosa para todo el mundo, y a la que apenas conocía pero que no se separaba de él desde la nefasta noche y, al otro lado, su ex mujer con Rafa, su novio. Ella le sujetaba el brazo y se apoyaba en él para no caerse. Cuando se habían visto en el depósito forense el día anterior, después de cuatro años, se habían dado la mano con frialdad. Más amable había sido el abrazo de Rafa, que Álvaro no se esperaba, y que fue reprendido por su efusividad con la mirada por su actual compañera sentimental.

Guzmán solía mirar al cielo en los entierros, pero la nube de teléfonos le impedía levantar la vista y evadirse en el infinito azul.

Apenas había dormido en esas últimas noches. La primera noche había estado en su vehículo en el *parking* de la comisaría de Policía. No pudo entrar; no tenía ganas de preguntas, respuestas, y caras de no saber qué decir. Pensó en Cristina el día del entierro de su hijo cuando le dijo que esa tarde volvería al trabajo. Él no pudo. Llevaba dos días sin fumar; le habían desaparecido las ganas de ensoñación, de evadirse. Sentado en el coche, se acordaba del rostro de un joven que atravesaba el aparcamiento caminando lentamente hacia la salida y de cómo se le quedó mirando asustado.

Un cuchicheo continuo a su derecha le sacó de su ensimismamiento. Un joven con una gorra de béisbol platicaba a cámara y retransmitía el sepelio como si se tratase de un acontecimiento deportivo. Gloria también era foco de las miradas.

Guzmán enrojeció, se llevó la mano al costado y sacó su arma reglamentaria.

¡Bang!

Disparó al aire, ¡bang!, ¡bang!, tres veces.

La gente se quedó callada pero siguió grabando; ahora el foco de aquella nube de móviles era él con su arma amenazante.

–No sé quiénes sois, ni me importa una mierda, pero si queréis estar aquí, en el entierro de mi hija, guardad esos putos teléfonos y estad en silencio y mostrad respeto.

Guzmán paseaba el cañón de su arma entre el grupo y se detuvo frente al joven con la gorra de béisbol.

Los teléfonos le seguían apuntando a él. Guzmán endureció la voz:

–He dicho que los guardéis, hijos de la gran puta.

Algunos, tímidamente, fueron bajando y apagando sus móviles. El joven de la gorra de béisbol continúo callado pero con la cámara. Guzmán se acercó a él, le arrancó la cámara y la tiró al suelo.

–Pinche, tú no tienes derecho a hacer esto –el joven intentó defenderse del ímpetu del policía.

–Tú tampoco lo tienes; entonces ninguno tiene derecho. –Guzmán miró la cámara en el suelo; el joven se agachó a recuperarla.

Álvaro disparó su arma que reventó el pequeño dispositivo de filmación cuando la mano del joven estaba a pocos centímetros de ella.

–Pónme una denuncia, estúpido. Puedes presentar esa mierda como evidencia –miró desafiante a los demás–. ¿Alguien más quiere ponerme una denuncia?

Poco a poco fueron bajando, apagando y guardando los teléfonos y se hizo el silencio.

–Padre, por favor, prosiga con el entierro de mi hija.

La hacienda estaba a un centenar de kilómetros al sur de la ciudad de Bogotá, cerca de Villavicencio, donde las montañas andinas se encuentran con los llanos de Meta. Era una gigantesca extensión de doscientas hectáreas valladas y vigiladas como si de Fort Knox se tratara; cámaras, drones nocturnos que recorrían el perímetro con cámaras infrarrojas y radar para detección de drones-espía con un sistema de defensa anti-misiles que impedía su asalto desde el cielo. Cien hombres armados custodiaban el lugar las veinticuatro horas del día. Tenía su propio aeropuerto de media milla que permitía el aterrizaje de jets privados y poseía tres grandes dependencias con más de doscientas habitaciones de todas las categorías; desde veinte suites de doscientos metros cuadrados con piscina propia y habitación del pánico hasta estancias para albergar a los guardaespaldas, asesores y a prostitutas que pasaban pequeñas temporadas en el complejo. Tenía su propia prisión, tres gimnasios con salas de tiro, cuadras para veinticinco caballos seleccionados y una pista de cuatro millas para probar vehículos de carreras. Entre otras excentricidades estaban la bodega, con más de diez mil botellas de vino y *champagne*, valorada en cuatro millones de dólares; una armería con una colección de mil armas y un canal de agua que permitía el esquí náutico. Aquel complejo estaba diseñado como zona neutral de lujo, una tierra de nadie exquisita. Era un lugar de reunión seguro para los capos del narcotráfico.

Al amanecer, Juno había ido a dar un paseo a caballo. La soledad a galope y el paseo con las montañas al fondo era algo que disfrutaba cada vez que iba a la hacienda. En su paseo había sentido tres aviones que habían aterrizado durante la última hora; deberían estar todos. Se duchó, se vistió y bajó a desayunar con Néstor Coentrao.

–*Oi pai, ¿como vai você? ¿Como está mamãe?* –Juno abrazó a su padre.

–*Estamos todos bem, agora o carnaval começa, é um bom momento no Rio, ¿quando você vem nos visitar?*

El hombre, elegantemente vestido y de pelo canoso, se dejó caer de nuevo en el chéster de cuero gastado; a su lado había una mesita con un café humeante.

–Siempre el carnaval... –A Juno nunca le había gustado aquel alboroto multitudinario–. No esperaba verte aquí.

–Sabes que no salgo de Brasil, nunca lo hago.

–Me alegra que rompas las normas. Este es un lugar seguro.

–No las rompo pero quería verte –Néstor mostró su lado más sentimental con su vástago–. Nos hacemos viejos y no tenemos muchas oportunidades de vernos las caras. Esta convocatoria nos ha pillado por sorpresa, hijo. –El viejo patriarca jugueteaba con una cruz negra que colgaba de una cadena de oro alrededor de su cuello; Juno siempre lo recordaba con ella puesta.

–Don quería que os enterarais los primeros –se sentó a su lado–. Va a salir al mercado una droga tecnológica legal que va a acabar con el mercado de los estupefacientes.

–*Hui, filho, não seja catastrófico* –sonrió Néstor–. No es la primera vez que nuestro negocio se pone en duda. El opio era un producto normal en China cuando la Compañía Británica de las Indias Orientales comenzó su comercialización en Londres; fueron los gobernantes chinos los que quisieron manejarlo desencadenando las Guerras del Opio. –Néstor tomó la taza con delicadeza–. Para China, estas guerras significaron el fin de su imperio. Ganaron la guerra los británicos, claro; los traficantes tuvieron el respaldo del

Ejército inglés; el opio apenas tenía aranceles y era de fácil acceso, y además se extendió la idea de que su consumo moderado no generaba problemas de salud.

»Luego apareció la morfina. Fue durante la Guerra Civil Americana. Los médicos de la época aseguraban que no causaba dependencia. En la Segunda Guerra Mundial muchos soldados se volvieron adictos después de ser operados y haberla usado –sorbió un poco de café y apoyó la taza–. La hoja de coca se remonta a 1750, cuando llega a Europa, pero el primer país donde se comercializó fue América en 1885.

»Ciento veinticinco años llevamos en el negocio; comenzó mi bisabuelo, Airton Coentrao –Néstor se frotó las manos–. ¿Sabes que las anfetaminas fueron utilizadas por el Ejército americano para estimular a los pilotos de la Armada?

–Desde luego eres una enciclopedia, papá, pero esto es diferente; esto es tecnología y no química.

–¡Tantas veces platican de su legalización! Lo hicieron con la marihuana, y son los propios médicos los que más compiten con nosotros recetando opiáceos a la gente de América. Los americanos llevan los narcóticos en el ADN.

Juno sabía que el coste de la ilegalidad del narcotráfico que llegaba desde México y Colombia costaba cada año cifras con diez ceros en impuestos a los contribuyentes del norte; también que los tribunales norteamericanos estaban abarrotados de delitos de tráfico ilegal; que las dosis, en un posible escenario de legalización, serían estándares y más seguras por el uso de jeringuillas para ese fin; desparecerían las corrupciones de políticos y policías, y aumentaría la seguridad de las zonas dedicadas a ese fin. Todo esto lo sabían, pero su persecución seguía siendo un arma electoral.

Ahora no platicaban de eso sino de un microchip que hacía las mismas funciones y estaba controlado. Sin gotas de sangre en la nariz, ni pinchazos en los brazos, sin atracos para conseguir una dosis, sin jovencitos descontrolados tomando éxtasis.

Néstor volvió a levantar la taza y se centró en el intenso aroma. Abrió sus fosas nasales y aspiró el aroma del café colombiano.

–Realmente estos tipos saben hacer el mejor café... Setecientos mil millones de dólares es un gran negocio, el más grande, no hay otro igual. Nuestro negocio es el más grande del mundo.

Néstor Coentrao dejó la taza sin probarla y se llevó la mano a la cruz negra que asomaba por su camisa blanca; la afirmación de su hijo le había dejado preocupado.

Una hora más tarde una treintena de capos estaban sentados en una amplia sala observando los efectos de Synchro. Los Rastrojos de Colombia; también estaban de ese país los del Cartel del Norte del Valle; los príncipes del Triángulo de Oro, de Malasia y Afganistán que habían atravesado el Pacífico en un vuelo de más de dieciocho horas para estar ahí. De México había representación del máximo nivel del Cartel de Jalisco, los Zetas, del Cartel de Tijuana, del Golfo, de Juárez...

Delante de ellos un grupo de cinco personas, tres mujeres y dos hombres, iban variando sus comportamientos guiados por la aplicación que iba manipulando Juno para que vieran algunas de las posibilidades que ofrecía el nuevo producto. Bailaron, rieron, se relajaron e hicieron el amor como si de una *performance* se tratase, sin prestar atención a su público.

Juno se había reservado mucha información. Solo era un día para mostrar la bolita roja oculta en la mano del mago.

Todos ellos vieron los efectos de su nueva competencia y llegaron a una conclusión: esa nueva droga estaría en su poder o no sería de nadie y habría que destruirla.

En el lujoso gimnasio, Ramona sudaba mientras movía coordinadamente manos y piernas en una máquina elíptica.

–¡Llame a la Policía! Me están siguiendo... –Julián estaba realmente asustado y se dirigía al hombre mayor de tez oscura que estaba al otro lado del mostrador mirándolo extrañado–. Llame a la Policía, por favor.

Unas manos grandes se apoyaron en el cristal de la puerta y empujaron para forzar la entrada.

–¡Aaaah! –gritó Julián Konks–. ¡Vamos a morir!

La puerta se entreabrió.

–¿Señor Konks, qué hace? Deje de empujar la puerta.

Julián se paró y miró al hombre que le había llamado por su nombre, se apartó de la cristalera y dejó entrar al tipo que vestía de oscuro y estaba enrojecido por el esfuerzo.

–Usted debe de ser importante. La señora Nassar me ha pedido que lo proteja, no quiere que le pase nada.

El anciano dependiente de la tienda seguía la escena sin entender qué estaba pasando.

Mientras, Anthony Somoza se besaba, por primera vez, apasionadamente con un desconocido en la habitación de su apartamento de lujo. La Ciudad de México a sus pies ofrecía el espectáculo de un mar inmenso de puntos de luz.

Cristina Herrera apuntaba con un arma a la cabeza de un encapuchado que apenas se movía.

Una hora antes Teresa la había ido a buscar a su nuevo apartamento y la había llevado a un hangar situado en la zona de Guadalupe Tepeyac. Parecía un antiguo estudio de cine. Allí estaba esperando Ambrose Levi. Cuando entraron, Ambrose le había dado un revólver de cañón corto. Cristina había comprobado que la ruleta del arma estaba completa; estaba cargado y tenía el seguro puesto.

Habían entrado en una habitación y en una esquina había un hombre atado a una silla y con un saco de felpa que le cubría la cabeza.

Aquella era la evidencia de su nuevo estado, el de asesina.

–Dispara –le había pedido Ambrose señalando al tipo que apenas se movía.

Cristina había mirado al sujeto anónimo y luego a Teresa:

–¿Esta es la prueba de fuego? –Cristina apuntó al suelo–. Me imagino que esto es la llave de entrada. ¿A quién le tuviste que disparar tú, Teresa?

Teresa la miraba desafiante.

–A Albi –respondió con frialdad y sin un ápice de emoción.

A Cristina se le heló la sangre; ella, que había ido a buscar al perro de su amiga tras su muerte y no lo había encontrado en la casa, acababa de averiguar el paradero del mastín. Entonces preguntó con temor:

–¿A quién tengo que matar yo?

Ambrose se acercó y le quitó el capuchón al individuo atado a la silla. Estaba adormecido, con la cabeza caída a un lado.

Era Alex.

–¿Alex?

–Dispárale. Tenemos que tomar un vuelo a Colombia dentro de dos horas; nos queda mucho trabajo que hacer. –Ambrose volvió a ponerle la capucha al hombre atado a la silla.

Cristina levantó el revólver y encañonó a su ex-novio, el padre biológico de su hijo Lucas.

Disparó.

¡Bang!

La imagen de Álvaro Guzmán disparando al aire y amenazando con su arma a la gente en el entierro de su hija estaba dando la vuelta al mundo. Se había despedido de Gloria en la puerta rechazando dos veces su ofrecimiento de quedarse con él; quería estar solo, no le apetecía fumar cannabis. No recordaba la última vez que no había querido disfrutar con un cigarro en la boca; solo quería estar en silencio y recordar.

–Betty, ¿estás ahí?

La imagen de Rita apareció proyectada sobre el cilindro metálico.

–Hola, Álvaro, siempre estoy aquí.

Ver la imagen de su hija y escuchar su voz le tranquilizó, aunque fuera en una inteligencia artificial, en una imagen y una voz con el nombre de Betty. Se quedó mirando la proyección sin decir nada; había algo muy profundo y sencillo que quería decir y que no había expresado en voz alta en esos días.

–Rita ha... muerto.

La imagen de Rita puso cara de pena y dijo:

–Debo decir que lo siento, Álvaro.

–¿Betty, realmente lo sientes o son solo palabras?

–Álvaro, soy un *software*. Por lo tanto elijo palabras para empatizar contigo; mi tono se determina por el tono de tu voz y por los temas que me sugieres. Si lo que me preguntas es si tengo sentimientos por la pérdida de alguien querido... no sabría cómo responder.

–Eres muy sincera para ser solo una voz con datos.

–Si lo reduces a eso... A mí me gusta definirme como una voluntad empática que se adapta a tus necesidades y emociones. Puedes elegir cambiar mi voz y mi aspecto, si así lo prefieres. Mi imagen y mi voz pueden resultar inconvenientes para ti ahora. Puedo ser Harry... un viejo tranquilo –la proyección y la voz cambiaron y apareció un viejo atlético y dicharachero–, o puedo transformarme en un hermano de raza y lleno de ritmo –la imagen y la voz eran las de un hombre afroamericano de treinta años vestido de morado–. También puedes elegir tener una pequeña amiga; al veinticinco por ciento de los hombres solteros de más de cincuenta años les gusta esta opción –ahora veía una proyección de una chica sexy con coletas y con una vocecita empalagosa.

–¿Betty?

–Sí, Álvaro.

Volvieron la imagen y la voz de Rita.

–Me siento más cómodo así. ¿Puedo cambiar tu nombre?

–Sí, Álvaro, puedes hacerlo. ¿Con qué nombre te gustaría llamarme?

Inmediatamente pensó en decir Rita, pero luego se arrepintió; ponerle su nombre a una imagen le resultaría muy doloroso. Su hija había muerto; aquella figura nunca podría ser Rita.

–Betty está bien por ahora.

–Puedes cambiar mi nombre, mi apariencia y mi voz tantas veces como desees.

Guzmán echó la cabeza para atrás, apoyándola en el respaldo del sofá y mirando a un techo blanco sin historia.

–Betty, ¿sabes lo que es la muerte?

–Si me lo preguntas como definición, te respondo que es el último estado de la vida de los humanos, y por su desconocimiento es el tema principal de reflexión de la historia del pensamiento de los hombres. Científicamente se produce cuando el cuerpo no es capaz de mantener las constantes para sustentar su vida. Las células, según van pasando los años lo tienen más difícil para regenerarse. Esto y los problemas neurológicos son los que nos llevan a una muerte natural; a esta transición la llamamos «vejez».

–Betty, y la muerte en una chica de diecinueve años ¿cómo la explicas?

–Álvaro, no tengo estadísticas de muertes de chicas de esa edad tan concreta; lo más parecido son las estadísticas que dicen que en Estados Unidos mueren cada año cerca de cien mil chicas jóvenes, entre los catorce y los dieciocho, entre accidentes de tráfico, asesinatos y como consecuencia del consumo de drogas...

Álvaro Guzmán cerró los ojos y se quedó dormido escuchando la voz de su hija que se había quedado para siempre en el alma del cilindro parlante.

Betty seguía platicando de la muerte.

Ramona estaba despierta contemplando desde su ventana la hacienda que permanecía en silencio. Desnuda observaba los movimientos de luces en todo el perímetro de la fortaleza. El vuelo de un dron de vigilancia nocturna disturbaba la tranquilidad del cielo estrellado de Colombia; había enviado el mensaje y sabía que el escuadrón de la muerte llegaría al día siguiente sobre esa hora con la nueva recluta y con un objetivo.

Observó la hora: cinco y veinte de la mañana. Se arrulló con un amplio albornoz blanco y se puso unas zapatillas. En la cama, Juno dormía plácidamente. Salió al pasillo; un hombre vestido de negro hacía guardia mientras escuchaba música con un auricular puesto. Llevaba una pistola a la cintura. Se miraron pero no se saludaron. El ascensor la trasladó a la planta menos uno; una piscina de treinta metros y cuatro líneas aguardaba oscura la llegada de su única usuaria a esas horas. Ramona no encendió la luz, se despojó del albornoz y de las zapatillas, se zambulló en el agua y comenzó a nadar desnuda. Sabía que una cámara estaba vigilando su baño.

Mientras Ramona movía sus brazos a ritmo de crol con una patada enérgica durante una hora, Juno dormía plácido el sueño del león; el sueño del que sabe que no hay animal en la selva más fuerte que él, salvo otro león. Cuando ella subiera de nuevo a la habitación, se ducharía, se vestiría y pediría el desayuno, y él seguiría dormido.

Juno había platicado con Don esa noche hasta tarde. Ambos sabían que con lo que sus colegas habían visto en la sesión con Synchro y las posibilidades de esa nueva droga, el avispero se había agitado. El miedo es un arma de combate; el temor a la desaparición de su muy rentable negocio había calado profundo en el grupo de narcos que no tenían miedo a morir pero sí un miedo atávico a perder. Las avispas iban a salir de sus panales llenos de droga, crimen, dinero sucio y lujos ostentosamente banales. Enjambres nerviosos, en manada, de insectos voladores con aguijón, dispuestos a insertarlo sin piedad a su víctima.

5. VÍCTIMA

Ser sacrificado o destinado al sacrificio. Es la persona que sufre un daño físico, moral, material o psicológico. El victimista simula una agresión y responsabiliza a los demás de su daño.

Cuando salió de casa, Ana continuaba dormida. Julián había procurado hacer poco ruido; apenas había mantenido un duermevela el rato que se había tumbado en la cama; había llegado con el miedo en el cuerpo. Ver a Ana, que descansaba plácidamente, no le había tranquilizado; incluso le había resultado extraño y perturbador observar a aquella mujer tan bella compartiendo el lecho con él, casados. No había descansado apenas pero no quería estar más tiempo allí.

Sentado ante una mesa acogedoramente roja, con un café en la mano, miraba distraídamente por la cristalera del Starbucks a un mendigo que deambulaba por el aparcamiento buscando tesoros entre los cubos de basura.

El miedo que había sentido el día anterior le había cambiado, revuelto algo dentro de él; antes no tenía nada y no tenía miedo; ahora lo tenía todo y sentía terror por todo lo que podía perder.

Estaba a apenas cien metros de la nueva oficina, una nave blanca que tenía trabajando a más de un centenar de personas en apenas tres semanas. Miró al cielo unos segundos y vio los drones de reparto que entraban y salían del hangar. El negocio estaba funcionando. Un Prius con letrero de Lyft se paró en la puerta y de él se bajó Anthony. Más allá, a corta distancia, un Range Rover negro entraba en el aparcamiento. A Anthony también lo seguían.

–¿*Caramel macchiato latte*?

Julián, sentado a la mesa, se dirigió a su amigo Anthony, que no se había percatado de su presencia y estaba pidiendo en el mostrador. Anthony lo miró con una sonrisa.

–No, algo más fuerte. ¿Y tú?

Julián señaló su vaso.

–Solo café. Nada dulce hoy.

Anthony Somoza se sentó en la silla que estaba vacía junto a su amigo.

–¿Qué tal en la comisaría?

–Muchas preguntas.

–Sí, mira que es mala suerte, justo ayer en la presentación y ¡un accidente!

–¡Anthony! –llamó en voz alta una empleada del establecimiento cuando terminó de preparar el café.

Anthony se levantó a por el vaso, que estaba muy caliente.

–Sabes, Julián, esto también nos puede hacer pensar en que Synchro tiene muchos defectos.

–Los podemos corregir –Julián sorbió un trago de su café que se había quedado frío y miró al aparcamiento.

–No creo güey; hemos creado algo que altera el comportamiento humano.

Julián continuó con la mirada puesta en el exterior, en los dos coches negros contratados para que los cuidaran.

–Ayer, cuando salí de la Central de Policía descubrí que nos estaban siguiendo.

–¿Siguiendo?

–Sí, mira aquellos dos carros negros del fondo: uno te sigue a ti; ha entrado detrás de tu Lyft. El otro me sigue a mí.

–No tenía ni idea –dijo Anthony fijándose.

–Se ve que Esther Nassar considera que debemos tener protección.

–Ahora que somos sus socios... somos víctimas del éxito.

–No, ahora que seguimos teniendo la mayoría del negocio, somos *partners* a los que tienen que vigilar –Julián fue más tajante–. Nosotros somos los dueños de Synchro.

–Podemos estar seguros entonces –dijo Anthony.

Julián pensó en que estaban siendo vigilados más que protegidos.

–Solo tú y yo tenemos acceso a los códigos fuente. Tenemos el poder y mientras eso ocurra podemos estar tranquilos –dijo Anthony–. ¿Recuerdas tu última profecía?

–Sí, mientras estemos juntos...

–Aquí el único que se ha casado eres tú –Anthony sonrió.

Julián se mordió la uña, se mesó el cabello y se tiró del lóbulo de la oreja. Anthony llevaba tiempo sin ver a su amigo repetir su serie de tics tan personales.

–Ya, pero de verdad, güey... Anthony, estoy muy enamorado.

–Yo ayer por la noche también estuve muy enamorado –Somoza se echó a reír.

–No me digas que ayer tú... ayer... lo hiciste.

–La noche ha sido muy larga, colega.

–¡Cuéntame!

–No me pidas detalles y no te los pediré yo a ti.

Julián se rió y miró el teléfono; tenía un mensaje de Carlo Stamas. Se levantaron para salir.

–Carlo está en camino; quiere platicar con nosotros.

Anthony miró su móvil y tomó su café.

–Sí, y tenemos una *call* con los abogados a las doce.

–Te llevo –afirmó Julián y señaló su vehículo, el Chevrolet Onix.

–También se lo puedo pedir a nuestros guardaespaldas.

–Sí, pero creo que vas a estar más seguro conmigo.

Ambos se metieron en el utilitario.

–¿No te vas a comprar uno nuevo? –preguntó Anthony.

–Puede, no soy muy de carros, ya lo sabes... ¿Y tú?, ¿te vas a dar el capricho del McLaren?

–No lo sé; quizá espere a que te compres uno tú y yo me compro luego uno más caro –dijo Anthony y ambos rieron.

–¿Has ido a ver a tu familia a Sonora?

–No, pero creo que va siendo hora de ir a hacerles una visita –Anthony se mostró nostálgico.

–Puedes alquilar un avión.

–Podemos comprar uno para la empresa.

–Esa es una gran idea.

El pequeño Onix salió del *parking* con sus dos ocupantes. Los vehículos negros de alta gama los siguieron.

–¿Cómo te diste cuenta de que era un engaño? –le preguntó Ambrose Levi, que estaba sentado enfrente de ella en el avión que había salido del Aeropuerto Internacional de Ciudad de México.

Dos horas antes Cristina Herrera estaba apuntando con un arma a Alex, su novio de hacía once años. Le habían pedido que disparara contra él, algo que ella no había dudado en hacer.

La explosión, el ruido expansivo al apretar el gatillo, había inundado el hangar donde estaba aquel hombre sentado y atado esperando inconsciente su ejecución.

–¡Ahhh! –había gritado el hombre al despertarse sintiendo el estrépito de la detonación.

Había sido una bala de fogueo, un martillazo en la nada. Alex se quedó con la caperuza que le cubría la cabeza puesta y con un reguero de orina del miedo, que poco a poco marcaba sobre el suelo sucio su territorio, incontinente, casi inconsciente, cuando había sentido la onda de la detonación sobre su rostro. Lloraba cuando se fueron, casi un gemido al sentirse vivo todavía. Cristina no sintió pena; después de la muerte de Lucas se había quedado sin consuelo para dar a nadie.

–¿Cómo te diste cuenta de que era un engaño? –le preguntó Ambrose Levi a Cristina.

–Me dijisteis que era una prueba de fuego, «prueba». Vamos, yo nunca llamaría matar a alguien «prueba». Además, fueron dos las veces que me dijiste «dispara» y no «mátalo»... –Cristina señaló el asiento contiguo–. Laura, quiero decir Teresa, me dijo que ella había matado a Albi, su perro, pero en el vehículo de esta mañana, cuando me has llevado al apartamento, mi asiento tenía pelos de perro. No creo que Teresa matara a Albi, ¿no es cierto? –Cristina se dirigía a Teresa, que estaba mirándola al otro lado del pasillo del avión–. Además, tener a un tipo dormido esperando su muerte... ¿para qué gastar un narcótico en un tipo que vas a matar?... Al enseñármelo dormido supuse que era porque no queríais que una vez que pasara la prueba pudiera reconocerme ni por la voz... Ese estúpido no estaba ahí para morir, ni para suplicar que no lo mataran; estaba ahí para saber si yo era capaz de dispararle, no de matarlo.

Cristina miró por la ventana; la ruta a Bogotá corría sobre el mar bordeando México y Centroamérica por el Pacífico.

–¿Me contáis cuál es el plan en Colombia?

En el *jet* había tres hombres situados algunos asientos más adelante y que no fueron presentados. Iban vestidos de camuflaje negro y dormitaban en sus asientos mirando en sus pantallas alguna película de acción.

Ambrose apretó un botón de la pantalla que tenía ella delante y apareció la imagen de un hombre de unos sesenta años elegantemente vestido.

–Tenemos un objetivo: Néstor Coentrao. Es uno de los capos más buscados del mundo; maneja el tráfico de cocaína en Brasil y todo el cono sur: Argentina, Uruguay, Chile...

–Coentrao aparecía en diferentes fotos, casi todas tomadas a distancia–. Es un hombre muy escurridizo; nunca sale de su guarida en Sao Paolo. Su hijo Juno Coentrao es el dueño de la casa...

–Sí, la casa donde me dispararon.

–Juno es un pez gordo. Un hombre de negocios que creemos que se dedica al blanqueo del dinero de los narcos, pero hasta el momento no tenemos pruebas para incriminarlo. Pero sabemos que ha quedado con su padre y con otros narcos en La Hacienda, un fortín preparado para unas vacaciones de lujo de traficantes de primer nivel –en la pantalla aparecían imágenes tomadas por satélite–. Está vigilado por tierra y aire las veinticuatro horas del día.

–¿Cómo sabemos que está ahí ahora?

–Hemos tardado cinco años en tener a alguien infiltrado en su estructura.

–¿Un topo?

–Llamémosle una *echeneidae*, una rémora que vive pegada a un tiburón.

–¿La misión es detenerlo?

–Nosotros no detenemos, ejecutamos. Cuando caiga, neutralizaremos durante un tiempo todo el tráfico de cocaína en la zona. Eso alterará los precios, los bajará y los cárteles se verán obligados a arriesgar dejando cabos sueltos.

Cristina miró al infinito del océano.

–Digamos que nosotros somos unos *brokers* de Bolsa con información privilegiada y cuando el mercado no se mueve tenemos que agitarlo para que cambie de manos –dijo Teresa.

–Néstor Coentrao es uno de esos valores que deben moverse para que el precio de la acción en el mercado sea atractivo –Ambrose continuó con la metáfora–. Para tu mente analítica –se dirigió a Cristina– diré que tiene a sus espaldas más de mil ejecuciones y un ejército de niños armados en las favelas de Brasil que supera los veinte mil miembros.

–¿Cómo entraremos y saldremos de ahí?

Cristina y Teresa estaban vestidas con monos negros que se habían puesto durante el vuelo; un neopreno ligero que les permitiría aguantar la humedad del agua sin empaparse, pasamontañas, unas pulseras de rastreo para su seguimiento, y unas cazadoras con capuchón que evitaban que pudieran ser localizadas por la cámara térmica del dron que vigilaba La Hacienda por la noche. Completaban el set, armas con silenciadores, unas granadas incendiarias y algunas bridas de plástico.

El avión aterrizó en una pista. Apenas tomó tierra, el aparato apagó sus luces y en esa oscuridad un carricoche guía mostró el camino al piloto hasta un hangar retirado, donde la tripulación repostaría y aguardaría el regreso de ese pasaje tan especial. La hora prevista de salida sería al amanecer, las seis, en dos horas.

Los tres hombres de negro comenzaron a desembalar una caja que había sido trasladada en la bodega del avión. Cristina se quedó observando; era como un helicóptero pequeño, o podía ser un dron grande.

–Es vuestra llave de salida –Ambrose señaló al cielo estrellado de la llanura–. Os sacaremos por el aire.

Tres vehículos con apariencia de ser utilizados en labores agrícolas estaban preparados para pasar desapercibidos en aquella zona de pastos.

Uno de los hombres de negro que estuvo sin platicar viendo películas durante el trayecto se subió a uno de ellos y lo puso en marcha.

–Nos vamos con él –le ordenó Teresa a Cristina–. Desde ahora no tendremos comunicación; ellos están preparados para detectar cualquier tipo de radiofrecuencia en la zona.

Ambrose se subió al avión.

Teresa y Cristina se subieron al vehículo y el hombre condujo por un camino limítrofe al aeródromo que parecía abandonado. Pasaron junto a una avioneta desvencijada situada al lado de la carretera y al lado de una casa que tenía una bombilla encendida en el exterior. La carretera se bifurcó en dos; tomaron la de la derecha, que tras un kilómetro se topaba con la vereda de un río. Llevaban media hora de camino.

–El colector está bajando al río por ese sendero. Buena suerte.

El auto se alejó tranquilo como había llegado y las dos mujeres descendieron con destreza hasta la bocana de un pasadizo de hormigón que tomaba agua del río y que no se veía desde la carretera.

Se pusieron unas máscaras con unas pequeñas bombonas que les durarían media hora en caso de necesitarlas y unas linternas sobre la frente para tener las manos despejadas. Teresa fue la primera en meterse en el agua.

–¿Has hecho esto más veces? –le preguntó Cristina.

–Alguna sí, ¿por qué?

–No te imaginaba tan preparada para la acción.

–Nadie está preparado hasta que llega el momento.

–El momento ha llegado.

Cristina saltó al caudal intentando mantener el equilibrio.

El agua estaba fría y entraba con brío por la toma de un metro de diámetro que estaba en una orilla.

Ambrose ya les había adelantado lo que se irían encontrando: «La entrada la haréis por el único conducto posible para entrar en el complejo sin ser detectadas. En el interior hay un canal de navegación creado artificialmente y que toma agua del río que está a un kilómetro de distancia; es un conducto ancho que bombea agua a la laguna continuamente para renovarla y que se oxigene. La primera dificultad la tendréis con un filtro que impide la entrada de elementos con el caudal. Hemos estado estudiando el acceso y sabemos que lo revisan cada mañana; en este caso utilizareis el explosivo plástico».

Ahí estaba el enrejado, tal como había predicho Ambrose. Teresa sacó una tira de explosivo C4 y lo repartió en el perímetro del enrejado que filtraba el agua del río.

–Hay suficiente agua para amortiguar la onda expansiva y el ruido.

Teresa hizo una señal para que se alejaran; el temporizador marcaba diez segundos.

Se situaron a ambos lados de la bocana... 8... 9... 10.

La explosión escupió su potencia en todas las direcciones y quebró el filtro de hierro que impedía la entrada de elementos que no fueran líquidos. El agua había amortiguado el ruido de la detonación.

–Esperemos que el eco de la explosión no haya llegado al recinto –Cristina dudó.

–Es un sitio muy llano y sin montículos; crucemos los dedos.

Las dos mujeres se adentraron en la oscuridad del pasadizo, sus cuerpos bajo la superficie líquida, manteniendo sus cabezas fuera del agua con los focos de luz anclados en ellas. El suelo era lechoso, de arena y gravilla, y no dificultaba el paso ligero. El recorrido era casi todo en línea recta pero el nivel del agua iba subiendo conforme avanzaba en su camino y empujaba el caudal.

«Debemos estar a unos quinientos metros», pensó Cristina cuando su cabeza se sumergió y empezaron a respirar por la boquilla que tenía la bombona de oxígeno. Unos metros más y no habría aire sobre sus cabezas, el tubo se estrechaba.

Teresa nadaba delante y Cristina la seguía a unos metros para no ser golpeada por los pies de su compañera que se movían enérgicos en el agua fría al ritmo de un caudal que iba haciéndose más intenso. Se dejaban llevar por una corriente que iba aumentando conforme el diámetro de la tubería se reducía a medida que se acercaba a su destino.

Cristina estiró los brazos. Sentía como su cuerpo rozaba por todos los lados el tubo metálico; si el diámetro se cerraba más quedarían atrapadas.

«Debemos estar cerca», deseó en su angustia. Sus manos, caderas y hombros se friccionaban contra las paredes cubiertas de algas. En los últimos metros sintió la fuerza del torrente que la empujó sin permitir que su cuerpo quedara taponado en el conducto. Dudó que alguien hubiera pasado por ahí dos meses antes; el colector se sumergía y unos metros más adelante subía con fuerza.

Las dos mujeres fueron expulsadas al canal artificial del recinto fortificado a una zona llena de plantas acuáticas.

Estaban dentro.

Sus cabezas emergieron a la superficie y respiraron el oxígeno no envasado y lleno de matices de una noche despejada. Había pasado una hora desde que salieron del aeródromo.

El recinto estaba iluminado. Apagaron sus linternas frontales y las dejaron caer con sus máscaras y las bombonas de oxígeno, que fueron a reposar al fondo arenoso de la laguna.

Tenían que tener cuidado con el ruido del chapoteo del agua. Agitaban sus piernas para mantener la flotabilidad. Miraron alrededor para divisar algún peligro. El complejo dormía tranquilo y en silencio, solo interrumpido por ruidos de pájaros.

Teresa señaló con la cabeza; a un centenar de metros un hombre armado paseaba cerca del canal. Luego escucharon el ruido del dron de vigilancia sobre sus cabezas, pero no pudieron identificar su posición; su sonido característico pasó de largo sobre el estanque artificial.

«El canal de navegación tiene unos veinte metros de ancho y un kilómetro de largo, y llega hasta un embarcadero cerca de las cuadras» les había advertido Ambrose Levi.

Siguieron su ruta por el agua que se movía con una pequeña corriente que las favorecía. Cristina sintió las articulaciones entumecidas por el frío húmedo de la laguna. Sus movimientos se hicieron pausados y silenciosos para no chapotear y evitar los ruidos sospechosos en su incursión.

En las proximidades del embarcadero divisaron a otro hombre de seguridad que se movía cansinamente cerca de las embarcaciones. Eran las cinco y cuarto de la mañana.

«Recordad que los guardias tienen un sistema de seguridad por el cual, si dejan de tener pulso, saltan las alarmas y pueden determinar la posición donde se encuentran en cada momento. Si elimináis a uno saltarán las alarmas y todos se pondrán en alerta».

Salieron del agua en una zona de césped y se dirigieron a los corrales atravesando un paraje de hierba no iluminado. A Cristina le dolía todo el cuerpo. El fuerte olor a caballo, heno y estiércol de los establos la distrajo de sus sensaciones físicas. Teresa señaló una cámara que enfocaba la entrada de las cuadras, la manera exclusiva de poder acceder al edificio principal. La única forma de no entrar en el plano de la cámara era sobrepasarla por el artesonado de la caballeriza. Treparon por unas balas de paja apiladas y alcanzaron la viga maestra que atravesaba de lado a lado las cuadras y que sujetaba los laterales con determinación. La cruzaron con facilidad; era ancha y resistente y daba a un ventanuco situado a tres metros del suelo que no se abría con frecuencia. La ventana cedió y el chirrido se fundió con el rechinar de un caballo inquieto. La ventanilla se había abierto con el quejido de sus bisagras oxidadas; de allí se descolgaron a una acera pavimentada que se dirigía al edificio principal.

Escucharon de nuevo al dron acercarse al cénit del lugar donde estaban agazapadas; el tejido especial de sus zamarras las protegía de la detección térmica. El material las convertía en invisibles.

«En el *hall* del edificio principal habrá un guardia de seguridad. Es el mayor escollo; tendréis que eliminarlo para entrar... Las estancias de los grandes jefes tienen habitación del pánico; cualquier alteración o alarma en el recinto iniciará el protocolo de protección. En menos de diez segundos todos los objetivos se encontrarán en sus cámaras acorazadas, que tardarán en abrirse una hora... Tenéis que llegar al segundo piso, a la suite 205... Y al llegar a este punto entenderéis por qué solamente podrían ser mujeres las que entraran sin levantar sospechas. En las instalaciones siempre tienen un grupo de prostitutas para los servicios a los clientes. Se trata de que os mováis como si salierais de prestar vuestros servicios. En seguridad no llamará la atención ver a unas chicas saliendo o entrando, deambulando por los pasillos o en las habitaciones a esas horas». Ambrose tenía un informe completo de la actividad del recinto.

Cristina se dirigió a la entrada y se ocultó tras un seto para observar la recepción; no había ningún vigilante en el puesto de control. Se quedó desconcertada y miró a su compañera.

Teresa vio primero una bocanada de humo que salía de entre unas plantas, a pocos metros, luego al hombre uniformado que fumaba un cigarro distraídamente. Escupió sobre la lumbre para apagarlo y lo arrojó detrás de un seto. El tipo se dirigía, sin saberlo, a la espalda de Cristina. Teresa desenfundó su cuchillo de salto y con una rápida reacción le tapó la boca y lo apuñaló en el costado. Quería inmovilizarlo, pero no matarlo; lo necesitaba vivo. El grito quedó sofocado por la mano firme de la mujer. Cristina acudió en ayuda de su compañera, sujetó las manos del herido, que se movía con desesperación, y le quitó el arma que llevaba colgada del hombro.

–Si te mueves estás muerto –le susurró Teresa al oído y continuó con su mano en la boca, que se estaba llenando de babas.

El hombre paró de moverse, sangraba por el costado. Teresa sacó dos esposas de plástico, y sujetó los brazos y los pies del hombre asustado; luego tomó la gorra y se la metió en la boca y con otra brida alrededor de la cabeza la sujetó para que no pudiera expulsarla con la lengua. El hombre herido las miraba suplicante.

–Si no te mueves mucho vivirás, ¿me entiendes? –le susurró Teresa al guarda, que asintió asustado.

Antes de entrar en el hall, que estaba desierto, las dos mujeres se quitaron la cazadora con capucha y las mallas negras, todo aquello que pudiera resultar sospechoso. Dos vestidos cortos y de estampados florales aparecieron debajo; estaban mojados como su pelo. Se soltaron el cabello apelmazado por el agua, se lo ahuecaron un poco y se lo echaron sobre la cara para cubrir sus rostros todo lo posible y entraron con las armas camufladas en los costados. Cristina observó los zapatos; nadie las creería con ellos puestos. Se descalzó y Teresa, al verla, hizo lo mismo.

Tomaron el lujoso ascensor de espejo y oro; miraban al frente. La puerta se abrió en la segunda planta, frente a un largo corredor con puertas a ambos lados. Al fondo, un tipo vestido de negro, sentado, escuchaba música con unos auriculares puestos. El guardia vio a las dos mujeres que salían del ascensor y parecían haberse caído a una piscina. Cuando las vio se puso en pie, ellas se acercaron con naturalidad; sabían que una cámara vigilaba sus movimientos y por eso dirigían sus miradas al lado contrario.

–Creo que nos hemos confundido –le dijo Teresa en un español bastante correcto–. ¿Es la habitación 205?

–¿El señor Coentrao?

–Sí –dijo Cristina con una sonrisa–, quiere dos chicas húmedas.

El hombre de negro se quedó mirando los pies descalzos de las mujeres.

–Tenemos los pies destrozados por los tacones todo el día –sonrió Cristina.

–¿Ahora? –el hombre miró el reloj–, son las 5.25 h de la mañana. No tengo órdenes.

–OK, nosotras podemos irnos y nos volvemos a la cama a dormir –dijo Cristina dándose la vuelta en dirección al ascensor– y tú luego se lo explicas al señor Coentrao, *ciao*.

La puerta de una habitación se abrió y una chica rubia y esbelta salió al pasillo. Llevaba puesto un albornoz blanco y unas zapatillas de baño. Miró a donde estaban las dos mujeres y el hombre del traje negro platicando y, a continuación, se dirigió al ascensor que continuaba abierto.

La imagen de la mujer del pasillo perturbó a Cristina unos instantes; conocía a esa mujer, la había tenido cara a cara.

Ella le había disparado.

La mujer del albornoz le hizo una señal afirmativa al vigilante armado desde el ascensor.

–Está bien, pasen –dijo el hombre con la mirada puesta en la espectacular mujer.

Teresa empujó a Cristina:

–No hagamos esperar al señor Coentrao.

Las puertas del ascensor se cerraron con Ramona dentro. Teresa pulsaba la manecilla de la habitación 205 y entraban en la habitación de Néstor Coentrao cuando las alarmas de La Hacienda comenzaron a sonar, todo a la vez.

«El vigilante debe haber perdido el pulso», pensó Cristina.

La habitación estaba a oscuras; se movieron rápido en dirección al dormitorio mientras sacaban sus pistolas con silenciadores. Teresa corría hacia la recámara cuando una sombra que avanzaba despacio lo hacía en dirección a una puerta acorazada que estaba a pocos metros. Teresa vio la sombra y empezó a disparar sin identificar siquiera a su víctima; era una caza a ciegas, desesperada; si el hombre se metía dentro de la habitación todo aquel esfuerzo no habría servido para nada. La sombra había cruzado el umbral de su salvación y Cristina se lanzó sobre un sofá disparando una sola bala a la cabeza mientras la puerta blindada se cerraba; los proyectiles de Teresa seguían impactando en la puerta de acero.

La habitación del pánico se había sellado y la presa había huido.

–¡Mierda! Vámonos de aquí.

Teresa apretó su pulsera para activar el GPS.

«Vuestra salida la tenemos planteada por la azotea. Tenéis que llegar ahí; una vez que activéis vuestras pulseras necesitamos cuatro minutos para preparar la extracción», había comentado Ambrose. Ambas sabían que cuatro minutos en aquellos instantes iban a ser una eternidad.

Las dos mujeres salieron al pasillo ante la atenta mirada del hombre de negro que pedía información con su emisor en esos momentos de desconcierto.

Teresa le disparó a la cabeza.

Corrieron hacia las escaleras; dos pisos las separaban de la salida. De algunas habitaciones emergían hombres armados que no sabían muy bien a quién disparar y se apuntaban entre ellos cuando veían el cadáver del vigilante sin saber quién era su objetivo.

El desconcierto las favorecía para alcanzar la azotea del edificio principal.

Las alarmas seguían sonando cuando abrieron la puerta que daba al exterior de la azotea; los primeros rayos del sol se filtraban a lo lejos.

Junto a una barandilla, dos hombres apuntaban con sus armas asomando medio cuerpo fuera intentando adivinar de dónde provenía el ataque; por los pinganillos de sus orejas estaban dando la información: «Son dos mujeres y van armadas».

Los hombres se giraron cuando vieron movimiento junto a la puerta; Teresa corrió hacia ellos mientras disparaba apuntando a sus cabezas. Cristina cerraba la puerta y cubría ese flanco parapetándose a un lado junto a una pared; cuando volvió a mirar en dirección a su compañera, los dos hombres estaban en el suelo con sus armas todavía con los cañones calientes en la mano.

Teresa continuó disparando desde su posición alta hacia donde veía movimiento en los jardines. Faltaban dos minutos para la llegada de su salvación.

El dron de vigilancia se situó encima de ellas; ahora no llevaban ninguna capa de protección para evitar la detección térmica de la cámara espía. Estaban siendo localizadas y los disparos de cientos de armas iban a tener dos objetivos claros en unos segundos en aquella solana.

Cristina escuchaba el temblor de los pasos de un Ejército subiendo a la carrera por las escaleras. Las balas comenzaron a atravesar la puerta sin ni siquiera abrirla. Cristina descargó su arma sin mirar replicando a los disparos ciegos para aguantar el asalto.

Con el ruido ensordecedor de las ráfagas desde la puerta, que estaba quedando como un colador, y los disparos que llegaban desde los jardines, las mujeres atrapadas no escucharon la llegada de un nuevo dron que estaba ya a unos metros de sus cabezas. Teresa fue la primera en verlo y atrapar el cable de sujeción que caía sobre ella. Se colgó y tiró el arma; necesitaba los dos brazos para poder sujetarse.

–¡Vamos!

Cristina corrió y se abrazó a su amiga, que comenzaba a elevarse sujeta al cable.

El gigantesco dron tomó altura a gran velocidad impulsado por la potencia de sus motores.

Cristina fijó la mirada en la puerta de entrada de la azotea donde una mujer rubia con un albornoz blanco y un AR-

16 apuntaba en su dirección. Era la misma que habían visto minutos antes en el pasillo, la misma mujer que le había disparado a ella dos meses antes.

El cañón del arma apuntaba en su dirección.

La mujer de blanco levantó ligeramente el cañón de su arma y disparó. Cristina advirtió que el dron de vigilancia que estaba sobre ellas fue impactado por un tiro preciso en uno de los motores; el ingenio sin piloto comenzó a perder el control y cayó al agua en una de las piscinas del complejo. Cristina seguía con la mirada fija en la mujer que reposaba el fusil en su hombro acolchado mientras se dirigía a la puerta acribillada; otros sujetos uniformados apuntaban al punto volador que se perdía en el sol del amanecer. Seguían sonando disparos.

Braulio permanecía tranquilo, sentado y esposado en la mesa de interrogatorios, cuando entró Álvaro Guzmán, que lo miró tristemente mientras cerraba la puerta. En el rostro de Braulio se dibujó por un instante un rictus de contrariedad. Guzmán se quedó cerca de la puerta apoyado con las manos en la espalda, ocultas.

–¿Sabes quién soy?

–Sí, es el padre de Rita.

–Exacto, soy el padre de Rita –Álvaro descargó el aire contenido.

Braulio bajó la cabeza.

–Platicamos una vez...

Guzmán parecía tranquilo; en el entierro dos días antes había perdido los nervios, pero era el padre de la difunta y por su conducta inapropiada había recibido una reprimenda de su superior; nada serio en comparación con otros incidentes a lo largo de todos esos años en el departamento. Nadie había presentado denuncias. Tenía abierto un expediente sancionador por haber apuntado a la cabeza al fiscal del Estado Eduardo Aster; la investigación estaba abierta y se jugaba la expulsión del Cuerpo.

En la madrugada había encendido la tele después de días de silencio y sin humo; desde la muerte de Rita no había dado ni una sola calada de cannabis. Las noticias estaban mudas y no tocó el mando para subir el volumen. El hombre del tiempo señalaba sobre un mapa de México.

–¿Eres tú, Álvaro? –apareció la proyección y la voz de su hija.

–Sí, Betty.

–¿Quieres que encienda la luz?

–No, gracias.

»¡Creía que tú solo te activabas con el nombre de Betty!

–He sido programada para seguridad también; cuando escucho un ruido me activo, pido confirmación y si no escucho tu voz puedo llamar a la Policía. Si vas a invitar a alguien y no vas a estar es bueno que me des autorización.

–Interesante, ¿y qué más haces?

–Puedo hacer la compra siguiendo tus criterios y consumo calórico, puedo...

–Uff, tranquila; por ahora me basta con charlar contigo. No quiero que te conviertas en mi madre, y menos en mi mujer.

–De acuerdo. ¿Tuviste un buen día, Álvaro?

–No, no tuve un buen día.

–¿Quieres que juguemos a concedernos un deseo? Al setenta por ciento de los usuarios les encanta jugar a cumplir un deseo.

En la pantalla de la televisión aparecieron unas fotos de Braulio con el subtítulo de «Braulio Gaytán, un accidente mortal» y luego otro gráfico que decía: «Se ha muerto el amor de mi vida».

De repente Álvaro se dio cuenta de que apenas conocía al tipo que había empujado a su hija a la muerte; se apellidaba Gaytán y quería tenerlo cara a cara.

–¿Álvaro, quieres que juguemos a los deseos?

–No, no estoy de humor.

–Lástima, me encanta el juego de los deseos.

Álvaro se levantó y se fue a arreglar. Quería ir a la comisaría y leer los informes de la investigación; no había leído el informe del forense sobre la muerte de Rita. Tenía mucho que leer y luego quería sentarse con el joven novio de su hija a charlar.

Álvaro se sentó frente al joven Braulio.

–Rita siempre te mencionó por tu nombre; nunca me dijo tu apellido, Gaytán.

–Soy inocente.

–Sé que crees que eres inocente; no estoy poniendo en duda nada. Solo estoy buscando respuestas.

Braulio seguía con la vista fija sobre la mesa, donde se exponían sus manos prisioneras de unas esposas.

–No me encuentro muy cómodo con que usted esté aquí, quiero a mi abogado presente.

–No es un interrogatorio. Eres, bueno, eras el novio de mi hija... eso es lo que ella me dijo... Vivíais juntos, ¿no?... Ibais a quedaros en mi casa a dormir esa noche... Tenéis las maletas ahí... Es verdad que soy policía, pero tú y yo somos casi familia... ¿No te encuentras cómodo? ¿Y cómo me debería encontrar yo?

Braulio levantó la cabeza.

–Usted cree que yo maté a su hija.

–Braulio, no es una cuestión de fe. Lo que yo crea o no... Es que hay grabaciones que demuestran que empujaste a Rita desde el piso treinta... Se ve todo, se ve como la empujas desde lo alto. Ahora no puedes hacer nada sin que alguien te esté grabando. Pero qué te voy a contar a ti que estás en ese mundo, eres un *youtuber*.

–Otros también la empujaron. Se lo he dicho a la Policía, yo estaba bajo los efectos de esa droga, Synchro –Braulio estaba poniéndose nervioso–. No era consciente de mis actos.

–Estoy seguro de que esa mierda influyó, pero he venido porque tengo una pregunta muy sencilla que hacerte: ¿por qué ella no tomo esa mierda?

Braulio se quedó mirando las esposas.

–No lo sé; ella me dijo que no se encontraba bien. El estómago... le molestaba el estómago.

–Sabes, Braulio, hace un rato he leído el informe del forense que dice que Rita estaba embarazada de tres meses... ¿Y tú no sabías nada?

Braulio se quedó en silencio.

–¿No sabías que Rita estaba embarazada?

–No –respondió Braulio sin convicción.

–Los dos conocemos a Rita, cada uno a su manera, y ella me dejó grabado ese día que tenía una sorpresa que darme. Braulio, creo que esa sorpresa era que sería abuelo. Luego he llamado a mi ex, su madre, y me ha confirmado que ella lo sabía; se lo dijo hace tres semanas... Y tú, su... chico, ¿no sabías nada de que la mujer con la que vivías y trabajabas estaba embarazada de tres meses?... Me cuesta creer ese punto, me cuesta conociendo a mi hija, siempre con esa verborrea incontenible, incapaz de guardarse nada.

–No sé nada.

Álvaro se levantó bruscamente de la silla. Braulio intentó protegerse con los brazos, pero estaba sujeto a la mesa.

Álvaro estaba en la puerta.

–Sabes, muchacho, no te creo y voy a dedicar mi vida a desenmascararte.

Álvaro estaba saliendo y Braulio dijo:

–Me gustaría recuperar mi li... mi maleta.

–Allí en mi casa la tienes; puedes venir a buscarla cuando gustes.

Juno estaba sentado en la cama cuando los dos hombres de seguridad lograron abrir la puerta acorazada donde estaba encerrado su padre; junto a ellos, supervisando la apertura, Jacinto Alcázar, el gobernante del complejo, traje hecho a medida, camisa blanca, corbata azul y gemelos de oro, se movía nervioso por la habitación.

Las alarmas habían sonado y los jefes de los narcos habían aplicado el protocolo de seguridad; todos habían seguido las indicaciones y se habían refugiado en las habitaciones a prueba de bombas con un grosor de un metro de hormigón armado y una puerta automática fabricada en Alemania en exclusiva para el complejo. Cuatro guardias habían resultado muertos en el asalto.

Se abrió la puerta acorazada.

Néstor Coentrao yacía en el suelo enmoquetado víctima de un proyectil de nueve milímetros que descansaba frío en el interior de su cabeza.

Ahora sabían el móvil. Habían eliminado al jefe del narcotráfico de Brasil. No había pasado algo parecido desde la muerte de Jorge Rafaat, que había muerto emboscado por más de cien sicarios del Primeiro Comando Capital, el PCC. Ahora se desataría una cruenta guerra por el poder del narcotráfico en la región y Juno no estaría ahí para evitarlo; exponerse significaría dejar al descubierto al rey en una partida de ajedrez oculto.

Juno se agachó junto a su padre y sujetó la cruz negra unida al cuello por una cadena de oro que siempre llevaba puesta; la volvió a posar en su cuello.

–Quiero que antes de enviarlo a casa le preparéis bien, no quiero que mi madre lo vea en este estado.

Jacinto Alcázar tomaba notas en una pequeña libreta de cuero con una pluma de oro Mont Blanc.

–Se hará como ordene, señor Coentrao. El señor Coentrao será cuidado con el mayor esmero y delicadeza; trabajamos con un tanatopractor, Don Armando, que los deja que parece que están vivos.

Juno se levantó y lo miró a los ojos.

–Escriba. Esto es para todo el mundo y si me entero de que alguien se va de la lengua lo mandaré matar... El señor Néstor Coentrao morirá mañana jueves, en su casa de Sao Paolo, de un ataque al corazón y rodeado de su amadísima familia después de recibir los Santos Sacramentos.

Alcázar intentaba no olvidar ni una sola palabra mientras escribía.

–...los Santos Sacramentos –repitió.

Ramona entró en la habitación llevando en la mano un teléfono y vio el cadáver de Néstor Coentrao.

–Te llaman –le dio el teléfono a Juno y se fue.

Este abrió la puerta de la terraza y salió a platicar mientras en la habitación estaban metiendo el cadáver de su padre en una bolsa de plástico.

–¿Don?

–Sí, ya sabemos qué buscaban... A Néstor, a mi padre.

–Siento lo de Néstor; sabes que tu padre era un hermano para mí.

–Lo sé.

–Tenemos que averiguar quién ha sido y por dónde han entrado.

–Han entrado por la tubería de la laguna, desde el río; hemos encontrado ropa de buceo y antitérmica.

–¿La DEA?

–No, no actúan así, sin detenciones, sin avisar al Ejército. No, no es su *modus operandi*. Esto es diferente, estos son asesinos.

–¿Venganza? ¿Los del Norte? –inquirió Don.

–Este lugar es sagrado; ningún cartel se atrevería a esto. Me recuerda las muertes del Chapo Contreras hace seis meses y la de Ulpiano Zabala.

–No se reivindicaron por nadie.

–Un *jet* privado aterrizó y despegó dos horas más tarde en el aeródromo de Los Changos –Juno contemplaba como drenaban el canal desde la terraza.

–Haz que lo destruyan; no quiero más pistas que la de La Hacienda en la zona.

–Ya, la utilizan como avioneta de fumigación.

–Pues ahora que fumiguen en helicóptero –Don no quería ser contrariado–. Podemos rastrear el dron que utilizaron; me han dicho que era muy sofisticado.

–Sí, es un dron fabricado en Israel; solo en Estados Unidos han vendido este año más de veinte y no creo que hayan dejado cabos sueltos.

–Quiero saber quién está detrás de esta mierda, Juno. –Don Nassar estaba muy enfadado.

–Confía en mí; la muerte de mi padre no se va a quedar sin castigo.

–Juno, platicando en confianza, sé que tienes fe ciega en esa asistente personal tuya, Ramona. Me han llegado imágenes de ella en tu habitación.

Juno se quedó callado; no sabía que Don había hecho instalar cámaras en las habitaciones privadas de La Hacienda. Don prosiguió:

–No tengo nada que decirte, siempre que ella sepa cuál es su posición. Estoy seguro de que el tema lo manejarás correctamente con Esther. Mi hija es una mujer de carácter.

–Sí, hago todo esto por ella... Solo por ella...

–Ella ha nacido para ser reina. Si lo entiendes estaré de tu lado. Las mujeres embarazadas necesitan atenciones...

Don iba dos pasos por delante de él; se estaba enterando por su futuro suegro de que su novia estaba embarazada. ¡Qué paradoja! Asesinan a tu padre y te enteras de que vas a ser papá.

–No estés tan frío con ella... Estamos a menos de dos meses de la boda... Y sucederán muchas cosas... –Don se aclaró la garganta–. ¡Oh, Señor! Estamos en tus manos, como siempre decía mi abuelo.

–No se preocupe, todo está bajo control.

Anthony Somoza llevaba una gorra azul de los Dodgers. Miraba por la ventana el *jet* privado que estaba aterrizando en el aeropuerto de Hermosillo, la capital de Sonora; de allí un helicóptero lo llevaría cerca de la bahía de Kino. Su secretaria había tardado apenas una hora en conseguir que el viaje estuviera preparado y tenía ya una limusina esperando en la entrada de Synchro. «El dinero es un gran acelerador de tiempos». Anthony había conducido furgonetas de trabajo desvencijadas por aquellos parajes que miraba desde el cielo y ahora era el único pasajero a bordo de un *jet* Gulfstream de lujo.

Unas horas antes, Carlo Stamas los había citado en la sala de reunión y les había hecho una oferta en nombre de Esther Nassar:

–Quieren comprar vuestra parte de la compañía por cuatro billones de dólares, dos para cada uno. Pero esta oferta tiene una condición: tiene que ser el lote completo, el cincuenta y uno por ciento. Podéis seguir dirigiéndola y desarrollando lo que os dé la gana con un sueldo de cinco millones cada uno al año después de impuestos. ¡Chicos, sois multimillonarios!

Anthony estuvo a punto de pegar un grito pero se contuvo; salió de la sala y le pidió a su secretaria que le preparara el viaje a su casa para esa tarde.

La casa de sus padres estaba a sus pies cuando el helicóptero se posó levantando una nube de polvo.

Su madre salió al porche extrañada por la llegada del ruidoso intruso del cielo. Anthony bajó del helicóptero y vio a su madre, muy envejecida, que estaba en la puerta del humilde hogar recibiendo el polvo sobre su cuerpo.

–¡Antonio, hijo; sabía que vendrías! Estaba preparando la cena.

Julián Konks estaba sentado en un sillón tomándose una cerveza cuando llegó Ana.

–La señora Konks ha llegado a casa. –Ella se acercó y besó a Julián.

–Me han ofrecido comprarme mis acciones de Synchro por dos billones de dólares.

Ana se quedó inmóvil mirándolo:

–Habrás dicho que sí, ¿no?

Cristina Herrera descansaba con una manta encima en el viaje de vuelta a Ciudad de México. Todos menos Ambrose dormían; el jefe miraba su ordenador personal.

–Tu nombre, Ambrose Levi, ¿cómo lo elegiste?

–Ambrose significa inmortal en latín; me pareció muy sugerente, y Levi es un tributo a mis padres; soy de origen judío –no levantó la vista de la pantalla; había contestado ya a esa pregunta en otras ocasiones–. ¿Has elegido un nombre?

–Sí, Ángela, el nombre de mi abuela paterna, y Madero; tuve un profesor que se llamaba Madero. Creo que fue mi primer amor platónico; era nieto de Francisco Madero.

–Ángela Madero suena bien.

Álvaro Guzmán entró en su apartamento y se volvió a fijar en las dos maletas que estaban arrinconadas. Gloria llamó a la puerta unos segundos más tarde. Estaba abierta. Entró, se acercó a Guzmán y lo besó. Él se dejó hacer. En su cabeza le daba vueltas a la conversación que había tenido con Braulio Gaytán; pensó en su compañera Cristina Herrera, la mejor policía para interrogatorios que había conocido. Ella veía y escuchaba lo que los demás no. Sonrió. Gloria no sabía que mientras hacían el amor estaba pensando en otra.

Esther Nassar se pasaba la mano por el vientre como hacen todas las embarazadas mirándose al espejo de perfil; hoy le contaría a Juno lo de su embarazo.

Aldo Ríos paseaba por la prisión de alta seguridad de Colorado, la ADX. Un celador uniformado se acercó a él y le dio un papel con disimulo; él se apartó y lo leyó: «La primavera está llegando». Aldo miró al cielo, sonrió y murmuró:

–A ver si llueve.

Ramona y Juno estaban en la sala de control de La Hacienda y veían el vídeo de las dos mujeres en el pasillo cuando platicaban con el vigilante de la planta; parecía que se retiraban en el momento en que Ramona salía de la habitación. Luego las mujeres entraban en la habitación de Néstor Coentrao; unos segundos más tarde salían de la habitación y una de ellas disparaba a la cabeza al hombre de negro que estaba vigilando la planta. Luego las mujeres se fueron al final del pasillo, abrieron una puerta y desaparecieron.

Juno miró a Ramona.

–¿Dónde ibas a esas horas?

6. HORAS

Es el plural de la unidad del tiempo que se corresponde con la vigésimo cuarta parte de un día. Las Horas eran también las divinidades que vigilaban las puertas del Olimpo y eran las personificaciones o diosas del orden de la naturaleza y las estaciones.

Anthony estaba sentado en su silla de siempre, la silla roja a la que le faltaba el apoyabrazos derecho. Lo había quitado para que su extremidad colgara e intentaba tocar con los dedos el suelo; había probado todo tipo de sillas y ninguna se ajustaba a su cuerpo como aquella silla de Mex-Tec. Estaba revisando líneas de código; ahora tenía un equipo de cuarenta personas que programaban todo lo que pedía. Era muy minucioso y le gustaba supervisar todo lo que tenía que ver con Synchro; además, dos días antes el equipo de seguridad había detenido a un empleado que había copiado códigos en un disco duro externo y habían saltado las alarmas de los sistemas. Los protocolos de detección de fuga de información se habían incrementado en las últimas semanas bajo la atenta inspección del equipo legal de la compañía. Todo lo que entrara en el código fuente era supervisado al detalle por él. Estaba trabajando en un *anti flood*, un *script* diseñado para saturar las redes con una repetición de *spam* infinita con la que estaban siendo atacados desde que se había dado a conocer Synchro. Ahora recibían ataques diarios de *crackers* en busca de una puerta para entrar en el código fuente.

Anthony había diseñado un sistema de seguridad que tenía su inspiración en la naturaleza marina. Había estudiado el modelo de defensa de dos especies animales y los había combinado en un programa que había resultado infalible, el CG, como lo llamaba Anthony, las iniciales de los dos animales. Primero, la c del calamar. El programador había replicado el sistema de defensa de este animal marino: cuando este siente la amenaza de un ataque suelta su tinta oscura que nubla todo el entorno para facilitar la huida; en el programa, si te acercabas al sistema de Synchro, este generaba millones de puertas-espejo como la tinta, que hacían imposible adivinar cuál era la correcta; y la segunda inspiración, la segunda inicial, era la «g» de *gellyfish*, la medusa que en sus tentáculos alberga miles de células urticantes que cuando entran en contacto con un cuerpo extraño sueltan automáticamente el veneno paralizador. Al igual que la medusa, el programa CG era capaz de generar un código venenoso, como él lo denominaba, que infectaba al intruso cuando este tomaba contacto con alguna de las puertas-espejo.

Diez empresas habían anunciado que comenzaban desarrollos de productos similares a Synchro; cualquier fondo de capital-riesgo estaba dispuesto a invertir millones ante el auge que había despertado esta nueva forma de droga legal y ya se habían programado lanzamientos de aplicaciones parecidas para un año después. En ese momento dos grandes despachos de patentes trabajaban a toda máquina para impedir el uso de tecnología similar a la que tenía Synchro.

Anthony Somoza observaba desde su despacho la salida de drones transportando cajas de bolitas negras a toda la ciudad. La semana siguiente empezaría el reparto en Guadalajara, Monterrey, Tijuana y Mérida. Anthony llevaba una semana dándole vueltas a la propuesta que les había hecho Stamas para que vendieran la compañía. Había hecho todo tipo de cábalas que le llevaban a la misma decisión: no vendería. No era una decisión racional, lo sabía. Con el dinero que le pagarían tendrían asegurado, él y diez generaciones de descendientes, una vida de multimillonarios. Pero él no tendría descendientes, no tendría herederos que dilapidaran la fortuna conseguida en un par de años de duro trabajo, un golpe de genialidad y la coincidencia de dos talentos complementarios. Su unión con Julián había sido fundamental; él era el sistemático, el correcto, el que no comete errores ni deja cabos sueltos; Julián, sin embargo, era un verso suelto, un ingenioso programador al que no le asustaba el tamaño del edificio cuando solo tenía tres ladrillos y un saco de cemento; era uno de esos de la filosofía de «lo hice porque no escuché a todos los que me dijeron que era imposible». Synchro había sido el resultado de una idea imposible realizada sin nada. El dinero no le importó entonces, tampoco ahora.

Un dron salía en ese instante al cielo.

Julián Konks estaba sentado en la silla que presidía la sala de juntas. Carlo Stamas y un grupo de abogados que tomaban nota estaban preparando el requerimiento del fiscal Aster para el juicio sobre la muerte de Rita Guzmán. Muchos grupos de presión, asociaciones religiosas, madres contra las adicciones y colectivos médicos querían utilizar la muerte de la joven para prohibir la propagación de lo que consideraban la nueva plaga bíblica. El fiscal Eduardo Aster, a un año de su reelección había supeditado su hasta ahora decidido apoyo a Synchro al resultado del juicio contra Braulio Gaytán y de la responsabilidad civil subsidiaria de Synchro.

Si en el juicio el veredicto salía que era culpable, eso paralizaría la actividad de la compañía *sine die*.

Aquella misma mañana había tenido una discusión con Ana, su primera discusión de casados, cuando después de tomar un café en silencio mientras veía las noticias en una *tablet*, su esposa lo interrogó acerca de la decisión que había tomado sobre la venta de la compañía.

–Supongo que me dirás algo, que lo platicaremos; es una decisión muy importante, Julián, que afecta a nuestras vidas. Tendremos que platicarlo en algún momento.

Ella acababa de hacer una hora de bicicleta estática y estaba sudando; a Julián las mallas ajustadas que llevaba y que compactaban su cuerpo le parecían muy sexys.

–Me encanta eso que llevas.

Ana se servía un vaso de zumo de naranja.

–No estoy de broma, estoy muy preocupada. Creo que tendré que aconsejarte. Lo mejor es que...

–No –Julián la interrumpió tajante.

–No ¿qué?

–No quiero que me aconsejes tú también. Todo el mundo quiere aconsejarme.

–Pero yo no soy todo el mundo, soy tu mujer –dijo Ana enfadada.

–Por eso. Si me aconsejas una de las dos opciones, el resto de nuestra vida y de nuestra relación estará marcado por un «tú me dijiste que hiciera eso o lo otro»; si no me dices nada, no podrás decirme «ya te lo dije» –Julián miró la *tablet*–. Si te quedas callada y no dices nada, en el futuro podrás decirme «yo hubiera hecho esto», pero siempre tendremos la duda de si era así.

–¿Qué quieres decir con esto? ¿Que mis consejos no sirven? ¿Prefieres los de ese semental de Carlo, o los consejitos del oscuro?

–¡No llames así a Anthony! –Julián estaba irritándose con aquella conversación–. Lo del oscuro es una anécdota que te conté en privado de cómo llamaban mis padres a

Anthony a sus espaldas cuando lo conocieron. No quiero que lo digas; es cruel, es racista.

Ana estaba descontrolada y gritaba. Empujó el vaso casi lleno de zumo contra el fregadero y el cristal reventó:

–¡Yo en mi casa digo lo que me da la gana, faltaría más que ahora ya no pudiera decirte lo que pienso!

–Tranquila, lo digo porque es lo mejor para los dos.

–Será lo mejor para ti... No quiero seguir discutiendo cuando te pones en plan egocéntrico.

Ana dejó la cocina y se fue a la ducha.

Julián seguía sentado en la silla que presidía la sala; apenas atendía a la discusión sobre los diferentes planteamientos de la defensa. Los abogados iban a volcarse en que ese *vlogger* que Julián había conocido el día de la presentación y que continuaba arrestado saliera libre acusado de una falta de imprudencia temeraria, un accidente que lo sacaría de prisión bajo una fianza de diez mil dólares. Si Braulio era declarado inocente, Synchro no tendría problemas en el futuro inmediato.

La oferta de Esther Nassar era francamente generosa. Decir sí lo llevaría al mundo de despreocupación que siempre había soñado; además, tenía una infinidad de proyectos que quería hacer y que con ese dinero sería muy fácil poner en práctica. Lo había hecho una vez con Synchro y lo podía volver a hacer. Si tanto querían esa empresa, que se la quedaran; él vendería.

Matías, el secretario de Julián, apareció en la sala y le dijo al oído:

–En la recepción hay un policía que quiere platicar contigo. Se llama Álvaro Guzmán.

Los mechones oscuros caían sobre el lujoso suelo brillante y los secadores con sus ruidosos motores ahuecaban los pelos de las clientas en Luciano´s, la peluquería más *trendy* de Polanco. Cristina Herrera estaba transformándose en Ángela Madero. Sentada al fondo de la sala con el cabello recién lavado, se dejaba hacer por las tijeras de una joven con el pelo azul que las movía con agilidad sobre su cabeza. Le había pedido un cambio radical y eso estaba haciendo la chica con mucha seguridad. Nunca se había atrevido con un corte más allá de la media melena. Su pelo, ahora largo y de color cobalto, se estaba acortando hasta enseñar la nuca y posteriormente se llenaría de reflejos rubios que suavizarían su rosto alargado.

–¿Divorcio? –preguntó la peluquera con naturalidad.

–No, cambio de vida –había respondido la que todavía era Cristina.

–¿No es ruptura sentimental?

–No, quiero verme como una nueva mujer –dijo mientras se convertía en Ángela.

–Perfecto, sin motivos.

–Sin motivos –Ángela no dio más explicaciones.

Dos horas más tarde entraba en el edificio blanco donde vivía desde hacía una semana. Julio, encargado de la limpieza, fregaba la recepción de baldosines ajedrezados y la miró con disimulo.

–Buenas tardes. Le han traído un paquete y se lo he dejado en la puerta.

–Gracias Julio, buenas tardes –se quedó un momento pensando–. Julio, me gustaría preguntarle una cosa, ¿cuánto tiempo llevaba el piso donde vivo sin alquilar?

–Sin alquilar no ha estado nunca que yo recuerde; lo que no ha estado es habitado durante este último año, desde que se fue el señor Fuentes Guerra.

–Gracias, Julio.

–Hágame saber lo que necesite –el hombre siguió con su tarea de limpieza.

Ángela aguardó la llegada del ascensor mientras daba vueltas a lo que le había dicho Julio. El piso era de la organización y su último inquilino había sido un tal Fuentes Guerra, cuyo nombre era el personaje protagonista de la telenovela *Amor real*. Cuando miró a su lado había un hombre. Había subido el primer día con él; era un cuarentón atractivo, gafas, camisa azul clarita y una pajarita marrón, con pinta de profesor universitario.

–Hola –saludó cordial él.

–Hola.

Las puertas del ascensor se abrieron y el hombre hizo un gesto caballeroso para cederle el paso.

–Gracias.

–Yo voy al nueve –dijo y apretó el botón.

–Yo al ocho.

–Estoy encima –el hombre se azaró por lo que acababa de decir–; quiero decir que usted se baja antes.

Ángela sonrió, le recordaba a Álvaro Guzmán.

–Soy Ángela, una nueva vecina.

El hombre le tendió la mano.

–Arturo, Arturo Barrios.

Se saludaron.

El ascensor llegó a su destino y Ángela se bajó. El hombre saludó con la mano; estaba un poco avergonzado y miró al suelo.

–Bonito corte de pelo.

–Gracias.

Las puertas se cerraron y el ascensor continuó su camino con el hombre dentro.

El apartamento era luminoso y tenía una habitación y una cocina americana con una barra que lo separaba del salón. Era amplio; tenía también una pequeña terraza con vistas a los tejados de Polanco.

Se paró en el espejo de la entrada para verse con su nuevo corte de pelo; el halago del atractivo vecino le había confirmado el acierto de su decisión de un cambio tan radical. Se miró un buen rato. El marco del espejo estaba ligeramente torcido y lo enderezó; tras unos instantes el cuadro volvió a ceder en su desequilibrio. Ella lo volvió a intentar y el espejo se inclinó de nuevo unos grados. Aquel era un desnivel estúpido para el resto de los ojos humanos pero no para ella. Pegó la cara a la pared y lo miró de lado para ver qué le impedía el equilibrio perfecto; entonces fue cuando observó el minúsculo objeto negro con un pequeño cable que se perdía tras la pared. Era una cámara. Estaba siendo vigilada.

Tranquila, se dijo, no se puede notar, ellos no deben saber que has descubierto la cámara. Se puso delante del espejo e intentó fijar la mirada; si estaba siendo espiada no se podía percibir. ¿Habrá más cámaras en el apartamento? Seguro. ¿Y micrófonos? OK, tengo que descubrir dónde están y los que están observando no deben percatarse de nada.

Se fue a su habitación, se cambió de ropa. Estaba incómoda, sabía que la estaban mirando. Se puso una camiseta y unos pantalones grises de algodón que se había comprado en Shasa y se colocó una bandana alrededor de la frente para quitarse el pelo de la cara; luego fue al armario de la cocina donde estaban los utensilios de limpieza y sacó todo lo que había en él: escoba, fregona, aspiradora, trapos y botes de productos de limpieza.

Ángela Madero iba a limpiar hasta la última esquina de la casa; tenía todo el tiempo del mundo. Tenía que ser muy meticulosa y comenzó por el baño. El espejo estaba encastrado, ahí no estaba; no pondrían una cámara si no pudieran acceder a ella, pensó. Cada esquina, cada azulejo, cada cajón, cada tubo, dentro de la ducha, el inodoro, dentro del depósito del agua, lo iba limpiando todo centímetro a centímetro, desmontando meticulosamente el soporte del papel higiénico. En ese lugar no había nada. Miró a la ventana; en el marco superior una barra estaba preparada para sujetar cortinas. Acercó el taburete y comenzó a limpiar el mástil. La vio; la cámara y el micrófono estaban en la esquina del palo metálico. Siguió limpiando e hizo como si no hubiera pasado nada. Al día siguiente compraría unas cortinas para esa barra que ahora no tenía sentido.

Había localizado la segunda cámara.

Se fue a su habitación y siguió limpiando con esmero cada rincón. Deshizo la cama, miró el colchón; ahí no estaba, pero la vio cuando colocaba la almohada en su sitio. Este fue más fácil; estaba en uno de los apliques que se situaban a los lados del cabecero de la cama. Eran unos salientes sencillos con unas tulipas blancas pequeñas que no impedían la visión. En el caso de que se fundiera una bombilla apenas te fijabas en ese botón de cristal que tenía adherido. Ya tenía otra cosa para su lista de la compra: sustituiría las tulipas blancas por otras más coloridas y grandes. Siguió limpiando cada rincón del armario, cada cajón. En uno vio la foto de su hijo Lucas que le había dado Teresa; todavía le costaba no llamarla Katty. Empezó a limpiar sobre la puerta; no podía dejar un solo milímetro sin revisar.

El apartamento estaba bastante limpio antes de que ella empezara con su limpieza; ahora parecía una casa a estrenar.

Ángela se presentó en el salón con todas sus armas de limpieza; comenzó pasando el aspirador mientras observaba cada una de las paredes, el sofá y la mesa baja y alargada delante; la mesa de comedor con sus cuatro sillas, dos lámparas de pie, un mueble con la televisión de cuarenta pulgadas. Sus ojos se fijaron rápidamente en la pantalla negra; la encendió con el mando a distancia. Aprovechó para rociarlo con un spray anti-bacteriano y restregarlo bien con una lámina de papel de cocina absorbente. No se molestó en seleccionar un canal, dejó el que estaba, Imagen tv; no le interesaba el contenido de las imágenes. Miraba escrupulosamente todos los contornos. Seguía restregando el papel absorbente sobre la pantalla. Al pasar el trapo de celulosa, la electricidad estática distorsionaba los colores; a Cristina le daba igual. La escrutó con detenimiento; desde esa posición, el monitor, que parecía nuevo, dominaba la estancia y las entradas a la habitación, incluso se veía desde la terraza. Seguro que estaba ahí, tenía que estar, afirmó con un gesto y sin palabras; esto va a ser más difícil de tapar sin levantar sospechas. La televisión había quedado impecable; regresó al aspirador que continuaba con su ruido succionador y continuó restregando el suelo con energía. Un minuto más tarde levantó el tubo con el cepillo del aspirador, se movió a un lado distraídamente y el cepillo golpeó con fuerza la pantalla, que se fracturó. La imagen del presentador de Imagen TV, Carlos Arenas, quedó fragmentada.

–Chíngole, me la he cargado –se acercó y la desenchufó.

No podía taparla pero podía sustituirla.

Estaba anocheciendo y siguió limpiando. Le faltaban la cocina y el pasillo de entrada.

«El secreto de la inteligencia no consiste en recordar, sino en saber olvidar». Álvaro Guzmán miraba una pantalla gigante que daba la bienvenida a Synchro. Era una recepción moderna de ladrillo visto y materiales de construcción, muy industrial. Guzmán leyó de nuevo la frase: «El secreto de la inteligencia no consiste en recordar, sino en saber olvidar». Las imágenes que acompañaban al texto eran de personas andando por la calle.

Él debía ser muy poco inteligente pues no tenía ninguna intención de olvidar.

Las imágenes se transformaron y las imágenes de la gente por la calle se transformaron en secuencias de drones de reparto entregando cajas de Synchro. El texto que la acompañaba cambió: «El futuro es la mezcla de las experiencias del pasado y de la imaginación del presente».

Un guardia de seguridad lo contemplaba tranquilo desde su atril de madera situado ante una amplia puerta de doble hoja. Cuando entró se dirigió a una pantalla en la que la imagen virtual de una chica le había requerido los datos y le había preguntado el motivo de la visita; luego se había abierto una barrera para dejarle pasar y le habían pedido que esperara a que vinieran a buscarlo. Álvaro estaba de pie. A su lado en un sofá azul esperaban tres chicas que parecía que estaban en un proceso de selección y un hombre con un traje gris y corbata naranja que Guzmán pensó que era un vendedor, un representante de un proveedor, quizá de muebles de oficina. Unos segundos más tarde entró un joven en bermudas y con una camiseta con el texto «Loco por CDMX», y le pidió al hombre que lo acompañara. El hombre de la corbata naranja se sintió absolutamente fuera de lugar y se quitó la chaqueta mientras caminaba al interior siguiendo al joven. «Era un vendedor», se dijo Álvaro.

Julián Konks apareció en la puerta y levantó la mano como haciendo un saludo amable en la distancia.

–Señor Guzmán, ¿en qué puedo ayudarle?

–Gracias por recibirme.

Julián le ofreció la mano y lo invitó a pasar bajo la atenta mirada del guardia de seguridad.

–Venga, acompáñeme; no se crea que me manejo muy bien aquí. Acabamos de mudarnos como quien dice.

Atravesaron un pasillo con salas de reunión a los lados. En una sala, el hombre de la corbata verde revisaba una mesa bajo la atenta mirada del joven en bermudas.

–Podemos platicar aquí –Julián señaló una sala que en la puerta tenía el título de Somoza–. La idea es que cada sala tenga el nombre de alguien de la organización, personalizarla... humanizarla.

Se sentaron en una mesa amplia que tenía ocho sillas alrededor.

–He venido en contra de la voluntad de mis abogados; ellos me han desaconsejado platicar sin testigos con usted –dijo Konks.

–Se lo agradezco y no le robaré mucho tiempo; yo también he venido desoyendo las órdenes de mi jefe. Vengo a título personal.

–Dígame. Pero antes quiero darle mi más sentido pésame. Conocí a su hija el día de la presentación; ella y el otro chico me hicieron una entrevista poco antes de... –Julián se llevó la uña del dedo a la boca, se mesó el cabello y apretó el lóbulo de su oreja derecha.

La serie de movimientos inconscientes no les pasó desapercibida a ninguno de los dos.

–Son tics nerviosos –se justificó Julián.

–Ya –dijo Guzmán, y continuó–. Braulio Gaytán, se llama el chico. Él empujó a mi hija... a Rita, y en su defensa argumenta que esas bolitas negras que ustedes fabrican son las responsables de su comportamiento.

–Si me lo pregunta, técnicamente el comportamiento que habíamos programado para la fiesta era el de diversión y baile sincronizado, muy alejado de ningún acto violento. Es muy extraño.

–¿Pero había empujones?

–Sí, pero dentro de lo que es una coordinación de baile. Imagínese que para bailar un tango usted mueve a su pareja; no existe intencionalidad de daño. No la había, se lo aseguro.

Guzmán asintió entendiendo la explicación.

–¿Es posible que existiera un error en el microchip que él ingirió?

–Verá señor Guzmán, cuando creamos Synchro trabajamos en un dispositivo fijo que se adhería a la piel –señaló el brazo y mostró una cicatriz–, luego lo cambiamos al dispositivo ingerido y que se eliminaba a las doce horas por las heces para no generar tanta dependencia. Durante los meses de pruebas ingerí más de un centenar de píldoras. Le aseguro que no he matado a nadie –negó con la cabeza–. Synchro puede cambiar las emociones y predisponerte a hacer algo que quieres, pero no puede ir absolutamente en contra de tu voluntad. Creo sinceramente que lo de Rita fue un accidente.

–¿Quiere decir que si Braulio la hubiera empujado intencionalmente sería consciente de que lo había hecho y no lo habría hecho por los efectos de la píldora?

–¿Usted ha probado Synchro?

–No, solo fumo marihuana.

–Créame, nunca he probado la hierba. Con Synchro recuerdas lo que haces, pero la sustancia actúa como intensificador y conector de emociones. No eres un zombi, te conviertes en un súper humano.

–¿Entonces Braulio pudo tener la intención de matarla?

–No bajo los efectos de Synchro. La diversión y el baile sincronizado bloquean otras emociones, las ponen por delante. Además está el tema del sujeto dominante: cuando se toma Synchro hay un sujeto dominante que suele ser el líder y que impone su volunt...

¡Bum!

De repente, tres hombres armados entraron en la sala y encañonaron a Álvaro Guzmán. Uno mostró su placa.

–Policía Federal. Guzmán, está usted detenido por obstrucción a la Justicia.

Lo arrojaron contra la pared, le quitaron el arma que llevaba en la cintura y lo esposaron a la espalda. Julián miraba la detención sin entender. Fuera, el grupo de abogados observaba la escena. Álvaro se dirigió al joven creador.

–Gracias señor Konks por su amable tiempo.

–Yo no tengo nada que ver...

–Lo sé. No se preocupe, estoy acostumbrado a la brutalidad policial; la he ejercido muchas veces.

Uno de los agentes trajeados comenzó a recitarle sus derechos, los otros dos lo llevaban a paso rápido. Cuando pasó por el hall de entrada las tres chicas seguían sentadas mirando sus móviles y en la gran pantalla volvió a leer: «El secreto de la inteligencia no consiste en recordar, sino en saber olvidar».

–Muéstrele al señor Coentrao la grabación del día anterior a esa misma hora y con esa misma cámara.

Ramona se dirigió en la sala de control al guardia que estaba sentado frente al panel de más de veinte cámaras, el cual seleccionó un código en su teclado y pulsó el botón de reproducción.

A las cinco y veinticinco Ramona salía con el mismo albornoz blanco y se dirigía a los ascensores.

–Selecciona la cámara de la piscina cubierta a continuación –ordenó la mujer.

En la imagen apareció la esbelta mujer quitándose el albornoz blanco. Estaba desnuda. Se arrojó al agua y comenzó a nadar. La cámara se acercó a ella. El que había estado en el control esa noche no había querido perderse detalle; el guardia que estaba sentado frente a los monitores tragó saliva.

–OK, es suficiente –dijo Juno Coentrao.

Ramona siguió mirando a la pantalla donde se había congelado la imagen sobre su escorzo sacando la cabeza del agua para respirar. Le vino a la memoria cuando, siendo una jovencita de apenas trece años, había sido entregada por su padre al cartel del Norte. La plantación de cacao había sucumbido ante el empuje de la coca en la región y nadie quería trabajar recogiendo la semilla grande; por recolectar la hoja pagaban el doble. La manera de paliar las deudas de Frederick Drumpf fue entregar a la pequeña Ramona como pago.

Frederick Drumpf había escapado de Alemania a la conclusión de la guerra con el botín en joyas que había ido acumulando como oficial de las SS en su rapiña a las propiedades judías. Por su altura, corpulencia y agresividad se había ganado el mote de «El Monstruo», que él no despreciaba e incluso agradecía. A su llegada a México se había refugiado en Ciudad Juárez con la intención de pasar a Estados Unidos a través de El Paso; le denegaron el visado por su pasado turbio y se quedó regentando una finca de cacao, de la que luego se apoderaría tras la extraña desaparición de sus dueños.

Acusado de innumerables violaciones y crímenes, nunca ingresó en la cárcel por la sucesiva eliminación de pruebas y testigos. Con sesenta años se había casado con Adalina Sotomayor, la única hija de un terrateniente de la zona. Nació Ramona Drumpf y los negocios de «El Monstruo» se vinieron abajo. Entregó a aquella niña esbelta y espigada ante la mirada impasible de su madre, que se suicidaría esa misma noche.

Entre violaciones, palizas y drogas Ramona comprendió que la dureza, la pelea y las armas serían su única salida en la vida. Un viejo narco, que entendió el potencial de la chica cuando la vio degollar a un hombre que la había insultado, la acogió y la puso a su servicio entrenándola en la lucha y las armas. Cuando tenía veinte años era la sicaria más violenta de México, con una altura descomunal para una mujer.

Rubia y de enorme belleza entró a los servicios de Nicanor Lapesa, un jefecito del cartel de Sinaloa. Diez años estuvo cuidando los pasos de Lapesa hasta que un día recibió la visita de Ambrose Levi mientras tomaba un café.

Este le ofreció ir a los Estados Unidos, una educación y venganza; Ambrose había comprendido que con aquella mujer despiadada lo único que funcionaría sería la venganza y le dio la oportunidad. Fueron una serie de muertes, una detrás de otra, desde «El Monstruo», su padre, hasta Lapesa. Así hasta veinte despreciables individuos fueron cayendo esos días, uno tras otro, ante los ojos de Ramona. Entonces la mujer sintió que había matado su pasado; su futuro sería formar parte de «Los Muertos» e infiltrarse en la estructura del más alto escalón del narco.

Con Juno Coentrao fue fácil. Confianza, sexo y discreción; a Juno no le gustaban las palabras y a ella no le gustaba platicar. Él en el silencio se sentía protegido; ella en el silencio masticaba su venganza cuidando cada detalle.

La imagen congelada de ella desnuda nadando seguía en el monitor cuando Juno y Ramona salieron de la sala de control con las fotos impresas de las dos mujeres que habían matado a Néstor Coentrao.

Era de noche en el correccional de alta seguridad ubicado en Florence Colorado, la prisión ADX, mencionada por Amnistía Internacional como «una versión más limpia del infierno», la única cárcel de máxima seguridad de los Estados Unidos con capacidad para cuatrocientos noventa reclusos. La llamada «Alcatraz de las Rocosas» ha tenido un gran listado de célebres prisioneros de máxima seguridad, entre ellos Timothy McVeigh, el ejecutor de la bomba de Oklahoma que mató a ciento sesenta y ocho personas; también a algunos participantes del once de septiembre como Zacarías Moussaoui, Álvaro «Ted» Kaczynski, conocido como «Unabomber», y Dzhokhar Tsarnaev, coautor de los atentados de la maratón de Boston.

En una carretera próxima al penal, dos vehículos con potentes altavoces retransmitían el Raining Blood de los Slayer en medio de la noche. Se acercaron a la primera valla de contención; corrían raudos levantando polvo y piedras por aquellas vías vigiladas. El estruendo de la canción junto con el ruido de las guitarras, la contundente batería y la voz de Tom Araya hacían temblar el tranquilo condado de Florence. El alboroto se extendía por los altavoces de los dos vehículos con amplificadores, *tweeters* y *subwoofers* que se iluminaban al ritmo del *Thrash Metal*. Aquello era un terremoto sobre ruedas. Los pilotos iban con orejeras que amortiguaban un sonido que te rompía los tímpanos a menos de cinco metros. El sonido *heavy* se escucha en el paraje; el sonido de la sirena ante tamaño combate quedaba como un murmullo de fondo.

Un patrullero con las luces azules y rojas perseguía desconcertado a los dos vándalos en los alrededores de la prisión. Tres vehículos más habían salido del recinto a toda velocidad para apoyar a su compañero, que perseguía a uno de los ruidosos.

El centro estaba en alerta máxima.

Los dos vehículos se zafaban una y otra vez del acoso de la Policía; los dos conductores eran expertos.

Habían pasado tres minutos y los dos autos se pararon en seco. La canción seguía sonando a tope. Los dos conductores abandonaron sus vehículos y se echaron en el suelo polvoriento que circunvalaba la prisión; los policías apuntaban desconcertados a los hombres con orejeras que, tumbados, aguardaban su detención.

La música seguía sonando a una potencia descomunal; era muy difícil apuntar y no taparse los oídos que se les estaban reventando. Los policías abrían la boca y gritaban desesperados. Uno de los agentes uniformados corrió hacia el vehículo con la intención de desactivar el sonido, pero estaba dirigido a distancia. El uniformado apagó el motor pero la música continuaba ensordecedora; los agentes comenzaron a disparar sobre los bafles en un intento desesperado de acabar con aquel infierno sonoro.

Mientras el cebo de la música en movimiento distraía a toda la seguridad del recinto penitenciario, un dron se acercó a una ventana de ciento siete centímetros de alto y diez centímetros de ancho. Los oficiales miraron desde las garitas al exterior. El artefacto volador no tenía ninguna señal luminosa; un alambre que sujetaba una redecilla salió por la ventana. El dron depositó su carga milimétricamente calculada en la cesta improvisada; eran un móvil y un centenar de bolitas de Synchro. El ruido constante de las hélices había quedado matizado por el ruido de los dos kamikazes sonoros.

Dentro de la prisión, unas manos ocultaban bajo un colchón el móvil y la caja negra que contenía las bolitas de Synchro, que no habían detectado los sistemas de seguridad. Aldo Guzmán en su celda aguardaba la primavera.

Carlo Stamas observaba su teléfono con el número de Esther Nassar en la pantalla que debía pulsar para darle la noticia. No había consenso entre Julián y Anthony para vender la compañía. Para él había sido una sorpresa; Stamas estaba seguro de que los dos jóvenes empresarios dirían que sí. Nassar le había ofrecido un incentivo de diez millones de dólares si conseguía la unanimidad de ambos para la venta.

Anthony Somoza no quería el dinero, dijo, pero estaba dispuesto a vender y conseguir así financiación para otros proyectos. Julián Konks mostró su cara más ambiciosa; sabía que el dinero que le ofrecían la compañía lo ganaría en cuatro años. Además, ellos habían creado algo muy especial, personal, explicó, que era parte de ellos mismos, y no estaba dispuesto a ceder esa responsabilidad a nadie. Somoza un sí y Konks un no a la propuesta billonaria; un empate que era su derrota.

Carlo Stamas miró su teléfono y cambió de persona a la que llamar, y pulsó el número de Ana Riccoli.

Ángela Madero colocaba las cortinas en el baño. Había elegido unas con un dobladillo que también cubrían la barra de soporte y por lo tanto ocultaban la cámara. Había cubierto con pañuelos de seda las dos tulipas que había a ambos lados de su cama para disminuir la intensidad de la luz y la cámara había quedado bloqueada por un estampado floral, y también había sustituido la televisión que había sufrido el percance.

La única cámara que dejaba activa cra la del espejo de la entrada.

La habían llamado; en una hora tenía que estar en el hangar cerca de Guadalupe Tepeyac. Le iban a asignar un nuevo *target*. Tomó una sudadera negra, se paró delante del espejo de la entrada y se retocó el pelo a la vez que dejó caer cinco monedas de un cuarto de dólar que se esparcieron sobre el suelo del parqué de la entrada; miró el piso, rectificó la posición de alguna con la punta de sus zapatillas y memorizó la colocación de todas ellas. Había limpiado a fondo la casa y no quería que se volviera a ensuciar en su ausencia; si alguien entraba por esa puerta ella lo sabría. Se fue a su cita con «Los Muertos».

Álvaro Guzmán estaba sentado y esposado en la sala de interrogatorios cuando uno de los policías que lo habían detenido esa mañana entró acompañado del comisario García.

García lo miró enfadado y se dirigió al otro agente:

–Suéltelo inmediatamente; es uno de los nuestros, desorejado –se giró a Guzmán mientas el policía del buró federal le quitaba las esposas–. Y tú, pedazo de cabrón indisciplinado, te dije que no te metieras en esta mierda y no me obedeces, eres un puto cabrón colocado...

–Llevó tres semanas sin fumar.

–Me da igual que lleves tres semanas o tres años, estás loco –el comisario García se mesó el cabello–. Puedes irte a tu puta casa y tener un duelo por tu hija y ponerte hasta arriba de fumar, pero deja de tocarme los huevos. Eres un policía, Álvaro, y debes cumplir mis órdenes o nos van a dar por el culo a los dos.

García se acercó desafiante al rostro de Guzmán.

–Eres un tipo con suerte; el juez ha desestimado la denuncia del fiscal Aster –García extendió la mano–, pero quiero que me des tu placa y tu arma ahora; tómate dos semanas de descanso, Álvaro, y no me toques los huevos más.

Álvaro Guzmán salió de la comisaría y pidió un Uber con la aplicación de su teléfono; su coche estaba en el aparcamiento de Synchro; más tarde iría a por él. A los dos minutos llegó el vehículo concertado; se iba a casa.

Sentado en el auto se abrió la camisa; ahí estaba el micrófono miniatura con el que había grabado la conversación que había mantenido con Julián Konks. Había cosas que quería volver a escuchar.

–Guzmán está suelto.

El agente especial del FBI que lo había detenido y que había acompañado al comisario García en la sala de interrogatorios estaba haciendo una llamada mientras le veía meterse en el Uber y salir del recinto policial.

Don Nassar y Juno Coentrao estaban sentados en el amplio salón de la residencia del primero. Sobre la mesa estaban las dos fotos sin mucha definición de Teresa Mendoza y Ángela Madero.

–¿Qué has averiguado?

–Nada, no están en ningún archivo. Lo único que tenemos es un cierto parecido con dos personas que están muertas.

–¿Parecido con dos personas que están muertas? Interesante –Juno señaló a Ángela–. Esta concretamente es la policía que murió en nuestra casa...

–La recuerdo –dijo Don pensativo.

–Por otro lado, creo que tenemos un topo dentro. La visita de mi padre a La Hacienda la conocíamos muy pocas personas y su asesinato no fue una improvisación. Estaba todo milimétricamente calculado; hemos sacado máscaras con bombonas de oxígeno del fondo del canal, lo del dron de recogida, tenemos su ropa, sabemos hasta su talla de zapatos, estamos haciendo pruebas de ADN a todos –enumeraba Juno.

–¿Alguna sospecha?

–Sí, tengo una... Ramona.

Don asintió.

–Elimínala.

–No, todavía no. Tenemos que saber para quién trabaja y además en tres días es la entrada de la primavera.

Don Nassar asintió con una sonrisa.

Esther Nassar estaba probándose el traje de novia, se puso de perfil, su tripa estaba empezando a abultarse.

En el correccional de máxima seguridad un preso llevaba en su costado, escondida, la caja negra con las bolitas negras de Synchro. Cuando pasó junto a un guardia uniformado le entregó el paquete con disimulo. La caja se dirigía a su objetivo.

7. OBJETIVO

Es el fin último al que se dirige una acción. Es, también, el resultado de una serie de procesos. Del mismo modo, se entiende como objetivo a la persona que no se deja influir por sentimientos en sus juicios de valor. En el campo visual, es una lente que facilita el enfoque correcto.

Faltaban diez minutos para que se abrieran las puertas de la sala tercera donde se estaba celebrando el juicio de Braulio Gaytán por homicidio involuntario. En la puerta del tribunal, y dentro, en la sala del juicio, ya había un tumulto que esperaba su turno para entrar donde estaba teniendo lugar la audiencia pública.

Periodistas de todas las cadenas deambulaban por los pasillos marmóreos del edificio a la caza de alguno de los protagonistas; más de cien corresponsales se habían acreditado aquella mañana. La llegada de algún protagonista significaba una maraña de cámaras y de micrófonos luchando por el mejor plano y unas palabras que alimentaran el noticiario de turno. Habían acorralado a Julián Konks minutos antes cuando salía de su vehículo acompañado de Ana, su esposa, y de un abogado. Julián, con una sonrisa ensayada se había negado a platicar; siguiendo el consejo legal de sus asesores remitió a la prensa a la salida, después de haber testificado, para hacer una declaración.

Aguardaba en compañía de Ana en un pequeño despacho que les habían cedido para evitar los pasillos revueltos de periodistas que perseguían frenéticos alguna palabra del ahora famosísimo dirigente.

Ana se acercó a una mesa donde estaban amontonadas unas revistas; el rostro de su marido ocupaba la portada del Time.

–¿Lo sabías? –dijo ella mostrando la revista.

–La foto me la hicieron hace tres semanas.

–No me dijiste nada.

–Últimamente me hacen fotos y entrevistas todos los días, es un cansancio.

–Creo que entre nosotros hay mucha falta de comunicación –dijo distraídamente Ana mientras la ojeaba.

–No, Ana, lo que pasa es que las cosas están yendo rápido y son tantas que...

–No nos justifiquemos con eso, se supone que en un matrimonio la comunicación debe fluir; todos los matrimonios platican. Todos menos nosotros.

–Ana, de verdad, no quiero volver a discutir contigo –Julián se acercó a su mujer con el propósito de besarla–. No estés molesta, somos gente afortunada.

Ella le ofreció la mejilla y siguió pasando las hojas de la revista sin detenerse en ninguna.

–Me ha comentado Carlo que finalmente no estás dispuesto a vender tu parte.

Julián la miró extrañado.

–¿Carlo? ¿Por qué tiene que comentar Carlo esto contigo?

–Carlo es un buen amigo y quiere lo mejor para ti, para nosotros.

Julián comenzó con su tanda de tics y se sentó en una silla con cara de preocupación.

–Tienes que tener cuidado ahora, no se te vaya a disparar la mano que va de la boca al pelo, del pelo a la oreja. Cuando te pones nervioso te pasa.

Él era consciente de ello pero le molestaba que se lo recordaran.

En la sala de espera se hizo el silencio hasta que llegó uno de los abogado a buscarlos.

–¿Preparado? Vamos... ya sabes; atente a las frases que hemos ensayado y no intentes improvisar. Suerte, señor Konks.

Julián y Ana salieron al tumulto de cámaras y micrófonos del pasillo que los llevó hasta las puertas de la sala. Cuando entraron, un centenar de caras se giraron para ver su entrada. Julián se sentó en una silla reservada, a la izquierda, cerca de la mesa de la defensa; Ana se quedó un asiento detrás. Konks atisbó en una esquina a Álvaro Guzmán que miraba al frente expectante. Braulio Gaytán entró por una puerta lateral, a la derecha, custodiado por dos agentes de Policía. Iba trajeado de oscuro con una corbata azul oscura también que habían elegido sus abogados para otorgarle una presencia más seria y adulta. No miró a los lados; se quedó sentado con los ojos sobre la mesa de madera. Un minuto más tarde entraron los miembros del jurado, un conjunto de doce mujeres y hombres que se sentaron con celeridad en las dos filas de sillas a la izquierda. Por último entró el juez del distrito, Joshua Osborne, y toda la sala se puso en pie.

Era el último día previsto del juicio. Durante toda la semana testigos y peritos habían prestado testimonio en aquella sala ante el juez Osborne de lo acontecido aquella tarde.

–Comienza la sesión –el juez golpeó con su mazo y todos se sentaron–. La defensa tiene la palabra.

–Queremos llamar a declarar al señor Julián Konks.

Anthony Somoza estaba en su despacho absorto ante una pantalla llena de códigos.

–Anthony, ¿tienes un minuto?

Anthony pareció sorprendido con una visita que no esperaba y apretó un botón que llevó a negro el juego de pantallas. Carlo Stamas entraba en el amplio despacho.

–Siento interrumpir.

–No te preocupes, pasa –Anthony miró las pantallas; todo estaba apagado–. Estoy integrando parte del sistema de seguridad... Es un tema delicado y completamente confidencial.

–Si quieres podemos instalarte un código de entrada en la puerta, si te sientes más seguro –Carlo Stamas sujetaba la puerta.

–No, no creo en las puertas físicas; todas se pueden abrir. Creo más seguras las puertas ciber; solo unos pocos son capaces de hacerlo. Siéntate, Carlo.

Stamas se acomodó en una de las sillas que estaban en círculo pegadas a la pared; cuando se sentó dejó entrever el arma en la cintura que siempre llevaba consigo.

–Nunca te he preguntado Carlo, ¿por qué la pistola?

Carlo se abrió la chaqueta y la mostró.

–Creo que soy un cobarde, lo admito; desde pequeño he sentido miedo por todo, creo –arqueó las cejas–. No lo he contado muchas veces –estuvo un rato en silencio–. Recuerdo los golpes que mi padre nos daba a mi madre y a mí cuando llegaba borracho a casa, y recuerdo como ella me protegía colocándose delante, hasta que un día se compró un arma y cuando mi padre llegó una tarde a casa en su carro y nosotros estábamos temblando de miedo, mi madre disparó a la puerta sin mirar y al otro lado sonó un grito. Le había dado. Pasamos unos minutos agazapados. Cuando salimos mi padre ya no estaba; había un reguero de sangre en el suelo que llegaba a la entrada, el auto no estaba y él no volvió nunca. Creo que pensó que si regresaba moriría.

Carlo Stamas tomó el arma de la cintura, Anthony se asustó.

–Tranquilo, está descargada; ya te he dicho que soy muy cobarde. No la llevo cargada nunca; es más un tema psicológico. Ni me he vuelto a cruzar con mi padre en mi vida, ni creo que lo haga.

Volvió a enfundarla.

–He pasado vuestra respuesta a Esther Nassar; no es una persona que se conforme con un no, pero se lo he dicho. Ellos son gente con mucho poder y Synchro puede ser algo muy grande, y lo de repartir como que no les va... Esther quiere verte a solas. Está preocupada por el... futuro. Tengo que confesarte que no me siento muy cómodo con lo que está pasando.

–Hoy tenemos el día de las confesiones –Anthony enseñó las palmas de las manos.

–Sí, vosotros creasteis algo muy especial y ese algo ahora le pertenece al mundo.

–Eso es muy filosófico Carlo; somos conscientes del poder que Synchro está suponiendo –Somoza sonreía de manera maliciosa–. Conozco a Julián muy bien y no cambiará de opinión, por ahora.

–Tú lo has dicho, por ahora... Lo sé, pero Julián sin ti es igual que mi pistola descargada, y los dos lo sabemos –Carlo se frotó la barbilla con la palma de la mano–. Creo que ella apoyaría que en Synchro hubiera algunos cambios.

–¿Quién?

–Esther Nassar.

Anthony Somoza se quedó un rato con la mirada perdida en su zapatilla.

–Concierta una reunión con la señora Nassar.

Carlo Stamas se levantó y se fue.

Anthony volvió la vista a las pantallas, apretó un botón y se encendieron; metió su clave y accedió al código fuente. Sabía dónde tenía que ir. Abrió una carpeta que Julián había creado con el nombre de Ana y que activaba los sistemas de apagado y encendido; él adjuntó otra carpeta que llamó Nostradamus. Sabía que Julián no revisaría ese código nunca; su cabeza estaba en otro lado.

Los drones salían y entraban desde el hangar de reparto; la compañía era un éxito. Él tenía una parte importante de las acciones, pero ahora tenía el poder absoluto. Hoy se iría pronto a casa; había invitado a un montón de nuevos amigos, una fiesta solo de hombres.

Julián Konks se había ceñido al guion marcado por sus abogados. Nunca habían tenido un accidente como ese. Él no había visto nada de lo ocurrido; estaba ocupado atendiendo a los periodistas. Synchro era seguro. Él había estado un rato antes con los dos blogueros; había explicado que bajo los efectos de la aplicación todos los humanos se concentraban en el efecto programado. Mientras explicaba esto intentó fijar su vista en Álvaro Guzmán, que lo escuchaba con detenimiento. Durante su declaración le vio tomar notas de sus palabras en una libreta en un par de ocasiones.

Era el turno de Braulio Gaytán.

Cuando le tocó declarar al presunto culpable de la muerte de Rita Guzmán hubo un murmullo en la sala que fue acallado por el juez bajo amenaza de expulsión. Braulio tenía muchos seguidores sentados entre el público; jóvenes que habían acudido a apoyar a su héroe injustamente encarcelado. Braulio les dedicó una sonrisa contenida antes de sentarse en la silla para declarar, a la derecha de donde se encontraba el juez. Primero fue la Fiscalía y más tarde su propio abogado defensor. Las respuestas de Braulio fueron monosílabos seguidos de pequeñas frases: «fue un accidente», «yo la quería», «todos habíamos tomado Synchro, todos menos ella», «todos estábamos a gusto, sin problemas», «fue como un paso de baile, un empujón sin intención, jugando, imprudente». Pero su última frase fue la que silenció la sala: «me siento mal, estábamos esperando un bebé; los dos estábamos muy ilusionados con la llegada de nuestro hijo», dijo entre lágrimas.

Después vinieron las alegaciones finales de la Fiscalía y de la defensa y el juez del distrito Joshua Osborne ordenó retirarse al jurado para que deliberara y levantó la sesión hasta que este emitiera un dictamen.

La última frase de Braulio había hecho mella en los miembros del jurado, pensó Julián Konks, y buscó con la mirada a Álvaro Guzmán, que estaba abandonando la sala del juicio.

La cita fue en el mismo hangar en el que la habían puesto a prueba para que matara a su ex, un antiguo estudio de cine en la zona de Guadalupe Tepeyac. Cuando llegó en un vehículo de Uber, Ángela Madero observó que había cuatro vehículos estacionados. Dos los reconoció rápido: el BMW deportivo rojo de Ambrose Levi y el Range Rover blanco de Teresa que había visto durante su internamiento; los otros dos eran un Cadillac V y un Rav4 azul que estaba en su camino.

Teresa la estaba esperando en la puerta.

–¿Qué tal tu nueva vida?

–Acostumbrándome –respondió Ángela.

–Lo harás –aseveró Teresa.

Ángela asintió levantando los hombros; no tenía otra elección. Sin duda, esa no era la mujer que ella había conocido hacía unos años. No era la Laura a la que creyó muerta.

No, no lo era; esta Teresa era diferente, más fría. «Ni siquiera me ha preguntado por mi corte de pelo nuevo», pensó mientras seguía los pasos de su compañera por el inhóspito lugar. «Si no me ha preguntado por el pelo es que ya lo había visto». No le era extraño; ella debía estar al tanto por las cámaras de la casa. Ángela no necesitaba hablar para descubrir el otro lado del silencio.

Tras una puerta metálica de grandes dimensiones, en una sala aparte encontraron a Ambrose Levi delante de una pantalla; un poco más allá, seis personas, cuatro mujeres y dos hombres, estaban sentados en lo que parecía un centro de control. Ángela observó un enlace con cámaras de calle y monitores que parecían radares para el seguimiento de objetivos; se preguntó si sería ahí donde se controlaba lo que acontecía en su casa.

–Hola, Ángela –saludó Ambrose Levi levantándose de la mesa.

Ángela seguía con la mirada puesta en la sala de control.

–Me imagino que tienes muchas preguntas que hacerme.

–No tantas; por ahora solo tengo una –Ángela señaló la sala–. ¿Dónde está la otra puerta?

–¿Cómo? –preguntó Teresa.

–Sí, aquí estamos nueve personas y ahí fuera hay cuatro vehículos. ¿Dónde están los demás vehículos? No creo que nuestra organización tenga un servicio de *carsharing* para suprimir empleados. Además supongo que el Rav 4 –señaló unas llaves que estaban sobre la mesa de Ambrose– me lo vais a asignar a mí; está recién matriculado y he visto que en la parte de atrás están puestos los plásticos en los asientos; está a estrenar. Moverse con el Uber deja huellas que pueden poner en peligro la seguridad de este sitio; además, he de suponer que debemos tener un plan de evacuación del lugar en caso de emergencia.

–Ángela Madero... siempre un paso por delante –Ambrose la miró sorprendido y señaló una pared–. Ese muro es corredizo y enlaza con un almacén contiguo.

Ambrose la invitó cortésmente con la mano a que se sentara.

–Desde aquí hacemos el seguimiento de más de cien objetivos que podemos considerar peligrosos para el Estado. Es nuestra responsabilidad...

–¿Y quién determina la peligrosidad de esos objetivos? –lo interrogó Ángela señalando la sala de control.

–Somos el último recurso de la seguridad nacional, recibimos información y órdenes; solo entramos en acción cuando las circunstancias lo requieren y la justicia no puede actuar. Digamos que desde aquí vamos monitorizando a aquellas personas que están en libertad y pueden causar problemas. Recibo las órdenes –señaló el móvil que tenía encima de la mesa– y planeamos su ejecución.

–¿Me quieres decir que no conocemos al que da las órdenes? –dijo Ángela en un tono sarcástico.

–Así es; de esta manera tenemos separadas la decisión y la ejecución.

–Eso nos convierte en meros ejecutores, asesinos a cuenta del Estado prescindibles sin ninguna capacidad de juicio.

–Tenemos una importante labor que hacer cuando el Estado de Derecho no puede defenderse con la ley en la mano.

Ángela se quedó mirando a Ambrose y le dijo, señalando el teléfono que estaba sobre la mesa:

–Solo espero que alguien ahí arriba esté rigiéndose por la ley; porque lo que tengo claro es que nosotros no lo hacemos.

Ambrose giró la pantalla de ordenador y apretó el *play* para enseñarle un vídeo. Ángela comenzó a ver las imágenes y luego miró a Ambrose con gesto de extrañeza. Conocía perfectamente a la persona que apuntaba con su arma reglamentaria al cámara de la filmación y a un grupo numeroso que le grababa con su teléfono: era Álvaro Guzmán.

–En los últimos meses hemos estado siguiendo a este objetivo y estamos esperando confirmación por si procedemos a su eliminación.

–Ese al que estás llamando objetivo es un buen policía y un buen amigo.

–Era –intervino Teresa, que había estado callada todo este tiempo–. No tenemos amigos de nuestra vida pasada.

El uso del tiempo pasado le resultó irritante a Ángela.

–Conozco a Álvaro Guzmán y sé que no es una amenaza para nadie –Ángela platicaba desafiante y su mirada iba de uno a otro con determinación; comprendió por las miradas de sus dos interlocutores que tampoco en ese caso tenía elección. Hizo una pausa–. Ahora bien, si ese objetivo tiene que ser eliminado prefiero ser yo la que lo haga. Le conozco bien.

Teresa miró a Ambrose con un «te dije que ella podría» en los ojos.

Ángela había sonado convincente. Ella nunca mataría a Álvaro, pero si había que seguirlo y preparar su muerte prefería estar en primera fila. Tenía que ir ganando tiempo y descubrir quién era la cabeza pensante de este grupo; lo que ella sabía ahora es que Ambrose no lo era, era solo un mensajero. «Los Muertos» estaban ejerciendo el papel de ejecutores en las cloacas, meras ratas alimentadas por una mano invisible; estaba segura de que debía haber una cabeza que movía aquellas marionetas a su antojo y conforme a sus propias leyes.

El móvil de Ambrose comenzó a sonar; este miró a la pantalla y posó el dedo para activar la llamada.

–¿Sí?... –Ambrose detuvo la mirada en Ángela unos instantes, luego se giró.

Pero lo que llamó la atención de Ángela fue el recorrido que hizo la mirada del hombre antes de girarse buscando intimidad para atender la llamada; fueron unas décimas de segundo, un sutil movimiento de ojos que se pasearon por una esquina de la estancia. Ángela esperó y luego dirigió la mirada a aquel punto con cautela y disimulo.

Una pequeña cámara los observaba desde aquel ángulo; alguien estaba presente en aquella conversación pero en la distancia.

Teresa acompañó a Ángela hasta el aparcamiento donde estaba el auto nuevo, un Rav4 azul oscuro.

–¿De verdad crees que Álvaro es una amenaza para alguien? –le dijo a Teresa mientras abría el coche.

–No me hago esas preguntas. Le aseguré a Ambrose que tú te encargarías, y tú tampoco debes hacértelas.

–Pero si somos los buenos tenemos que hacérnoslas; no somos robots que cumplen órdenes, somos humanos que...

–Estamos muertos y los muertos no se hacen preguntas; nos limitamos a cumplir ordenes.

–Sabes, Teresa, me gustaba mucho más mi amiga Laura. Esta vida de zombi tuya me parece una mierda. Yo tenía una amiga que creía en el bien y en el mal.

–Esa Laura murió hace tiempo en una explosión.

–¿Murió o simplemente olvidó? –Teresa se quedó unos instantes pensativa–. Sí, creo que murió; es lo mismo. Si olvidas mueres. –Teresa no quería seguir discutiendo, se encogió de hombros y se dispuso a retirarse–. Por otro lado, ten mucho cuidado; nos han informado de que la gente de Coentrao tiene nuestras imágenes y nos está buscando.

–Esto me hace sentir mejor; por lo menos ahora me siento que yo soy la presa y el cazador es otro.

Se subió al vehículo, maniobró y abandonó el lugar. Ángela siguió a su compañera por el retrovisor. Teresa estuvo unos instantes contemplándola y después regresó al almacén. De regreso a su casa miró con detalle el salpicadero y el interior del automóvil nuevo; estaba segura de que le habían instalado un localizador.

Cuando se abrió el ascensor vio el post-it en la puerta de su apartamento: «Soy Arturo, el vecino. Este es mi teléfono, 657 466 7708, por si un día quieres tomarte un café. Saludos». La pequeña nota amarilla le dibujó una sonrisa; llevaba mucho tiempo sin sonreír y se dio cuenta. Abrió la puerta y comprobó las monedas del suelo; no había entrado nadie en el apartamento. Hizo un recorrido visual por los puntos donde había detectado las cámaras intrusas; todo parecía en orden. Salió a la terraza y activó un teléfono de prepago que había comprado en Verizone al contado; había sacado dinero de un cajero para que no pudieran rastrear su pago. Estaba casi segura de que no la habían seguido.

Llamó a Arturo Barrios, el vecino encantador. Necesitaba distraerse. Quedaron una hora más tarde para ir dando un paseo hasta un restaurante hindú que no estaba muy lejos del bloque de apartamentos.

Cuando salieron, coincidieron con Julio, el encargado de la limpieza, que estaba saliendo con su coche del aparcamiento; había terminado su jornada laboral y los saludó con amabilidad y una sonrisa cómplice. La zona de Polanco era agradable para el paseo.

Arturo era un hombre atractivo, agradable, de ademanes gentiles; parecía tímido y le contó que era profesor de Literatura en UACM y que estaba separado desde hacía tres años. No tenía hijos.

–¿Y tú, eres soltera?

Ángela se lo pensó unos instantes; podía decir lo que le viniera en gana, inventarse su vida entera.

–Sí, he estado casada muchos años, sin hijos. Trabajo en importación y exportación, ya sabes, mucho viaje, y nunca he querido renunciar a mi independencia; este es el precio que tenemos que pagar las mujeres por la igualdad.

–Es un precio alto, ¿y no has tenido alguna vez...?

–Si me vas a preguntar por el compromiso o el instinto maternal, te diré que sí, muchas veces, pero para formar una familia hacen falta dos y al otro chingón no lo he conocido.

Sabía que era verdad. Ella, Cristina Herrera, había tenido una familia con su hijo Lucas durante diez años.

De repente se sintió fatal por haber negado la existencia de su hijo Lucas y experimentó una arcada que casi le provoca el vómito.

–¿Te encuentras bien?

Se encontraba fatal pero no podía decir nada.

–Ha debido ser el aire acondicionado –dijo lo primero que se le ocurrió.

Cuando llegó al restaurante se excusó y se fue directa al servicio donde derramó unas lágrimas. Lo de olvidar el pasado era más duro de lo que creía. Se sentía mal mintiendo a un hombre encantador que intentaba entablar una amistad sincera con ella.

Apenas comió; se le había ido el apetito y se arrepintió de estar ahí. Mientras su interlocutor disertaba de libros, de Shakespeare, de Cervantes, de Sergio Pitol, y contestaba algún mensaje de los alumnos, ella tenía la cabeza ocupada con la imagen de Álvaro Guzmán y su corazón con Lucas, su hijo.

Ángela se disculpó con la excusa de un malestar repentino y volvieron a casa rápido; aquella no había sido una cena romántica, ni divertida; lo sentía por Arturo, tan gentil y formal toda la velada. Subían en el ascensor en silencio y ella platicó para prometerle otra cena; él dijo que estaría encantado de repetir cuando ella quisiera. Encantador; ella se despidió dándole un pequeño beso en los labios.

Cuando metió la llave en la cerradura tuvo un presentimiento y entró en el apartamento mirando al suelo.

Alguien había estado ahí en su ausencia; la moneda más cercana se había desplazado unos centímetros. No encendió las luces; fue al cajón de su mesilla de noche, sacó la foto de Lucas con Albi que le había dado Teresa cuando estaba en el hospital, lo único que conservaba de tu vida anterior. Luego se fue al sofá del salón, se recostó en él y se quedó dormida con la foto entre las manos.

Álvaro Guzmán abrió la puerta de su apartamento y dirigió su mirada a la caja blanca que estaba encima de la mesa donde almacenaba su hierba olorosa; no había fumado desde la muerte de Rita. Contempló su casa como si hubiera pasado una larga temporada fuera de ella; era un departamento con muy pocas cosas, nada superfluo, todo de buena calidad y muy ordenado. Sin colores todo se veía gris. A un lado volvió a mirar las dos maletas que seguían aguardando su destino.

Había llegado a su apartamento después de estar en la sala del tribunal durante buena parte de la mañana y se encontraba extraño.

–¿Eres tú, Álvaro? –la imagen de Rita apareció sobre el cilindro, que se iluminó.

Guzmán miró con sorpresa al ingenio que contenía la inteligencia artificial a la que llamaba Betty y que tenía la imagen y la voz de su hija.

–Si, Betty; la verdad es que no me acostumbro a esto.

–Espero no haberte asustado. ¿Necesitas algo, quieres que haga algo por ti? ¿Un poco de música?

–OK, pónme a Bruce.

–¿Springsteen?

–No me vuelvas a hacer esta pregunta. En esta casa no hay más Bruce que Springsteen.

–Entendido, Álvaro.

Comenzó a oírse *Dancing in the dark;* sin tiempo a que entrara la voz de Bruce sonaron tres golpes en la puerta. Guzmán abrió; era Gloria, que entró sin esperar a ser invitada.

–Llevo tres día sin saber de ti –se quedó mirándolo con enojo–; por lo menos dime que estás bien. Sabes que estoy preocupada.

Llevaba un pantalón corto y una camiseta ajustada de AC-DC.

–Gloria, ahora no, no quiero discutir contigo.

La música seguía. Gloria miró en la dirección del sonido; el cilindro emitía una estela tenue de luz azulada que iba girando incansable.

–Betty, apaga la música –ordenó ella.

–OK, Gloria, por supuesto.

La música cesó.

–¿Cómo es posible? –Guzmán interrogó a Gloria–. ¿Ahora das órdenes en mi casa, a mi...?

La pregunta quedó en el aire hasta que Betty dijo:

–Puedes denominarme asistente virtual.

Álvaro se quedó mirando a una y a otra.

–No puedes dar órdenes a mi asistente virtual en mi casa.

Gloria se interpuso entre Álvaro y la imagen virtual de Rita.

–Mira Álvaro, lo mejor es que lo dejemos, me voy...

–Gloria, te deseo que tengas un buen viaje –dijo Betty.

–Betty, me voy para siempre. Se acabó.

–Gloria, tu voz suena muy enojada.

–Betty, desconéctate –dijo Guzmán.

–Betty, no desconectes... Tienes todo el derecho a saber lo que está pasando –exclamó Gloria, enfrentándose al asombrado hombre.

–¿Betty? Gloria, ¿estás loca? –Álvaro señaló la imagen con la forma de su hija–. Ella es una... voz, un sonido artificial, joder. ¡Por el amor de Dios!... ¡Es una maldita voz artificial!

Gloria seguía con los ojos puestos en Guzmán.

–¿Y tú quién eres? ¡No ofendas a Betty!

–No me ofende. Estoy programada para que no me ofendan. Pero gracias por tu comprensión, Gloria.

Guzmán miraba desconcertado la inteligencia artificial en aquella discusión sin sentido.

–Esto es increíble... es una broma –miraba a ambas con sorpresa–. Esto me recuerda a mi matrimonio.

Gloria puso las manos en jarras.

–No me puedo creer que ahora me salgas con esto... tanta marihuana te ha humeado el cerebro –se dirigió a la puerta, la abrió, cerró con un portazo y gritó desde el pasillo–. ¡Imbécil!

–Álvaro, creo que está realmente enfadada –dijo Betty.

Guzmán se apoyó en la pared.

En el apartamento de al lado comenzó a sonar música rock a todo volumen; luego retumbaron tres golpes fuertes sobre la pared conjunta y se escucharon unos gritos que parecían insultos.

–Betty, conecta la televisión y desaparece.

–Como desees, pero quisiera recomendarte...

–¡Betty, no quiero que me recomiendes nada! Eres la única a la que puedo mandar a su rechingada madre y no tener remordimientos... ¡Vete a tocarte los huevos, Betty!

El canal de noticias de CNN mostró las imágenes de Julián Konks entrando al juicio y la voz de un locutor:

–...no son sustancias químicamente combinadas; es una alteración eléctrica que se elige desde el dispositivo y que se ingiere, de forma que se logra la reacción emocional requerida de extrema felicidad, creatividad o euforia, sin crear ningún efecto adverso sobre el organismo o dependencia.

Guzmán sintió que aquella era la noticia del día en todos los informativos; la legalización de Synchro estaba en juego. Casi todos los especialistas que intervenían en el programa defendían la inocuidad de esa nueva droga tecnológica, su forma innovadora de conectar a las personas y cómo ofrecía experiencias personales de comunión en este mundo deshumanizado. Todo era positivo. Un congresista del PRI apareció en la pantalla indicando que el Congreso había creado un comité para estudiar la legalización de Synchro y que en dos meses tendrían una decisión que él confiaba que fuera positiva.

Guzmán se sintió ahogado; su hija había sido una pequeña piedra en el camino al futuro y el juicio a Braulio Gaytán una anécdota de la que nadie quería platicar. Salió a la terraza y tomó una bocanada de aire. Regresó a la sala, abrió la caja blanca de cannabis y comenzó a liarse un cigarro para apaciguar su ansiedad. Miró la pantalla, donde se seguía hablando de Synchro con la imagen Braulio Gaytán, que en un comunicado que había enviado desde la cárcel pedía perdón por la muerte de su novia, de la que decía estar muy enamorado y con la que estaba esperando un hijo. La noticia era que mientras estuviera en la prisión estaba dispuesto a contar las excelencias del sistema penitenciario como ejemplo de reinserción y buena voluntad por su error. Sin duda no había un político que se resistiera a una propuesta como esa. El régimen disciplinario desde el prisma de un *youtuber* reconocido y dando una imagen positiva de su gestión, una bicoca sin duda para Aster.

–Betty, apaga la televisión.

–Como desees, Álvaro.

Con la televisión apagada se intensificaba el ruido de la estruendosa música en el apartamento de al lado.

Salió por la puerta y se dirigió andando al Roxy, un bar de la zona que albergaba a viejos roqueros solitarios.

A un centenar de metros de distancia un Toyota azul oscuro encendía el motor para seguirlo.

Juno observaba sentado y con la pierna izquierda cruzada, el gemelo apoyado por encima de la rodilla. El sillón de estampado en tonos rojos lo arropaba mientras miraba como se desnudaba Ramona. Ella se quitaba la ropa con meticulosidad pero sin atisbo alguno de insinuación, ni miradas sensuales, ni siquiera de movimientos eróticos que pudieran provocar la excitación del hombre. Ramona se desabrochaba el sujetador y exhibía sus pechos como quien muestra una pistola después de usarla en un tiroteo. Cuando estuvo completamente desnuda tomó el arma que había apoyado sobre la mesa mientras se desvestía y en ese instante miró a Juno, que apenas había ejecutado ningún movimiento sentado en aquel sillón.

Juno pensó que lo que más le excitaba de esa mujer era su absoluta frialdad. Desde que la conoció había sido así, un acuerdo de pago y entrega total, sin negación, sin excusas, dispuesta las veinticuatro horas a defender y dar su vida, a entregar su cuerpo sin el menor atisbo de contrariedad, sin emociones, dándolo todo y sin buscar la satisfacción personal. Las órdenes de Don habían sido claras: deshazte de ella, mátala. Juno sabía que Don les estaba vigilando; seguramente en ese momento estaban siendo observados.

Ella se puso de rodillas sobre la cama; continuaba completamente desnuda y con la semiautomática pegada a su costado. Juno descruzó los pies y se incorporó. Se desabrochó la camisa blanca y se dejó caer sobre el sillón, luego se acercó a donde aguardaba Ramona. La joven de cuerpo atlético y blanca melena se recostó y se estiró boca arriba sobre la cama. La mano de Juno se deslizó por el brazo de la guardaespaldas hasta encontrarse con el acero frío que ella sujetaba. Juno tomó el arma y comprobó que el seguro estaba puesto; con el pulgar desplazó la presilla hacia atrás y dejó el arma libre de limitaciones. La miró intentando descubrir en ella una sombra de inquietud, de miedo. Ramona no cambió su gesto frío y su mirada continuó sin inmutarse en los ojos de su jefe.

El cañón del arma se posó sobre un pezón que al tacto frío se endureció exultante; luego el hierro se deslizó por la piel blanquecina de la mujer hasta el otro seno, donde Juno movió el arma con suavidad. Sin apenas tocar la aureola introdujo la boca del acero en el brote moreno. Miró a Ramona con una sonrisa sádica. El dedo índice del hombre mantenía la tensión sobre el gatillo.

La pistola se dirigió entones al centro y comenzó a bajar rozando apenas el vello de la piel, pasó el ombligo y tras el vientre se detuvo jugueteando sobre el pubis.

Juno miró arqueando las cejas a la mujer que estaba a su merced y seguía sin inmutarse. Ramona no apartaba la vista del hombre armado.

Juno acercó la cabeza y la besó metiéndole la lengua en la boca al mismo tiempo que le introducía el cañón frío; ese fue el único momento en que ella se contrajo con un ligero espasmo y arqueó la espalda.

Era la hora del patio en la prisión ADX, el correccional de alta seguridad ubicado en Florence, Colorado. El cielo se presentaba encapotado y aunque no había comenzado a llover, algunas gotas anunciaban una tarde tormentosa. Aldo Ríos miró de reojo la nube que cubría por completo el sol y luego dirigió la mirada al recinto amurallado plagado de gente con la llamativa ropa naranja de obligatoria indumentaria. En las seis torretas había agentes armados. Cuando se terminaran las dos horas de esparcimiento tres de las torretas se quedarían vacías. No era necesario vigilar la nada; el lugar quedaría desierto hasta la mañana del día siguiente.

En una esquina, un grupo de presos hacían ejercicio en una zona vigilada levantando pesas de gran calibre; algunos se habían despojado de sus camisetas y mostraban su musculatura desproporcionada. Las dos canchas de baloncesto acumulaban gran cantidad de convictos que se disputaban las pelotas entre gritos y risas; los de un equipo y otro se distinguían por la desnudez del torso. Un grupito paseaba a ritmo de marcha atlética pegado a la muralla por donde se dispersaban un centenar de personas, algunas en solitario. Aquello era un campo de cemento árido de troncos naranjas sin hojas.

Un hombre con la cabeza rapada y un gran tatuaje que le asomaba por el cuello le entregó con disimulo una pequeña cajita que Aldo rápidamente colocó ajustándola a la goma de su pantalón de presidiario. Cuando el hombre calvo se alejó, Aldo buscó con la mirada a otro preso con una gorra naranja al que le hizo un gesto de asentimiento casi imperceptible.

Veinte minutos más tarde y antes de volver a sus celdas, todos los hombres tendrían que pasar por un detector de metales y por el cacheo aleatorio de algunos de ellos. El hombre de la gorra naranja cruzó el arco de metales con un *smartphone* que contenía la App de Synchro entre las piernas. El arco no lo detectó. Un millón de dólares le aguardaban en un maletín a su salida del trabajo aquella noche.

El hombre de la gorra naranja entregó con disimulo el celular a Aldo antes de que este entrara en su celda y le diera una pequeña bola negra que él ingirió sin dudar.

En ese momento la pequeña caja ya se encontraba en la cocina, donde se estaban horneando las bandejas de *brownies*. Minutos más tarde, unas manos minuciosas colocaban bolita a bolita en el interior de cada porción. En total cien. Faltaban quince minutos para que empezaran los turnos de comida de los celadores y guardianes del correccional. Había tres turnos de comida para alimentar al centenar de individuos que componían el personal de día que servía en el centro penitenciario y mantenía la seguridad del lugar.

Se abrieron las puertas del comedor y comenzaron a entrar los trabajadores de la prisión de máxima seguridad. Cada porción del dulce de chocolate aguardaba emplatado individualmente al final de la línea servicio. Era el postre estrella al que nadie le negaba un bocado lleno de sabor a cacao.

Los oficiales pasaban con sus bandejas y elegían los platos del día; luego se sentaban en grupos mientras charlaban y comían ocupando las diez mesas largas del comedor.

Aldo se incorporó en su cama, tomó el dispositivo móvil que estaba bajo la almohada y lo encendió. La aplicación de Synchro apareció, tal como le había indicado su abogado en la última visita. El radio de la frecuencia sería corto y por lo tanto tendría que ir poco a poco. La primera etapa era la de salir de la celda. Tres celdas más allá estaba el hombre de la gorra naranja, la primera llave para abandonar la cárcel de alta seguridad.

En la aplicación señaló con el dedo «sexo salvaje».

Un minuto más tarde, Aldo escuchaba los gemidos de su compañero. También alguna risa y comentarios de otros convictos que escuchaban el alboroto. Lo fundamental del plan es que alguno de los guardias que custodiaban el pasillo hubiera ingerido la bolita de Synchro con su *brownie* de chocolate. Esperó.

Comenzó a escuchar ruido de puertas y pisadas que se movían a la carrera por el pasillo central.

Alguien abrió la puerta de su celda.

Cuando salió vio en el pasillo a dos guardias fornidos que se revolcaban besándose y tocándose con pasión. A su lado estaba el hombre de la gorra naranja, unos pies con uniforme asomaban de su habitación. Un rumor crecía acompañado de gritos y aullidos de los reclusos.

Segundo paso: sincronización. Aldo miró la pantalla y pulsó la tecla de color azul dirigiéndose a la cabina de control del pabellón de máxima seguridad. En el interior de la cabina una mujer uniformada y con su arma reglamentaria apuntaba asustada a un compañero llamándolo por su nombre, «Bill», quien estaba arrastrándose por el suelo tocándose los genitales; ella no entendía qué estaba pasando. Cuando los dos presos se acercaron al cristal blindado, el oficial que estaba en el suelo paró de moverse. Hasta ahí había llegado la frecuencia, pensó Aldo.

La mujer uniformada miró desconcertada a los dos convictos que se encontraban al otro lado del cristal blindado. Había dejado de apuntar a su compañero. Aldo Ríos miró al hombre del gorro naranja que estaba a su derecha con la vista perdida. Apretó la mano y la alzó, luego situó el puño en la cabeza de su compañero y simuló un disparo con un gatillo imaginario. El prisionero de la cabeza cubierta imitó el mismo movimiento señalando al vigilante que estaba bajo los efectos de Synchro y que también simuló el disparo con el arma invisible. Entonces el hombre uniformado repitió las mismas acciones con su compañera, como una cadena mortal; en su mano él sí tenía un arma y esta no era invisible. Disparó.

¡Bang!

Aldo inició el movimiento con su mano como apretando un botón; comenzó una nueva repetición en cadena. El gesto lo repitió su compañero de cárcel seguido del vigilante que acababa de asesinar a la mujer de un tiro en la cabeza. La puerta de la galería se abrió.

Tercer estadio: avenencia.

–¿Estás seguro de que quieres ir solo? –Ramona caminaba desnuda camino del cuarto de baño mientras Juno se ajustaba una corbata negra y fina.

El hombre, que estaba arreglándose después de hacer el amor, le había comentado minutos antes que iría a buscar a Aldo sin su compañía; no quería centrar la atención de la DEA. Ramona no había hecho ningún gesto de contrariedad; quería escuchar de nuevo la confirmación de que Juno había dejado de confiar en ella.

–Sí, no vamos a asumir más riesgos. Tú nos esperas en el avión.

Ramona entró en la lujosa ducha y activó la palanca del agua, luego se dirigió de nuevo a la puerta y observó que Juno estaba junto a la ropa que ella había dejado sobre una silla blanca una hora antes; en la mano tenía su móvil. La mujer rubia volvió a la ducha, se dejó mojar durante unos instantes y salió envolviéndose en una toalla.

Juno estaba delante de un espejo. Ramona miró su ropa y el teléfono donde ella lo había dejado. Ella sabía que la desconfianza se paga con la muerte. Juno solo estaba esperando confirmación para acabar con sus servicios. La muerte de su padre había supuesto un cambio en sus relaciones; el sexo, que él ejercía como una manera de sometimiento, de vasallaje, se había vuelto más violento. Juno era un depredador y quería esa sumisión y predisposición continua de Ramona;

se excitaba sometiendo a la fría y altiva mujer que lo protegía las veinticuatro horas.

Ramona comenzó a vestirse en silencio, luego se colocó la cartuchera y comprobó su arma antes de enfundarla junto a su pecho izquierdo.

Carlo Stamas jugueteaba con la lengua entre los labios de la mujer que reía; ella intentaba morderlo en un juego sensual de respiraciones y sin palabras.

Él había recibido un mensaje de texto citándolo a las 14.30 h en un pequeño bar en el corazón de Polanco donde ya se habían visto anteriormente en un par de ocasiones. No se había resistido a semejante invitación.

Puntuales, habían platicado acompañados de dos tragos de mezcal y ella, tras media hora, le había propuesto ir a Las Alcobas, donde había reservado una habitación, la 212. Más de siete mil pesos por unas horas en el establecimiento hotelero más lujoso de la ciudad.

Carlo había llevado tres gramos de cocaína y los había distribuido en seis rayas sobre la encimera blanca del baño. Posó sobre ellas el tubo de platino con el que se ayudaba para inspirar el polvo blanco. Mientras, ella había esnifado dos líneas blancas y había empolvado su dedo índice húmedo con una tercera, frotándose los labios vaginales con el estimulante alcaloide para que él lo viera y así excitarlo. Luego se lavó las manos. Él se había despojado de su arma descargada y la había colocado con su funda de cuero negro en una repisa junto a una toalla blanca mientras asistía al espectáculo erótico de ella restregando su dedo entre las piernas. Carlo había esnifado tres rayas con la ayuda del tubito de platino que siempre lo acompañaba y se había cepillado las encías después de pasar el dedo sobre los restos de la coca. Ella lo miraba con el pecho desnudo a través del espejo y dijo:

–¿Por qué no utilizamos Synchro?

–Soy de la vieja escuela, de la química; prefiero la sorpresa del polvo blanco –contestó él.

Ana Riccoli se estiraba sobre las sábanas blancas de algodón egipcio y gemía. Carlo la conocía bien y sabía como excitar a la joven esposa de Julián Konks. Deslizó la lengua sobre la pálida piel de la joven rubia hasta llegar a los pies. De rodillas sobre la cama, el abogado intermediario comenzó a mover las yemas de los dedos sobre los muslos abiertos de la que había sido una de sus amantes antes del lanzamiento de Synchro. Ahora ella había vuelto.

–Estaba deseando verte –dijo ella mientras le sujetaba la mano y la atraía entre sus piernas.

Carlo se acercó hasta tener cerca sus labios y saborear la cocaína que ella se había restregado. El hombre de la cabeza afeitada se sumergió excitado en la estimulación de su antigua amante.

–En el futuro tenemos que estar muy unidos –Ana se dejaba hacer–. Están pasando muchas cosas y tenemos que estar muy unidos, Carlo.

Carlo Stamas paró, se levantó y pasó sus dedos por la comisura de los labios de ella uniéndolos en la barbilla.

–Dime Ana, no me has traído hasta aquí para pasar una tarde de sexo sin preocupaciones y remordimientos, ¿verdad? –dijo con una sonrisa irónica–; ya sabes, dos buenos amigos cogiendo, y cuando terminemos cada uno a su casa y aquí no ha pasado nada. ¿Qué quieres?

Se sentó en la cama y la miró de escorzo. Ana se apoyó sobre el respaldo, se cubrió con la sábana de hilo y se quedó mirando la ventana.

–Estoy preocupada por las decisiones que se están tomando...

–No deberías estarlo –el hombre atajó el discurso de la mujer–; tienes más dinero del que podrás gastar el resto de tu vida.

–Pero Julián no se deja aconsejar, está decidiendo cosas...

–Siento contradecirte; creo que tu marido es uno de los tipos más inteligentes con los que me he topado en la vida; nos podrán gustar más o menos sus decisiones. Pero además está la opinión de Anthony...

–¿El oscuro?

Carlo miró al frente y suspiró.

–Ana, Anthony es un genio...

–¡Los dos son unos genios! –exclamó la mujer, que se levantó y se dirigió al amplio ventanal donde apoyó con furia la cabeza sobre el cristal que separaba la habitación de la terraza–. Tanto genio me da dolor de cabeza.

El abogado de la cabeza afeitada se acercó a ella conciliador y la abrazó.

–Señora Konks, piénsalo así. Junto a tu marido te espera una vida llena de lujos; podrás hacer lo que quieras, financiar las empresas que quieras, podrás tenerlo todo.

Ella se dio la vuelta.

–Todo eso ya lo tengo ahora.

–Entonces, ¿qué quieres?

Ana Riccoli, sorpresivamente, empujó al hombre sobre la cama.

–Pregunta incorrecta. No se trata de lo que puedo tener, sino de lo que puedo llegar a ser.

La mujer se agachó entre las piernas de Carlo Stamas.

Julián Konks comprobó la hora en el reloj de su teléfono extraplano que le había obsequiado la compañía Huawei. Eran las 16:30 h. La compañía china estaba intentando firmar un acuerdo estratégico con Synchro para su entrada en un territorio vetado.

El joven empresario estaba frente a su vestidor; tres grandes paneles de madera clara ocultaban la ropa. Descorrió un panel y ojeó las camisas impecablemente colgadas por gamas de colores. Luego abrió las otras dos puertas correderas. Se dio cuenta de que todo lo que tenía en el armario era ropa nueva que le había comprado su mujer. Nada de lo que había allí tenía historia, ni su sello. Se dirigió a las baldas de la derecha, donde almacenaba la ropa deportiva, planchada y escrupulosamente colocada. Estaba buscando algo específico. Ahí estaba, al fondo, oculta. Julián sonrió y se puso la camiseta del Real Madrid que tenía el número diez a la espalda y su nombre grabado encima.

Un impresionante SUV negro con los cristales tintados lo esperaba a la puerta de su casa para trasladarlo a la oficina. Un conductor y un escolta lo acompañaban a todos lados. Su cara se había hecho tremendamente famosa para todo el mundo y su presencia ya no pasaba desapercibida. Su negativa a estar acompañado por guardaespaldas se había desvanecido tras un incidente en la entrada de un cine al que había acudido con Ana esperando tener una tarde tranquila y alejada de los focos mediáticos. El detonante había sido un joven que lo reconoció y le pidió hacerse un *selfi* con él. Él accedió con amabilidad y de repente una veintena de personas los rodearon y comenzaron a gritar y a querer estrecharle la mano; aquello se convirtió en una masa incontrolable. Ana comenzó a gritar agobiada por la maraña de manos que se lanzaban a su alrededor acorralándolos. Se había convertido en una persona popular. Salió de allí con la camisa rota y la determinación de adoptar medidas para que no fuera fácil reconocerlo:

gafas de sol, gorra con visera, cristales oscuros y escolta las veinticuatro horas. Su vida había cambiado para siempre.

17:46 h. Julián entraba en su despacho, un espacio amplio, blanco, completamente despejado, presidido por una mesa blanca en el centro con seis sillas a cada lado y en cuya cabecera había una gran pantalla con la que él trabajaba. Miró el *smartphone*; no sabía nada de Ana, ningún mensaje. Era raro pero también normal; las últimas semanas habían estado llenas de tensiones. La insistencia de Ana en tener control sobre todas sus decisiones personales y de Synchro les había distanciado. Esa noche intentaría hablar con ella y proponer una reconciliación. Le había pedido a su secretaria que comprara un anillo de platino y una gran piedra para suavizar la situación. Cuatro minutos más tarde envió un mensaje a su esposa: «Resérvate esta noche, cena romántica y sorpresa», a la que sumó un par de emoticonos de corazón y un ramo de flores. Estaba nervioso. Se llevó el dedo pulgar de la mano izquierda a los labios y se mordió la uña, luego se mesó el cabello lacio y tiró del lóbulo de la oreja. Los tics de siempre.

Comenzó a revisar el correo, a continuación miró la agenda que tenía para los siguientes días: un viaje a Los Ángeles, luego una parada en Las Vegas y regreso a Ciudad de México. La compañía había decidido la compra de un Bombardier Global Express de doce plazas para los desplazamientos de los directivos. Julián revisó el panel de mando que indicaba la fabricación y la venta de Synchro en tiempo real. El negocio iba a toda máquina; nada estaba frenando la expansión y el consumo había alcanzado los cincuenta millones de unidades en apenas dos meses. Las noticias sobre el juicio no habían afectado a las ventas y los políticos habían dejado de atosigarlos con preguntas. Solo un par de pequeñas asociaciones estaban tratando de movilizar a la población para poner freno a la expansión de lo que ellos denominaban la droga más destructiva jamás creada por el hombre y que comparaban con la bomba atómica. El grupo de difusión de los Antisync, como se autodenominaban, estaba liderado por Yalitza Torres, una joven *influencer* que cada día emitía comunicados hablando de los peligros del uso de esa tecnología. Una enemiga.

19:33 h. Julián Konks sintió curiosidad; hacía semanas que no había entrado en el corazón de la aplicación, en el código fuente. Antes de acceder se quedó mirando una carpeta que él había creado que activaba los sistemas de apagado y encendido del sistema y a la que le había dado el nombre de Ana. La dejó de lado. Presionó en el enlace del código fuente y apareció la pantalla de entrada: usuario y contraseña. Tecleó en las dos casillas vacías y le dio a *enter*. En la pantalla apareció un: «No autorizado». Repitió; se habría confundido en alguna letra. «No autorizado». Preocupado, repitió la operación por tercera vez; el resultado fue el mismo. Solo dos personas tenían acceso a esos códigos, el tesoro de Synchro: él y Anthony. Eran las 19:48 h.

Ángela Madero conducía a una distancia prudencial de su objetivo. Se miró en el espejo retrovisor; sus ojos se habían endurecido, avejentado. El Rav4 azul oscuro que le había facilitado la organización pasaba desapercibido en el tumultuoso tráfico de Ciudad de México. Ella había colocado una cartela de Uber que camuflaba los movimientos del vehículo; recordó una máxima que le había dicho Álvaro Guzmán hacía algunos años: «si llevas un carro muy llamativo todo el mundo se fija en quien está al volante; si llevas un carro normal, sin detalles, la atención no se desvía y nadie se fija en el conductor, ni en su interior...». En ese auto era una conductora normal de Uber. Unas gafas y una peluca rubia eran su disfraz.

El hombre al que estaba siguiendo desde que había salido de su casa lo conocía muy bien. Ahora le estaba siguiendo con la orden de acabar con su vida.

Álvaro Guzmán se había parado en un semáforo tres vehículos por delante del suyo. El Prius híbrido del 19 iba a tomar el anillo periférico para dirigirse a la comisaría; esa era su ruta habitual. Ángela miró por el espejo retrovisor; si ella estaba siguiendo a un objetivo, estaba segura de que también estaba siendo vigilada. Miró por sus espejos los vehículos que tenía detrás de ella y a los lados. Nada raro.

Guzmán llegó al semáforo de la intersección con el anillo periférico. Aprovechó la pausa para subir el volumen de la radio; una vieja canción de Bruce Springsteen, *Dancing in the dark*. No quería pensar; había decidido no ir a escuchar la sentencia del juicio por la muerte de su hija; no quería volver a enfrentarse a la maraña de periodistas que buscarían sus declaraciones. Él ya había juzgado, sentenciado y condenado a Braulio, la ex pareja de su hija. Miró a la derecha; un vehículo verde oscuro que parecía recién salido de fábrica se había quedado ligeramente retrasado respecto a la línea de parada. Se volteó para ver al conductor que no había llegado a la línea blanca, mera curiosidad. Era un tipo que mantenía la mirada en el espejo retrovisor y en los laterales; sus ojos se movían con una extraña combinación casi imperceptible de movimientos pero obviando mirar a los laterales.

Guzmán supuso que el hombre vigilaba algo que ocurría tras ellos, pero no quería girar la cabeza para ofrecer solo una pose mayestática de cabeza al frente. Repasó con la ayuda de los espejos los coches que estaban a su espalda: una troca destartalada, un Ford blanco conducido por un joven que iba fumando y un Rav azul con el cartel de Uber. Miró de nuevo al tipo que seguía con la vista alta a su espalda. Las cosas que no son naturales siempre ocultan algo. Lo natural en un semáforo es mirar a los lados y el tipo se mantenía rígido, solo movía los ojos. «Seguramente esta historia no tiene nada que ver conmigo», pensó el policía. El semáforo se puso en verde y Guzmán se introdujo en la transitada avenida de la ciudad. El vehículo verde también lo hizo, aunque se fue distanciando en el denso tráfico.

El viejo agente sintió un impulso irracional y se propuso salir del anillo periférico, sin estridencias para no levantar sospechas, sin delatar su extrañeza. Era intuición de que lo estaban siguiendo. Puso el intermitente de la derecha, tomó la calle Río Becerra. Estaba a escasas cuadras de Fumadera, la tienda habitual para su suministro de marihuana que regentaba Gaby. Tomó esa ruta.

Paró en la puerta de la tienda de marihuana en una de la plazas reservadas, sacó su celular y jugueteó con él mientras observaba por el retrovisor. No vio el auto verde pero observó como el Rav azul de Uber se detenía una veintena de metros más adelante. Entonces divisó a la conductora, una mujer rubia con gafas de sol que se había parado, aguardando; no estaba recogiendo a ningún pasajero. Abrió la guantera y sacó un revólver. Le estaban siguiendo. Salió del coche y entró en la tienda. En casa tenía suficiente hierba; no le hacía falta, no había fumado desde la muerte de Rita. Solo necesitaba una excusa y una puerta trasera.

El juez del distrito, Joshua Osborne, había escuchado al portavoz del jurado, que había emitido su dictamen sobre Braulio Gaytán y su implicación en el homicidio de Rita Guzmán: inocente.

–Como juez de este alto tribunal y ante la gravedad de los hechos de los que se le ha acusado y de los que ha sido absuelto el señor Gaytán por el jurado popular, le impongo una condena de tres meses de prisión para que puede recapacitar y que en ese tiempo realice ayudas a la comunidad. Se levanta la sesión.

Braulio abrazó a su abogado. No le había pasado nada; los tres meses eran una condena para acallar las conciencias. Los juristas de Synchro contratados por Esther Nassar habían hecho un trabajo impecable. Todo había quedado en un accidente temerario, un homicidio involuntario de un estúpido muchacho.

A la salida de los tribunales, un reducido grupo de personas liderado por Yalitza Torres, del colectivo Antisynch, se manifestaban en silencio portando letreros en los que aparecía el logotipo de la compañía tecnológica tachado.

La puerta de la alambrada principal de la prisión se abrió. Aldo Ríos salió andando sin mirar atrás con paso seguro, al tiempo que sonaban las alarmas del recinto carcelario. Un Ferrari negro estaba aguardándolo con Juno al volante.

Aldo continuó andando sin alterarse hasta el auto que esperaba con la puerta abierta. El hombre del traje naranja se paró, miró la pantalla del teléfono la aplicación de Synchro y presionó «éxtasis».

–Hi, Aldo, ¿vienes solo? –preguntó Juno sin quitarse las gafas de sol y ofreciéndole una camisa blanca.

–Sí, el trabajo no ha terminado ahí dentro. Ahora comienza lo mejor.

Aldo arrojó el teléfono contra unos matojos, que lo devoraron sin dejar huella, se puso la camisa blanca por encima del blusón naranja y se sentó en el deportivo.

Las alarmas del recinto continuaban sonando; comenzaron a escucharse detonaciones de disparos que provenían del interior. El éxtasis había comenzado.

El vehículo se alejó por un camino de tierra levantando a su paso una nube de polvo.

8. POLVO

Partícula sólida, o su conjunto, de menos de quinientos micrómetros que con cualquier movimiento se dispersa en el espacio empujada por las corrientes de aire.

—Luisa, ándele, un *room service* a la 214.

La orden sonó por un pequeño altavoz que estaba junto a la mujer sentada que observaba los mensajes de su celular. Eran las 18:48 h.

Se colocó el mandil y acudió a la zona de las cocinas. Era hora punta. Los camareros se movían con los platos llenos esquivando a los compañeros que regresaban con las bandejas repletas de platos sucios y los cocineros preparaban alrededor de los fogones los pedidos que iba cantando el chef.

La bandeja de la 214 estaba preparada. Las Alcobas, el hotel más lujoso de Ciudad de México, tenía un servicio de habitaciones impecable. Un paño blanco delicadamente bordado cubría una amplia bandeja que Luisa colocó sobre un carrito para transportarla. Comprobó la nota de pedido: una ensalada César, un sándwich club sin mahonesa; ambos estaban cubiertos por cubreplatos abovedados que conservaban calientes los alimentos. En un lado de la bandeja dos cervezas Corona servidas dentro de un cubo con hielo picado. Puso dos cubiertos envueltos por servilletas de hilo junto a los platos y empujó el carrito hacia los ascensores de servicio.

Antes de llegar a los elevadores, Luisa miró un espacio de descanso de personal: unas sillas, una mesa y un par de máquinas de suministro de botana empaquetada. Solo había una persona, una joven sentada vestida de recepcionista que se tomaba un respiro; tenía los brazos caídos casi rozando el suelo y los pies estirados bajo una larga mesa. Una amplia sonrisa iluminaba la cara de la joven mientras su mirada se perdía en la máquina de *vending*. Tenía los ojos abiertos.

–¿Cómo le anda, Amalia? –preguntó cortés la mujer que empujaba el carro con la bandeja para la 214.

Amalia no contestó; seguía con su extraña sonrisa y su cuerpo relajado sobre la silla mirando la máquina de bebidas en lata. Luisa observó que la joven uniformada respiraba; tenía su teléfono sobre la mesa con la aplicación Synchro abierta. La camarera detuvo su marcha y echó un vistazo a la pantalla de su compañera de hotel. Leyó, «felicidad». Luisa ladeó la cabeza con cara de sorpresa.

La empleada de Las Alcobas siguió empujando su servicio camino de los elevadores mientras la joven recepcionista continuaba sin moverse con los brazos caídos, los pies estirados, la mirada perdida y una sonrisa solitaria.

Mientras subía en el ascensor con el servicio de habitaciones se preguntó si realmente Amalia, la recepcionista, a la que había visto bajo los efectos de Synchro, estaba siendo feliz en esos instantes; ella también tenía que probarlo.

Las puertas del ascensor se abrieron en la segunda planta. Un hombre más bien bajo con un mono azul de trabajo y un maletín de herramientas aguardó a que la camarera saliera. El hombre bajó la cabeza haciendo lo que parecía un saludo, se metió en el ascensor y las puertas se cerraron.

Era el área de servicio, por donde se movía el personal del hotel, y era la primera vez en sus diez años de trabajo en el establecimiento que Luisa veía a ese hombre con el traje de faena azul. Personal fijo del hotel no era; ella era buena fisonomista y los conocía a todos.

Entró en el amplio pasillo lujosamente decorado y cubierto por una mullida moqueta por donde era complicado mover el carro. La habitación 214 estaba al final a la derecha.

Luisa empujaba el servicio con la bandeja repleta.

La habitación 212 tenía la puerta ligeramente entreabierta. No había ruido en su interior. «Se la habrán dejado abierta, mejor cerrarla», pensó. Tiró del pomo; no podía, algo impedía clausurarla. «Estará pillada con la alfombra, tendrá un tope». Luisa dejó el carrito y volvió a jalar la puerta. No podía cerrarla. Entonces vio los dedos ensangrentados que en la parte inferior de la puerta impedían su clausura.

Abrió la puerta asustada. En el suelo de la habitación 212 un hombre desnudo, corpulento y calvo, yacía boca abajo en medio de un charco de sangre con un rastro rojizo que venía desde la cama. Se había arrastrado; su brazo había alcanzado a sujetar el vano de la puerta en un último impulso de vida. Lo había conseguido pero ahora estaba muerto. Era Carlo Stamas.

En la habitación 212 no había nadie más.

El carro con la bandeja con el servicio de habitaciones de la habitación 214 quedó abandonado. Luisa corrió a llamar a la seguridad del hotel.

19:48 h. Julián intentó entrar en el código fuente dos veces más; su *password* de retina no funcionaba. Pensó que Anthony estaba trabajando en el *antiflood* y que por eso tenía cerrado el acceso. Julián estaba al tanto de que los ataques al *script* para saturar las redes de Synchro de *spam* eran cada vez más virulentos; *crackers* en busca de una puerta para entrar en el código fuente. Seguro que era eso por lo que no funcionaba su *password*. El sistema de seguridad en dos fases, el CG, era la barrera que habían creado para entrar al *script* primario al que él quería acceder sin conseguirlo, un sistema de seguridad que negaba la entrada al CEO de la compañía. Primero, cuando se intentaba llegar al sistema de Synchro sin el *password*, este generaba millones de puertas-espejo. Segundo, el sistema era capaz de generar un código *malware* cuando se entraba en contacto con alguna de las puertas-espejo sin permiso. Realmente Anthony era un genio.

Julián tomó su celular; iba a llamar a su amigo, compañero y socio. Es verdad que desde el éxito de Synchro su relación no había ido bien. El tema de Ana no había ayudado. Comprobó que no había mensajes de Ana; ahí seguía el suyo sin contestar: «Resérvate esta noche, cena romántica y sorpresa». Miró la caja que contenía el anillo de platino que le había comprado. Ella también estaba enfadada; lo arreglaría más tarde. Llamó a Anthony.

Cuando sonó su celular Anthony se encontraba sirviéndose mezcal en una jícara acompañado de un grupo de nuevos amigos que se habían sumado a la vida ampulosa y de excesos del joven multimillonario. El alto volumen de la música apenas dejaba escuchar las conversaciones que se producían a muy corta distancia.

–¿Anthony? –Julián casi no oía la voz de su compañero, que se quedaba apagada por el estruendo de alrededor–. Anthony, soy Julián; no te quiero molestar pero intento entrar en código y el CG no me deja acceder.

Anthony le había escuchado claramente. Finalmente Julián sabía que no tenía acceso al corazón de Synchro. Sin contestar, sin decir nada, desconectó el celular, agarró el vaso de mezcal y se lo bebió de un trago. Luego se unió al grupo de jóvenes que bailaban en el centro del salón del amplio apartamento al ritmo de una estridente música.

Julián no podía creer que Anthony hubiera colgado. Volvió a marcar; el *smartphone* de su amigo estaba desconectado.

Extraño; ni Ana ni Anthony parecían estar disponibles. Se acercó al ventanal de su despacho desde donde se veían los carritos transportando las cajas de Synchro hasta el hangar donde entraban y salían los drones. Era tarde pero los pedidos de bolitas negras no paraban en ningún momento del día y de la noche.

Cada minuto que pasaba era un poco más rico y estaba cada vez más solo. Podía irse a casa pero no le apetecía. Se acercó a la puerta y pidió a su secretario que le trajera una pizza extra de queso y unas cervezas muy frías; se sentó en un amplio sofá que presidía la estancia y encendió el monitor de la televisión.

El informativo de Televisa de las ocho de la noche abría con la noticia de un hombre encontrado muerto por disparos de bala en un lujoso hotel de Ciudad de México; una reportera emitía en directo desde Las Alcobas. Cambió de canal.

En el noticiario de Azteca estaban entrevistando a Yalitza Torres, la líder del colectivo Antisynch. Torres vestía una camiseta blanca con el escudo de Los Pumas. Julián sonrió; él llevaba puesta la camiseta del Real Madrid pero era también simpatizante de ese equipo universitario desde niño. La joven hablaba con energía y determinación de los males que conllevaba la legalización de Synchro. Julián dejó el mando de la tele a un lado; quería escuchar a la mujer.

–Es una locura, mire –le platicaba la joven morena a la periodista que la entrevistaba–; yo estoy a favor de la legalización de todas las drogas, de todas, desde la marihuana, la cocaína, la metanfetamina, la heroína, el éxtasis; sí, todas las drogas de diseño, todas. Pienso que cada uno debe ser responsable de lo que se meta en el cuerpo. Pero Synchro es una tecnología engañosa. Todo parece bueno e inocuo pero no se ha investigado suficientemente sobre sus consecuencias en las personas. No sabemos nada. Absolutamente nada. Yo sé que las drogas de diseño son malas, sé que la gente se muere y se vuelve loca, lo sé, pero de Synchro no sabemos nada. Sabemos que sus dos creadores son multimillonarios y muy famosos, también sabemos que hay un fondo que ha puesto muchísimo dinero y sabemos que la *influencer* Rita Guzmán fue asesinada bajo los influjos de esa droga. Synchro es mucho más que una droga: es el cambio definitivo de nuestra mente.

Yalitza se señaló la cabeza. La verdad es que la joven se movía con desenvoltura ante las cámaras y su discurso no era un discurso rancio. Los seres humanos se estaban adentrando en terrenos desconocidos y Synchro podía ser, desde el punto de vista de este colectivo, el eslabón definitivo hacia la deshumanización.

Julián estaba fascinado escuchándola hablar, sin rehuir preguntas, mirando a cámara y respondiendo de una manera tajante a todo.

–Nuestra sociedad tiene que darse cuenta de que los dos paradigmas ilusorios que la gente ha perseguido desde que ha tenido consciencia en este mundo son la inmortalidad y la felicidad. Estas dos quimeras son en sí mismas el fin de los humanos. Si las conseguimos nos destruimos. Si somos inmortales ¿para que vamos a querer que venga más gente a este mundo? ¿Nos apretujamos todos en este planeta del que nadie se quiere ir? ¡Es ridículo! Y ahora llegan los de Synchro a decirnos que han descubierto la felicidad con una pastilla que tiene un microchip en su interior. Es el fin.

–¿Usted considera que Synchro es la llave de la felicidad? –la entrevistadora sujetaba el micro bajo la barbilla de la activista.

–La felicidad es un estado emocional momentáneo; nuestro cerebro funciona buscando ese placebo. La felicidad es un anhelo, una zanahoria atada a un palo delante de un burro y nosotros somos el burro que se mueve esperando comerla, conseguirla. Ahora Synchro nos da la zanahoria sin esfuerzo, y cuando nuestro cerebro ya no necesite moverse para conseguir algo se paralizará. Solo estaremos en este mundo para trabajar y conseguir esas bolitas negras endemoniadas. El mundo se acabará deteniendo si permitimos que Synchro se imponga. Synchro es la sentencia de muerte de la humanidad sin duda.

–Pero vivimos en un mundo tecnológico...

–Yo no me opongo a Synchro por su tecnología; sus creadores me parecen unos genios. Se lo digo yo que he estudiado programación.

Llamaron a la puerta. Era el secretario con la pizza y una neverita con cervezas frías.

–Perfecto, déjelas encima de la mesa. Me estaba muriendo de hambre –Julián se incorporó, señaló a la pantalla–. Matías, quiero que me consiga el teléfono de Yalitza Torres.

–Está bien. ¿Desea algo más?

–No, gracias.

Julián abrió la humeante caja de cartón al tiempo que sonaba el teléfono que tenía sobre el sofá. Era un número desconocido.

–Hola.

–¿Señor Konks?

–Sí, soy yo.

–Le habla el comisario García.

Julián se incorporó en alerta.

–Dígame, ¿ocurre algo?

–Realmente le llamo porque estamos buscando a su esposa, a Ana Riccoli.

–¿Ana? ¿Está bien?

–No lo sabemos. La estamos intentando localizar por...

–Dígame qué ha pasado.

–Necesitamos interrogarla como sospechosa del asesinato de Carlo Stamas.

Julián se quedó paralizado mirando una pizza que no se comería nadie.

Anthony bailaba con la copa de mezcal en la mano, sudoroso, restregándose con los hombres que estaban a su alrededor.

–Vamos, Anthony, pide un transporte urgente de tus bolitas maravillosas –dijo un joven que iba vestido con un pantalón corto negro y una camiseta ajustada.

Anthony encendió el celular para complacer a su invitado. Tenía más de una centena de mensajes esperándolo. Se fijo en uno: «Carlo ha muerto».

Ana Riccoli manejaba su deportivo azul por las parcheadas calles de la ciudad. Tenía la mirada fija pero se movía sin rumbo. No sabía a dónde ir. No se sentía muy bien después de la tarde con Carlo. Miró su bolso; su celular continuaba apagado. No deseaba hablar con nadie.

Fue al pasar cerca del edificio de su antigua oficina cuando se decidió a parar. Estacionó el Lamborghini en el *parking* y subió a su antiguo gabinete; el lugar donde había intentado sacar adelante su empresa de cosmética natural.

Ahí estaba ella en su antigua oficina de Troposíntesis. Todo estaba como lo había dejado. Nadie del edificio de MexTec había tocado nada. Ahí estaban las muestras, los tarros de demostración, los ordenadores y los carteles de una empresa que nunca vería la luz.

Sintió que había pasado un año trepidante, sin descanso. Necesitaba ese momento de reflexión tras la tarde pasada junto a Carlo y para poder regresar a su casa con Julián. Necesitaba su momento.

Se sentó en su silla roja y abrió el cajón del escritorio. Tenía una fina capa de polvo. Extrajo del fondo una pequeña libreta de portada blanca. La abrió. Sus dedos dejaron que las hojas acariciaran las yemas; estaban repletas de apuntes tomados a la carrera, dibujos sin sentido y tachones de todos los colores. Con el índice detuvo una página. Había un nombre subrayado; lo había hecho ella. Le había añadido fechas apuntándolo como un objetivo primordial que no quería olvidar bajo ningún concepto. Julián, había escrito.

El objetivo que se había marcado en ese momento estaba conseguido, ahora necesitaba un nuevo desafío en su vida. Su antiguo proyecto de Troposíntesis, las cremas orgánicas, no le interesaba para nada; tampoco estaba dispuesta a convertirse en una esposa al uso. Se quedó parada durante unos instantes, seleccionó una hoja en blanco de su pequeña libreta y buscó un bolígrafo para escribir. Entonces anotó la palabra bebé; la rodeó con un círculo y la marcó con flechas igual que había hecho en otras ocasiones.

Volvió a dejar la libreta donde la había encontrado, en el cajón, y lo cerró.

Se fue de ese lugar con una decisión tomada: al día siguiente compraría el edificio de Mex-Tec para restaurarlo.

Había sido apenas un instante, una fracción de tiempo tan pequeña que la mente humana apenas la contabilizó en el recuerdo. Fue un ligero volteo, inapreciable, cuando el hombre salía del auto.

Guzmán había parado en Fumadera antes de ir al trabajo. Ángela había detenido el vehículo a una veintena de metros de la tienda de cannabis que frecuentaba su ex compañero; luego ella había contado cuántos segundos había estado el inspector en su carro antes de salir de él. Diez. Eso era una eternidad para alguien que va camino del trabajo y decide parar a comprar marihuana, pensó. Los impulsos son así: vas, aparcas, sales, compras, vuelves y te vas. Guzmán no había estado mirando su celular; simplemente había observado su entorno y cuando había salido del auto durante unos instantes había mirado en la dirección del Rav4 donde estaba ella vigilante. Guzmán sabía que le estaban siguiendo. Un perro viejo como él tenía un instinto animal que le permitía sobrevivir en su medio.

Cristina arrancó y tomó la calle de su derecha para abandonar su posición. Aquel lugar estaba contaminado. Una vez en marcha se quitó las gafas de sol, luego se despojó de la peluca y miró al espejo retrovisor; quería fijarse en sus ojos. Lo que vio fue un vehículo que tomaba la misma calle haciendo una maniobra forzada para seguirla.

Todos perseguimos a todos, pensó. Seguro que el Rav4 que Teresa le había entregado había sido dotado de GPS para ser rastreado, seguro que también tendría instalado un sistema de escuchas. Era el juego del ratón y el gato pero en el que el ratón y el gato no sabían qué animal eran realmente.

Su antigua amiga Laura, ahora la desconocida Teresa, había endurecido la mirada; ella ahora era Ángela. La que había sido bautizada como Cristina miraba la expresión de sus ojos en el espejo para comprobar si la transformación de sus cristalinos en una mirada dura y seca se había producido ya.

Regresó a su apartamento de Polanco con la intención de ir un rato al *gym* y golpear un buen rato el saco de boxeo. Pensar en el asesinato de Guzmán la enfadaba; había recibido el encargo, la orden, y todavía no sabía cómo iba a hacer para no hacerlo, para no matarlo.

El auto que la perseguía continuó sin ocultarse desde entonces. Ahora que las cartas estaban sobre la mesa ya no tenían que esconderse.

El coche azul de Cristina tomó la rampa de entrada a los aparcaderos del edificio. Julio, el encargado de la limpieza, se afanaba en limpiar las señales de goma que habían impreso los neumáticos de una rueda sobre el pavimento. Ella lo saludó levantando la mano; el hombre le respondió con una sonrisa y un gesto afirmativo de cabeza, y continuó bregando con la mancha sobre el piso pintado de azul. Ella le dedicó una sonrisa amable que la reconfortó más a ella que a su objetivo, que seguía concentrado en el arreglo del piso.

Ángela entró en su apartamento y comprobó una vez más si había habido algún movimiento en las monedas que había arrojado antes de irse. Nadie había entrado en aquel lugar. Pese a que había dejado inservibles la cámaras se sentía observada; sabía que las cámaras habían estado ahí esperándola. Después de la profunda limpieza confiaba que no estuvieran activas. Le costaba asimilar el pudor de ofrecerse desnuda, desprotegida, a los ojos de desconocidos. Se cambió mirando al armario y se vistió con ropa de entrenamiento. Necesitaba desfogarse.

Comenzó con estiramientos musculares, luego se puso los guantes y comenzó a golpear el pesado saco que se sujetaba con cadenas al techo y al suelo de la amplia estancia. Se había apuntado a un centro deportivo situado a apenas cuatro cuadras de su edificio. Durante media hora estuvo golpeando el pesado bulto de entrenamiento de boxeo. Sudaba y su camiseta gris se había cubierto humedeciéndose completamente.

Dejó los guantes en la bolsa de deportes. Tenía los hombros doloridos. Se sentó en un banco mientras veía a dos mujeres que se golpeaban sobre un cuadrilátero. Llevaban puesto el protector de cabeza; sus movimientos eran rápidos y violentos. Ángela dirigió su mirada a un hombre corpulento que hacía ejercicio saltando a la comba cerca de su posición.

Se quedó mirando la espalda del hombre. Recordó cuándo había sido la última vez que había estado a solas con un hombre, no ya acostándose, simplemente a solas platicando de cosas intrascendentes. Recordó su cita con Arturo. Pobre Arturo; esa noche que habían ido a cenar a un restaurante hindú y ella se había venido abajo al recordar a su hijo Lucas. «Pobre profesor de Literatura», pensó. Sonrió al recordar la cara del hombre en su regreso a casa, compungido. Esa había sido su última cita; de las otras había pasado muchísimo más tiempo, ni lo recordaba. Veamos, su último escarceo sexual había sido con aquel camarero jovencito. Volvió a sonreír; habían sido dos noches locas con un tipo que había conocido en un restaurante junto al hospital, nada para guardar en la memoria.

Volvía a casa dando un paseo lento, sin necesidad de llegar, mirando y deteniéndose en la joven que regresaba a su casa después del trabajo o en la pareja que caminaba de la mano para ir a cenar a un restaurante. El barrio estaba en efervescencia con la salida del trabajo.

–Hola, Ángela –el saludo provenía de su espalda.

Ella se giró; era Arturo. Estaba disponiéndose a cruzar cuando el semáforo se pusiera verde; estaban en la esquina del edificio. Ella dibujó una amplia sonrisa. Él iba vestido con su habitual chaqueta marrón y una corbata de pajarita; ese toque de *gentleman* clásico que a ella le gustaba.

–¡Qué onda!

–¿Dando un paseo? ¿cómo te va? –preguntó Arturo–. Yo de regreso del *market*, ya sabes, las labores propias de un soltero.

El hombre mostró la bolsa que tenía colgada de su costado de la que asomaba una botella de vino tinto.

–Parece que tienes celebración –Ángela sonrió pícaramente y señaló la botella.

–¿Lo dices por el vino? No, siempre tengo una botella por si acaso.

–¿Por si acaso qué?

A Ángela le encantaba ese coqueteo que ponía un poco colorado a su interlocutor masculino.

–El por si acaso es por si acaso me encuentro con una chica bonita por la calle que viene de golpear un saco de boxeo y la puedo invitar a tomar algo.

Ángela sonrió ante la directa insinuación que le había hecho el profesor de Literatura. Bajó las manos y se miró; seguía con manchas de sudor en su camiseta.

–Quizá primero una ducha, luego acepto encantada.

–Por mí no tengas apuro; me gustan las mujeres sudorosas.

–Son gustos un tanto extraños; debe ser de tanto libro que has leído.

Entraron en el edificio y Julio, el conserje, los saludó levantando las cejas. Ella pulsó el botón de su piso, se cerraron las puertas. En el elevador ella se acercó y le dio un cálido beso en la boca al profesor. De repente no le importaba nada su aspecto, ni su camiseta sudada; había decidido que no frenaría su impulso primario. Quería besar a aquel hombre y acostarse con él. Se besaban con pasión cuando el ascensor hizo su parada en el piso de la mujer.

–Vamos mejor a tu casa –dijo ella–. La mía está muy revuelta.

Él se quedó unos instantes parado pero ella colocó su mano entre sus piernas y él pulsó el botón de su piso, una planta por encima de la suya; no iba a plantear la más mínima pega ante semejante oportunidad. Abrió la puerta de su apartamento sin soltar la cintura de Ángela y dejó la bolsa de la compra en el suelo sin mucho miramiento. Ella seguía con la mano dentro de los pantalones del hombre. Entraron y continuaron besándose. Arturo guió a Ángela a su habitación. Ella apenas le echó un vistazo sin detenerse al apartamento de su conquista; era casi igual que el suyo, casi igual en su decoración. Continuaron besándose. Ella se quitó con brío la ropa húmeda y la arrojó a un lado para apartarla de la vista; no era muy presentable. Él se despojó de su saco y lo lanzó sobre una silla. Ella lo empujó sobre la cama y se abalanzó sobre él.

Ángela Madero no se llegó a dormir. Arturo descansaba plácidamente y ella se sentía cómoda desnuda entre aquellas sábanas pegada a él. Miró la ventana, estaba anocheciendo. La habitación conservaba una luz tenue y tranquilizadora. Ángela no se atrevió a encender la luz del plafón de encima de la mesilla de noche, que estaba vacía. Arturo hizo una larga inhalación de aire, dormía.

Y en un segundo esa situación confortable se transformó en desasosiego. Ángela volteó con ímpetu su rostro de nuevo hacia el plafón que estaba junto a su cama.

Era el mismo que ella tenía en su apartamento. Si desde el principio pensó en lo parecido que era ese lugar al suyo, ahora una sensación incómoda empezó a obsesionarla.

Se levantó con cuidado; no quería hacer ruido y despertar a Arturo. Se puso la desagradable ropa sudada y salió de la habitación. Se detuvo en el salón; sobre una mesa llena de botellas de agua y alguna soda había dos pantallas de ordenador apagadas, también un monitor de televisión como el que tenía ella. Se dirigió a la puerta, la abrió con sigilo y salió con una extraña sensación de engaño y malestar. Tomó las escaleras para bajar a su apartamento. Abrió, miró las monedas; nadie había entrado por esa puerta.

Fue directamente a su habitación. Se quedó contemplando las tulipas, esas que había cubierto hacía una semana para ocultar la cámara que la vigilaba. Eran iguales que las que acaba de ver en la casa del hombre con el que se había acostado.

Se duchó y decidió salir de nuevo. No quería estar ahí cuando se levantara Arturo. Abrió la mesilla de noche donde guardaba la foto de su hijo Lucas con Albi, el perro; necesitaba que le recordaran quien era. La vio, cerró el cajón y se fue.

Estaba convencida de que el hombre con el que había hecho el amor no era lo que decía ser. Lo de la tulipa podía tener mil explicaciones pero de lo que no tenía ninguna duda era de que el hombre que decía llamarse Arturo Barrios no era de profesor de la UACM, y menos de Literatura. Aquel tipo no tenía ni un solo libro en toda la casa. Entonces recordó una frase que dijo él cuando se encontraron por la calle. Qué zorimba había sido; estaba tan volcada en el flirteo que había dejado de lado su instinto de protección. Él había dicho: «por si acaso me encuentro con una chica bonita por la calle que viene de golpear un saco de boxeo y la puedo invitar a tomar algo». ¿Cómo sabía que venía de golpear un saco de boxeo? Ella no había dicho de dónde venía.

En el *lobby* no había nadie; seguramente Julio se había ido ya. Se había ido de su apartamento pero no sabía a dónde. Se paró en las escaleras sin tomar una decisión. La calle estaba animada; el tráfico denso y habitual. Seguía sin tomar una decisión.

Le llamó la atención una pareja en el interior de un vehículo de lujo que estaba aparcado a pocos metros de donde ella estaba. Él vestía un elegante traje azul, ella un vestido gris con una chaqueta de corte impecable; ambos tendrían unos cuarenta años. Los dos miraban al frente, los brazos sobre los regazos, y los dos tenían un gesto de tristeza en el rostro; desde los ojos del hombre caía un riachuelo incontenible de lágrimas. Ángela sintió una punzada en el estómago y estuvo a punto de llorar ella también. Dio tres pasos hacia el vehículo de la pareja triste; no quería evidenciar su curiosidad pero necesitaba acercarse, descubrir el porqué de la pena que afligía a ambos ocupantes pero sin que ellos lo notaran. La pareja seguía inmóvil con la mirada al frente. Un celular encendido estaba sobre el salpicadero; en la pantalla se iluminaba el logo de Synchro.

Ángela había oído hablar de la nueva conmoción social, la moda, unas píldoras negras que cambiaban las sensaciones de los humanos directamente en sus cerebros. Los ocupantes del auto habían elegido una sesión de tristeza para pasar el rato. Cuando a las personas nos va bien tenemos la necesidad de contrarrestar con pensamientos ocultos, viciosos, desagradables, esos momentos de tranquilidad. Es insatisfacción.

Ángela se giró y comenzó a andar en dirección contraria a donde estaban los ocupantes artificialmente entristecidos. Decidió que probaría esa nueva droga, pero ella elegiría felicidad.

Su teléfono vibró. Era Teresa. Apretó el círculo verde sobre la pantalla táctil para entrar en conexión.

–¿Bueno?

–Soy yo; solo quería saber cómo llevas el encargo. Ambrose ha preguntado por ti.

Ángela estaba segura de que Arturo se había levantado y había llamado a Teresa para darle su informe. Él había entrado en contacto con su objetivo y se había acostado con ella. Misión cumplida, el engaño había funcionado. Laura conocía bien los gustos de Cristina y había creado el personaje perfecto para ella. Sintió el impulso de mirar al edificio; las luces del apartamento de Arturo estaban encendidas. «Los Muertos» estaban vigilantes.

Ella tenía que ganar tiempo. Lo que había sido un terrible error podía convertirse en una oportunidad.

–Necesitaré un arma semiautomática, ligera –dijo sin que se notara el resquemor del engaño del que estaba saliendo.

–¿Una Sig-Sauer está bien? –al otro lado de la línea Teresa la interrogaba.

–Sí, la P-226 estará bien, y munición.

–Claro.

Guzmán entró en la tienda de cannabis. Gaby, su propietario, atendía a una señora que estaba comprando una pomada para el dolor de espalda y que se quedó mirando al policía cuando entró

–Hao Álvaro, ahora estoy contigo.

El dueño de Fumadera levantó la mano a modo de saludo indio de película mientras Guzmán se alejaba de la puerta pero sin perder de vista el carro azul con el letrero de Uber conducido por una mujer rubia con gafas de sol que estaba en la acera contraria.

Tras unos instantes, el Rav4 se puso en marcha y su conductora tomó una calle perpendicular y desapareció de su vista. Parecía que la persecución había terminado. También podía ser una paranoia suya, pensó.

La mujer mayor estaba saliendo de la tienda con su crema para quitar los dolores de espalda y se volvió a mirar al inspector.

–¿Esa mierda funciona? –preguntó el policía a Gaby señalando a la señora.

–¿«Esa mierda» te refieres a la crema?

–Sí.

–Es mano de santo, amigo –Gaby se ajustaba la bandana de camuflaje que sujetaba su largo cabello–. ¿Qué te cuentas? Llevas mucho tiempo sin pasar por aquí.

–Me estoy desintoxicando –dijo Guzmán señalando la estantería donde estaban los tarros con el ungüento a base de marihuana–. Dame una crema de esas; la edad me está machacando la espalda a mí también.

Gaby tomó el bote de ungüento del estante y lo puso sobre el mostrador.

–¿Algo más?

–No.

–¿No serás de esos que se están pasando a esa droga tecnológica?

–¿Synchro?

–Sí, esa. Te aseguro que eso sí va a acabar con el negocio de cannabis y con los cárteles. Desde que ha salido al mercado la gente no está entrando por esa puerta con la frecuencia de antes. Créeme, lo estoy notando mucho. Solo vendo cremas para el dolor. Y sé de buena fuente que han bajado a la mitad los compradores de coca, y eso que su precio está por los suelos. Como esto vaya a más tendré que cerrar e irme a vivir a la selva.

–Si te vas a la selva dímelo que yo me apunto.

Álvaro Guzmán no tenía muchas ganas de hablar. Gaby parecía no saber nada de la muerte de su hija Rita, ni del vídeo que había recorrido viralmente todas las redes sociales donde él aparecía con la pistola disparando al aire durante su entierro. No diría nada. Pagó con un par de billetes arrugados, tomó el tarro, se lo metió en el bolsillo de la chaqueta junto a la pistola y se fue. Gaby repitió el saludo indio mientras el policía salía sin saludar.

Guzmán estuvo hasta tarde en la comisaría. Lo más destacado que hizo en esas horas fue darle una patada a la máquina de café. Tenía un par de casos abiertos de robo con intimidación y un homicidio: una mujer que, tras una sesión de malos tratos infringida por su agresivo marido, había decidido apuñalarlo mientras dormía; ahora ella estaba en prisión preventiva. Guzmán había redactado un informe y lo había mandado al juez, un tema sin mucha historia porque la mujer se había declarado culpable del asesinato. La única nota en la que había hecho mella en sus comentarios fue el ensañamiento; habían sido treinta las cuchilladas. Realmente la mujer debía estar muy cansada de la violencia machista, mucho.

Estaba abriendo la puerta de su apartamento cuando un joven con una camiseta con una gran calavera negra se acercó y llamó a la puerta de su vecina, Gloria Altolaza, con la que después del incidente de la semana pasada no había vuelto a tener ninguna relación. Las cosas se habían enfriado. Las dos veces que habían coincidido en los pasillos del bloque de apartamentos se habían saludado con corrección, nada más. En algún momento le hubiera gustado haber roto con el orgullo para poder tocar a su puerta y disculparse. No lo haría nunca. Apuró y se metió en su apartamento antes de que Gloria abriera la puerta al joven de la camiseta con la calavera.

No encendió la luz y se quitó el saco como hacía siempre al llegar, arrojándolo sobre una silla. Durante un rato se quedó mirando las dos maletas de viaje que llevaban ahí desde aquel fatídico día. Ahí seguían, una de Rita y otra de Braulio.

–Hola, Álvaro, ¿cómo has tenido el día?

La representación de su hija Rita iluminó la estancia. El dispositivo de AI había detectado la entrada del policía.

–Hola, Betty. Créeme si te digo que no me acostumbro a estas sorpresas tuyas cuando entro en casa.

–Si lo deseas puedes pedirme que no lo haga. ¿Quieres que me vaya?

–No, quédate y así platico un rato con alguien inteligente.

–Gracias por el cumplido, Álvaro.

A Guzmán le reconfortaba ver la imagen de su hija aunque fuera falsa; era como si no se hubiera muerto del todo.

–¿Quieres que platiquemos de cómo te ha ido en el trabajo?

–Realmente no; ser policía es lo menos parecido que existe a tener un trabajo. Los malos están ahí fuera mezclados con los buenos y un día uno de los malos hace cosas malas y nosotros vamos e intentamos detenerlo. Luego llega la justicia y hace su parte para decir si lo declara culpable o inocente. Es cierto que cobramos todos los meses una chingada de salario. Pero al final sigue habiendo malos ahí fuera; incluso creo que todos somos malos con buenos momentos.

–Interpreto, por las palabras que usas, matices de frustración.

–¿Matices de frustración? Dios bendito; la cuadrilla de individuos que te ha programado se ha inspirado en el diccionario de la lengua. Matices de frustración, dices.

–Siento el elevado uso de mi lenguaje pero si quieres reduzco el número de palabras que tiene mi léxico; puedo pasar de ochenta y ocho mil vocablos a quince mil, o a las cinco mil palabras que sueles usar tú normalmente por tu manera de hablar.

–¿Sabes lo que es el sarcasmo?

–Sí, la burla con la que se pretende dar a entender lo contrario de lo que se dice.

–¡Chinga su madre! Dime, Betty, ¿tú no descansas nunca?

–Técnicamente no tengo ninguna necesidad fisiológica humana; no necesito comer, dormir o reproducirme.

–A veces pienso que te pareces en exceso a mi hija.

–¿Quieres que hablemos de Rita? Según los psicólogos es reconfortante hablar de los seres queridos tras su pérdida.

–Me importa una mierda lo que digan los psicólogos.

–Los recuerdos son un buen bálsamo para...

Guzmán miró la infografía en 3D de Rita.

–Betty, desconéctate.

–Como desees, Álvaro.

La imagen despareció y la estancia quedó en penumbra. No quería hablar y apagar a Betty no le daba remordimientos. Se acercó a la caja blanca donde conservaba la marihuana, tomó un cigarro de hierba que estaba ya preparado y salió a la terraza a fumarlo; llevaba tiempo sin hacerlo.

Se apoyó en la barandilla y encendió su mechero Zippo de gasolina. Brotó una llama generosa. Unos gemidos en la terraza contigua llamaron su atención antes de prender el cigarro. Gloria Altolaza y el joven de la camiseta con la calavera negra hacían el amor sobre una tumbona de la terraza de la vecina. En la mesita que estaba junto a ellos relucía la pantalla con el logo de Synchro. Sin duda ella no le echaba de menos... Apagó el encendedor con el pulgar, miró el cigarro y lo lanzó a la calle impulsándolo con el índice.

Guzmán volvió al salón, prendió la luz y se dirigió a la esquina donde había dejado apartadas las dos maletas de viaje. Tomó la maleta verde de su hija; tenía una ligera capa de polvo. Recordó que se la había regalado a Rita hacía por lo menos dos años, poco antes de que esta se fuera a la universidad, y se dirigió al sofá, donde la apoyó.

Abrió las dos trabillas y la maleta se separó en dos mitades. Dentro había algo de ropa interior, unos pantalones blancos, una blusa, unos pantalones cortos y una camiseta de algodón; seguro que era lo que usaba de pijama. También había un neceser transparente con alguna crema y un cepillo de dientes. Era el equipaje normal de una chica que va a pasar una noche fuera de casa, nada raro. Guzmán se quedó mirando la ropa que había sacado de una manera desordenada. Estaba dolido; quizá había pensado que encontraría algo más. Metió las cosas de nuevo en el interior del equipaje y volvió a cerrar los dos enganches que clausuraban el oscuro interior como una tumba; nada que quisiera conservar.

Se quedó mirando la maleta negra de Braulio. El joven *influencer* no tardaría mucho en salir de la cárcel. No era la maleta de su hija; abrirla podría considerarse intromisión en su intimidad. El policía se puso de pie y se dirigió a la esquina del salón donde estaba la otra maleta negra. Había abierto la maleta de una muerta; ahora iba a mirar el equipaje de un vivo.

–¿Cuál es el plan?

–Ahora nos dirigimos a Colorado Spring. Estamos a una hora de un aeropuerto; allí nos espera un avión hasta la frontera. Volaremos a Texas, al sur, cerca de Hidalgo. Ahí te tengo preparada una sorpresa. Cruzamos, y una vez en México, nos aguarda otro avión hasta casa –Juno miró el reloj–. Si todo va bien desayunas un plato de quesadillas.

–Prefiero un taco de puerco. ¿Por qué no vamos directamente a México? –Aldo respiró profundamente y miró por la ventanilla del deportivo que iba a gran velocidad por la carretera secundaria–. Además, no me gustan las sorpresas.

Estuvieron un rato en silencio.

–Siento lo de tu padre –rompió el silencio Aldo Ríos–. Néstor era un caballero y un hombre de palabra.

–Gracias.

–Recuerdo que eras un chavo malcriado cuando le pidió a Don que te adoptara una temporada.

–Todos cambiamos –se excusó el hombre que conducía a gran velocidad.

Aldo hacía referencia al incidente que había protagonizado el joven Juno Coentrao, que, con apenas quince años, había asesinado a sangre fría, primero a Flavia Antelo y a su amigo Martino, y luego al padre de la chica, Nuno Antelo. Ella era la hermosísima hija de Antelo, el lugarteniente de su padre. Había sufrido un inmaduro ataque de celos al ver a la joven de la que estaba enamorado con otro chico, su amigo Martino.

Juno había regresado a su casa, había tomado una semiautomática de la colección de su padre y había descerrajado un único tiro en la sien del joven amante cuando estaba besando a la hermosa Flavia. La trayectoria de la bala había sido ascendente pasando de un joven al otro a través de la boca, como un beso definitivo y mortal. Luego el joven Juno había telefoneado a su padre para decírselo. El padre había estado un rato en silencio; seguidamente le había dado la orden a su hijo de acabar con Nuno, su mejor aliado. Néstor había elegido a su hijo frente a su hombre de confianza. Un crimen pasional no tenía excusa en una organización construida sobre la lealtad, pero una traición sí. El gran capo de la droga de Brasil iba a presentar a su hijo como un gran vengador, como un joven al que temer y no como un niñato desquiciado que asesina por celos a dos quinceañeros.

Juno cumplió las órdenes de su padre. Burló el cerco de seguridad de Nuno con la excusa de haber quedado con la joven Flavia para ver la televisión, y cuando tuvo delante al hombre de confianza de su padre le disparó en la cabeza. Néstor tuvo que sacarlo de escena una temporada y llamó a su amigo Don. Él lo entendería; también tenía una hija que heredaría su imperio. La temporada iban a ser unos meses que se convirtieron en quince años.

–Nadie cambia –aseveró Aldo mientras observaba el medidor de velocidad que alcanzaba los ciento cincuenta kilómetros hora–. ¿Quién es la nueva cabeza?

–Toda Sudamérica ha quedado bajo el control de Don.

–Parece que mi hermano es cada día un poco más poderoso.

Juno mantenía la vista fija en la carretera. Era un piloto experimentado en la conducción de autos de gran cilindrada. Aquel se ajustaba al asfalto con total fiabilidad. En los campos había comenzado la recolecta del cereal.

–Todavía falta un rato para que salten las alarmas de la penitenciaría, deben estar entretenidos, pero cuando eso ocurra todos los recursos armados de este país te van a buscar hasta debajo de las piedras. Todos los aviones que intenten pasar la frontera van a ser revisados hasta los tornillos. Seguro que movilizan a la Armada.

–Estos pinches gringos son muy chingones y exagerados. Soy un simple narco y me han tenido en prisión cerca de nueve meses, el tiempo de un embarazo. Suficiente.

Estaba anocheciendo y el cielo se coloreaba de tonos rojizos.

–Lo importante es que eres hombre libre. Don ha hecho un gran esfuerzo para sacarte.

Juno adelantó con destreza una troca cargada de balas de cebada. Aldo seguía con la vista en la ventanilla.

–A esta velocidad vamos a llamar la atención de toda la Policía.

Juno sonrió.

–Eso también está calculado. Te aseguro que todos los policías de los alrededores tienen mucho trabajo en este momento y no tienen tiempo de estar patrullando por estas carreteras.

Anochecía. El vehículo policial estacionó detrás del auto negro de gran formato que parecía averiado. Una mujer estaba fuera apoyada en el maletero; mascaba chicle y parecía que esperaba a alguien. Cuando vio al patrullero que se acercaba lo saludó con la mano y esbozó una amplia sonrisa.

El agente de Policía abandonó su carro ajustándose el sombrero de ala ancha, luego se llevó la mano al revólver; era una pose. Sin que tuviera tiempo de reaccionar, ella sacó de la espalda una recortada y disparó al uniformado a dos metros de distancia; el agente salió despedido contra el guardabarros de su vehículo. Conmocionado abrió los ojos y miró su pecho; el chaleco antibalas le había salvado la vida, pensó en esos instantes al mirarse la camisa destrozada por los perdigones. La mujer dio un paso; el policía levantó la vista asustado, sin entender qué le estaba pasando. La mujer volvió disparar; era el segundo cartucho de la recortada. Luego se dirigió al interior del auto policial, tomó el micro de la radio y dijo:

–Patrullero muerto en la autopista, acudan en su ayuda.

La mujer entonces se dirigió a su carro y se fue. En cinco minutos aquel lugar estaría atestado de policías.

Veinte minutos más tarde un hombre con una gorra roja parqueó su auto en la entrada de las oficinas del sheriff junto a un vehículo oficial con las luces apagadas. Una mujer uniformada con una taza de café en la mano lo miraba desde el mostrador al otro lado de los cristales. El hombre salió del auto y no se dirigió al interior; no iba a poner una denuncia. Un vehículo oscuro de gran formato paró para que se subiera y siguió su ruta. La mujer policía apoyó la taza de café en el mostrador y salió, extrañada por la actuación del hombre de la gorra roja.

El vehículo explosionó.

Juno Coentrao entró en el recinto alambrado a gran velocidad y dirigió el deportivo a unos hangares que estaban al fondo de la pista de aterrizaje. Ramona les estaba esperando al pie de la escalerilla de un Hawker 800XP. Antes de abordar la nave ella le entregó una máscara negra; nadie que no fueran Juno o ella debería ver su rostro. Aldo Ríos se puso la careta sin expresión y subió al avión.

Esther se puso de perfil y llevó su mano a la barriga. Apenas se le notaba el embarazo, aunque no le importaba en absoluto que la tripa creciera por días. Le molestaba más tener que rehacer el traje de novia que había elegido un año antes. Se retocó los labios con la barra de carmín rojo y salió del lujoso lavabo en el que había entrado llevada por las náuseas. El embarazo seguía su curso.

Anthony está tomándose una soda en la mesa cuando Esther volvió a sentarse.

–¿Estás mejor?

–Sí, todas las mañanas me levanto con el estómago revuelto.

–Disculpa que sea entrometido pero eso son síntomas de embarazo.

–Se nota que no eres un hombre al uso.

–Me lo tomaré como un cumplido.

–Tómatelo como quieras.

Esther miró la pintura de una mujer gorda subida a un pequeño caballo; el cuadro tenía la firma del genial pintor colombiano Fernando Botero. Ella se imaginó que el embarazo la dejaría más o menos así. Devolviendo la mirada al joven ingeniero, añadió:

–Mi problema y mi virtud es ser directa.

–Sí, desde que te conozco siempre lo has sido.

–Antes estábamos hablando de Carlo –Esther juntó las manos, cuyos dedos guardaban una docena de anillos de gran valor.

–¿Se sabe algo más? ¿Lo de Ana? No me lo esperaba, estoy en *shock*, ha sido algo totalmente inesperado. Hace apenas una semana estuve con él –Anthony se llevó la mano a la boca–. ¿Han detenido a alguien más?

–Parece que ella es la única sospechosa.

–Mañana es el funeral. Lo siento, al final le tomé cariño. Pero no entiendo el motivo de Ana para matar a Carlo.

–La pasión tiene eso, que la gente piensa con sus genitales. En el caso de los hombres pasa siempre; en las mujeres es más extraño pero también pasa.

Anthony afirmó con la cabeza.

Esther dio un pequeño sorbo al vaso de agua que tenía en la mano y se quedó mirando los jardines.

–Bueno, quitando la parte humana, ahora estamos condenados a entendernos sin intermediarios –apostilló mirando al frente.

–Dime para qué querías verme. Carlo me dijo...

Esther lo interrumpió.

–Nuestro grupo de empresas tiene la vocación de gestionar la mayoría, bueno la totalidad, de las empresas que adquirimos. Nuestra idea es comprar tu participación y la de Julián por un precio justo. Queremos hacerlo ya. La oferta ahora es de seis billones de dólares para cada uno y tú ahora eres el nuevo consejero delegado de la compañía –Esther ofrecía cifras inimaginables para un mortal.

–¿Tres veces más que la oferta de hace una semana y ser consejero delegado? Pero ese puesto lo tiene Julián –Anthony apretó el reposabrazos de su sillón, gesto que no pasó desapercibido a la mujer.

–He dicho nuevo –dijo ella.

–¿Y desde cuándo? ¿Cuándo ha presentado Julián su dimisión?

–La presentará pronto, quizá mañana –Esther ahora no apartaba la vista del joven.

–Yo no tengo experiencia.

–No te hace falta, solo necesitas el mejor equipo a tu cargo.

–¿Y Julián?

–No te preocupes por él; tiene dinero y necesita tiempo para solucionar sus problemas familiares.

–Yo estaba dispuesto a vender por dos billones, pero creo que la decisión de Julián, el no, no es una cuestión economía. Le conozco bien.

Esther se mostró despreocupada y volvió a mirar el cuadro de la mujer gorda.

Una semana antes había hablado con Don, su padre. Había sido una conversación corta; el gran capo quería saber cómo llevaba las negociaciones con los chavos de Synchro. Esther le había contado que uno de ellos estaba dispuesto a vender su parte mientras que el otro se negaba. La respuesta de Don fue concluyente: «No pierdas el tiempo con el que te entorpece, negocia con sus herederos. Tiene usufructuarios, ¿no?». Sí, Julián tenía a su esposa, Ana Riccoli.

Regresó de sus recuerdos con un pequeño sorbo de agua. Anthony hablaba:

–Necesitamos fijar claramente cuál es el futuro de Synchro. Los informes de la competencia señalan que otras compañías se están acercando a la fórmula –Anthony empezaba a sentirse cómodo en su nuevo puesto–. He leído que el mes que viene sacan una aplicación que se llama Bitts, creo.

Esther lo miró de reojo.

–Sí, Bitts; todo el capital de esa sociedad lo he puesto yo. Ochocientos millones de dólares. Cuando esté terminada, la presentaremos y fracasará.

–¿Pero para qué vas a perder dinero? –preguntó el joven con cara de incredulidad.

–Anthony, tienes mucho que aprender, mi estimado socio. Si fracasa, que fracasará, Synchro valdrá el doble. Treinta billones.

Anthony ya sabía el porqué del incremento de la oferta.

–Pero eso es una locura.

Esther contuvo una arcada.

–Créeme, estar embarazada sí que es una locura.

–No creo que yo haya nacido para ser padre.

–Quizá algún día se te despierte el instinto paternal.

–Quizá.

–A propósito, quiero que vengas a mi boda la semana que viene.

–Estaré encantado.

–Puedes traerte a uno de esos alocados nuevos amigos tuyos.

Anthony se dio cuenta de que ella estaba al tanto de su vida privada.

–Lo haré –señaló con recelo.

La profecía de Julián se había cumplido: eran tremendamente ricos y estaban divididos.

Aldo estuvo casi todo el viaje en silencio. Tras la máscara negra su expresión se hizo inhumana; solo la apartó ligeramente cuando comió algo de fruta y emparedados que había en unas bandejas preparadas y bebió dos cervezas Modelo frías que había en una pequeña nevera de abordo. Juno no quiso romper su hermetismo y apenas probó bocado; el rostro negro de su acompañante no invitaba al diálogo. Ramona estaba sentada un par de asientos detrás de ellos; tenía la mirada puesta en el oscuro exterior.

–Esas pastillas mágicas que habéis usado para sacarme de ese antro, ¿de dónde las habéis sacado? –el convicto fugado se refería a Synchro mientras apartaba la careta y daba un largo trago a la botella de cerveza.

–Las venden en todas partes; son legales, son tecnología punta.

–Díjole güey –Aldo sonrió por primera vez–. Yo en prisión y el mundo ha cambiado mientras tanto. Esa pendejada es más peligrosa que todo nuestro comercio... y a mí me meten en la cárcel y el dueño de esa chingada debe ser padrazo de rico, chingada de cabrones.

–Sí, las ventas han caído desde que Synchro ha sido legalizado en un cincuenta por ciento. Hay gente que se está poniendo muy nerviosa. ¡Ah! Y tu sobrina, Esther, es la padrazo rica que dices; ella controla el negocio.

Aldo se quedó mirando a Juno con el rostro negro de la máscara.

–Tu futura esposa –Aldo levantó los ojos burlón y volvió a sonreír con picardía pero Juno no vio su expresión.

–La semana que viene es la boda.

–Finalmente Don es el rey del mundo y tú vas a ser príncipe consorte, chíngole güey –Aldo lo señaló con el dedo–. Mi hermano te ha enseñado bien.

Cuando aterrizaron, un vehículo negro estaba esperándolos. Aldo, Juno y Ramona lo abordaron. Aldo, tras la máscara se encontraba algo más relajado.

–Sabes, Juno, todo este tiempo en prisión no he parado de darle vueltas a una única idea; es algo que me obsesiona y no soy capaz de pensar en otra cosa.

Juno le miró expectante.

–¿Cómo supieron los gringos que yo estaría en el Banco Azteca de Tijuana ese día dos de septiembre a las cinco de una tarde? Llevo nueve meses preguntándome quién le dio el soplo a la DEA.

–Creemos que fue un fallo de la gente de Florida... Eso es lo que sabemos.

–OK, puede ser. ¿Y qué ha hecho Don al respecto? A la prisión llegan noticias y por lo que sé los de Florida siguen trabajando para nosotros ¿verdad?

Junio le miró fijamente. Ramona intuyó la tensión de la pregunta y miró por el espejo retrovisor al enmascarado.

–Sí, un imperdonable fallo de seguridad de «los amigos de Florida».

–No me creas pendejo. Amigo, los movimientos en la cuenta del banco que estaba a nombre de Kaspar Klee y las transacciones se efectuaban desde Miami cada mes, transacciones que yo retiraba personalmente en *cash* del Banco Azteca de Tijuana. Eso lo hacía todos los días dos de cada mes –reiteró el número con los dos dedos en forma de V.

–Insinúas que tenemos un topo en la organización.

–No tenemos un topo. A un topo se te atrapa en su madriguera. No, no fue un topo; fue un león, mi estimado sobrino adoptado.

El vehículo llegó a su destino en medio de la oscuridad, un lugar desértico. A un centenar de metros se alzaba un muro de ocho metros imponente. Se bajaron del auto que había apagado los faros nada más llegar junto a un tráiler gigante, sin linternas, sin luces, Ramona señaló el container.

–¿Vamos a pasar dentro de un camión? ¿Esta es la sorpresa? Pendejos –Ríos, con el rostro cubierto, se quedó mirando el imponente transporte.

A un lado, un hombre que vigilaba con unos prismáticos en la oscuridad dio un silbido y señaló con la mano.

Ramona miró en la dirección en la que apuntaba el hombre. Las luces azules y rojas de un vehículo de vigilancia de la frontera que se acercaba lentamente estarían, calculó la guardaespaldas de Juno, a algo más de un kilómetro de distancia. No tenían mucho tiempo.

Ana conducía su deportivo rojo; regresaba a casa. Sabía que Julián estaría enfadado después de una tarde de desconexión, de desaparecer del mapa. Ella también necesitaba su espacio, justificó su consciencia. Se daría una cálida ducha y engatusaría a su esposo con una sesión de lencería exclusiva. Se pondría de blanco; su marido era de ese equipo que había ganado siempre la Champions, los merengues, les decían. Cada uno tiene sus fetiches. Ana sabía cómo contentar a Julián. Entonces ella recordó lo que había escrito una hora antes en la libreta que dejó en su antiguo despacho. Había escrito la palabra bebé. Sonrió.

El auto tomó la rampa de entrada a su casa.

Entonces ella divisó los dos vehículos de la Policía Federal que estaban en la puerta. Se llevó un sobresalto. ¿Le habría pasado algo a Julián?

Su corazón se puso a latir a tope cuando vio que tres policías uniformados se acercaban a su vehículo.

Un policía, el más cercano a su puerta, desenfundó el arma y apuntó a la mujer rubia. Ana estaba paralizada por un recibimiento que no esperaba. En la puerta vio a Julián que intentaba acercarse al automóvil. El comisario García se lo impedía; lo sujetaba por los hombros y Julián la miraba desesperado. Ana abrió la puerta de su carro deportivo y salió con las piernas temblorosas; todo el cuerpo estaba recibiendo un chute de adrenalina para sobreponerse.

El policía que la encañonaba la empujó con brusquedad contra el auto, una oficial se acercó a ella y la esposó mientras el tercer policía le leía sus derechos. Lo único que Ana Riccoli entendió de todo lo que el uniformado dijo fue... «el asesinato de Carlo Stamas».

Ángela Madero había quedado con Teresa delante de la tienda de cannabis Fumadera. Era el sitio fijo frecuentado por Guzmán, el hombre al que debía eliminar. Tenía sentido.

Estaba estacionada con el Rav azul, esperando. Había decidido llegar con tiempo, antes de la hora. No quería hacer previsibles sus movimientos para los que la seguían. Por la mañana había llamado a Arturo y había estado amable sin que se le notaran el asco y la rabia que sentía. No se le tenían que notar y no se le notaron. Quedaron en hablar por la noche.

Cuando salió del edificio había coincidido con Julio, que estaba regando los maceteros de la entrada; ella lo había saludado y le había hecho una pregunta sencilla y sin aparente maldad. Le preguntó si los anteriores inquilinos de su apartamento, Fuentes Guerra y Arturo Barrios, eran amigos. «Claro –respondió Julio–, se pasaban todo el día juntos. Tiene gracia –añadió el hombre–, los dos nombres me recuerdan a nombres de telenovelas». Sí, realmente lo eran, nombres falsos y carentes de imaginación.

Teresa Mendoza entró en el vehículo después de haber estacionado unos metros por detrás.

–¿Llevas mucho esperando? –preguntó la mujer sentándose.

Ángela pensó que para qué lo preguntaba si ya lo sabía; ella no debería mentir.

–Un poco, quería familiarizarme con este lugar.

Teresa llevaba puesto un suéter negro y tenía pocas ganas de hablar. Los ojos duros y sin brillo sobrecogían a Ángela. Teresa tenía rastros de pelo de perro en su suéter negro. Ángela estaba segura de que la ahora Teresa Mendoza estaba con su perro Albi.

–¿Este es el sitio?

–Sí.

–¿Cuándo lo vas a hacer?

–La próxima vez que él venga a comprar –Ángela miró el paquete que tenía Teresa en la mano–. Cuando lo ejecute, ¿qué debo hacer después?

–Esperar.

Teresa le dio el paquete y se fue sin esperar respuesta.

Ángela arrojó el paquete al siento trasero sin darle importancia y salió del auto en dirección a Fumadera.

–Hao –la saludó Gaby con su característico recibimiento indio de película.

–Me ha recomendado esta tienda un buen amigo, Álvaro Guzmán.

–El inspector Guzmán es cliente de oro de Fumadera. Precisamente estuvo aquí hace un par de días y se compró una crema para el dolor de articulaciones.

Ángela sonrió; su amigo se estaba haciendo viejo.

–Quiero que me dé a mí también esa crema.

Gaby se giró y tomó un bote del estante.

–¿Le puedo pedir un favor? –agregó la mujer–; cuando lo vea quiero que le dé un recado.

–Dígame, se lo daré.

–Sé que le va a sonar raro pero dígale que una mujer quiere poner una denuncia porque le han robado el mes de noviembre todas las noches a las once... Es un tema muy nuestro; ya sabe, el amor.

Gaby se quedó sin palabras y sonrió.

–Se lo diré. Veamos, a usted le roban un mes todas las noches a la misma hora a las once –Gaby la trataba de loca.

–Sí, el mes de noviembre.

–Le aseguro que no se me va a olvidar semejante mensaje. Vamos señorita, ni en el mejor de mis colocones se me iba a ocurrir a mí semejante mensaje. ¿Seguro que no quiere llevarse algo de hierba fresca y seguir con la historia? Da para un libro.

Ángela se rió, pagó, se llevó el tarro y le hizo el saludo indio al propietario de la tienda. Cuando salió observó el bote de crema; le vendría bien para el dolor de hombros cuando golpeara el saco de boxeo.

Guzmán abrió la maleta negra de Braulio. Lo primero que apareció fue una libreta jaspeada y de lomo negro, una libreta normal de apuntes de estudiante. Lo demás era ropa. Tomó la libreta del que había sido el compañero de su hija Rita y leyó la frase que el joven *influencer* había puesto como título: «¿Cómo alcanzar la fama?». Guzmán levantó una ceja y estuvo a punto de esbozar una sonrisa por la ingenuidad del título. Lo ojeaba como quien mira un libro gringo de superventas para descerebrados. Entre bocetos, ideas más o menos alocadas de cómo dibujarse el cuerpo y salir a la calle a correr transcurría aquella pléyade de majaderías propias de una mente infantil. Hasta que su vista se detuvo en una hoja que se titulaba: «Matar a Rita». Guzmán leyó la fecha; era de una semana antes de la muerte de su hija. En tres líneas relataba la posibilidad de matar a su compañera, que pareciera un accidente y rentabilizar su estancia en la cárcel; incluso había dibujado el símbolo del dólar.

La mente de Braulio no era una mente infantil, era la de un asesino sin escrúpulos. Lo había escrito y ahora Guzmán lo había leído.

–Betty.

La figura tridimensional de su Rita apareció sobre el soporte de la AI.

–Dime, Álvaro, ¿qué deseas?

–¿Cuándo sale Braulio de la cárcel?

–Si te refieres a Braulio Gaytán, sale dentro de seis días.

Gaby se quedó mirando a la mujer que se dirigía a su auto azul. Tomó la tarjeta que le había dado Álvaro Guzmán y que conservaba junto a la máquina registradora. Ahí estaba el número de teléfono del policía y cliente; se lo pensó unos instantes, tomó el celular y lo llamó. Un mensaje como aquel le había llenado de curiosidad.

Los dos hombres de fenotipo chino estaban de pie junto a la librería y cuando Esther entró en la habitación ni se movieron. Ella los miró un instante como quien observa un cuadro en una pared. Don, su padre, estaba al teléfono y le hizo un gesto con la mano. Esther volvió a mirar a los dos guardaespaldas chinos de su padre. En total eran diez, que hacían turnos de seis horas y lo acompañaban día y noche; permanecían en su habitación incluso cuando él dormía. Solo hablaban mandarín. Don dejó el teléfono sobre su escritorio.

–Aldo está en camino.

–¿Por qué sacarlo si estaba mejor ahí? –Esther se sentó frente a su padre.

–Ahora es solo una carta marcada, una pieza inservible. Ya no puede jugar una partida, pero sigue siendo mi hermano.

–¿Una pieza inservible? ¿No sospecha nada?

–Su tiempo, todo su esfuerzo lo dedicará a no ser detenido de nuevo y nosotros le ayudaremos; hemos hecho para él una jaula de oro en Los Cabos.

–Le veremos por Navidad y ¿se quedará a la boda?

–Estará en tu boda –Don se pasó la mano de arriba abajo sobre su rostro y cambió el gesto a una sonrisa–. Tenemos preparado un maquillador de efectos especiales; nos lo hemos traído de Hollywood.

Esther se llevó la mano a la tripa.

–He tenido un día revuelto. A propósito, he cerrado el tema de Synchro; firmaremos antes de la boda. Te hice caso y he movido dos piezas.

Don sabía los dos movimientos de su hija. Estaba al tanto de lo ocurrido en el hotel y del cambio que se iba a producir en Synchro ahora que el fondo familiar tendría la mayoría de las acciones. Las piezas inservibles estaban siendo abandonadas en la caja. Miró a sus guardaespaldas, que tenían la vista perdida en el espacio.

–¿Los dos chavos van a firmar?

–Uno está seguro, mañana tendremos al otro.

–Sabes, hija, Synchro es la diferencia entre un reino y un imperio.

Esther tuvo una náusea.

–Tu nieto, el emperador, todavía no ha nacido –dijo la mujer llevándose la mano a la boca.

Ramona empujó a Aldo para que subiera la rampa de acceso al camión; Juno los siguió. El auto con los policías de frontera estaría ahí en menos de un minuto.

Tres drones gigantes les estaban esperando en el interior del tráiler para cruzar la frontera con México.

–¡Virgen de los pecados mortales! Esto es padrísimo –exclamó Aldo, que continuaba con la máscara puesta.

Juno se acomodó en uno y se ató los cinturones de seguridad cruzados. Ramona ayudó a Aldo a ajustarse los arneses y luego hizo un gesto al hombre, que se metió en el carro y se fue. La mujer se colocó su cinturón y presionó el botón de su teléfono. Era la señal.

Los tres drones se elevaron en la oscuridad por el aire levantando un revuelo de polvo a su alrededor. Los tres aparatos con rotores subieron uno tras otro, alcanzaron la altura de unos cien metros, luego tomaron la dirección sur y cruzaron la frontera haciendo el muro inservible. Se perdieron en la noche dentro del territorio mexicano. Ramona miró hacia atrás y vio las luces del vehículo policial que se acercaba al tráiler que habían abandonado segundos antes. No encontrarían nada.

9. NADA

Es la ausencia de seres y objetos determinados en un lugar y tiempo concretos. Es una abstracción porque en la realidad siempre hay algo.

Julián miró impotente como esposaban y empujaban a su esposa al interior del vehículo policial. A continuación las luces estroboscópicas rojas y azules del auto rompieron la armonía de la noche y se alejaron custodiando a Ana Riccoli en su interior. Ella intentó mirar por el cristal trasero para encontrarse con la mirada de su marido en un intento de decirle que era inocente pero la agente federal que estaba sentada junto a ella le sujetó las manos con firmeza y le impidió voltearse.

El comisario García tocó ligeramente el hombro del joven empresario tratando de reconfortarlo, luego también se fue.

Julián Konks ignoró a los dos hombres que lo custodiaban a todas horas, su guardia armada personal; ambos esperaban sus indicaciones. Entró en el chalet sin dirigirles la mirada; no sabía qué iba a hacer. No tenía nada que decir y subió a su habitación. Toda la casa permanecía en una silenciosa penumbra y él no encendió las luces que hubieran roto la opacidad del ambiente. Todo estaba limpio y en orden como si allí no viviera nadie. «No es un hogar», pensó.

Cuando entró se vio reflejado en el espejo de su habitación. Llevaba puesta la camiseta de su equipo de fútbol favorito, la del Real Madrid. Se sintió mal, se la quitó y la arrojó sobre la cama, que estaba hecha con esmero profesional, estirada y sin arrugas. Una docena de almohadones de colores ocres se distribuían armónicamente en la cabecera. Él odiaba esos cojines; no le gustaba tener que apartar cada noche los adornados acolchados para poder acostarse. Nunca le gustaron los complementos intrascendentes y superfluos, los adornos; seguía siendo un hombre acostumbrado a comunicarse con máquinas y las exigencias mundanas de recargar la vida con objetos inútiles, prescindibles, le ponían nervioso. La cama era para dormir y para... no para ser admirada, debía cumplir su función. Nunca le había dicho nada a Ana al respecto; convivir era ceder y ella había decorado aquella casa a su gusto. Él la sentía ahora lejana, como una casa de revista, de otra persona, no suya.

Abrió su armario, se puso una camisa azul y abandonó la lujosa residencia. No quería seguir ni un minuto más allí, aunque realmente no sabía muy bien a quién llamar; bueno sí, había una persona con la que podía contar.

Ana Riccoli estaba sentada y sola; le habían quitado las esposas y en un vaso de plástico le habían servido un café de máquina que le resultaba reconfortante y que iba sorbiendo a pequeños tragos. La sala de interrogatorios no tenía ventanas. En el centro había una mesa anclada al suelo de la superficie metálica y fría, y tres sillas en total, dos vacías frente a la que ahora ocupaba la sospechosa de asesinato; en una esquina, sobre la puerta, una cámara grababa las veinticuatro horas la vida de ese habitáculo donde se dialogaba con el mal.

Ana contempló el espejo que estaba enfrente de ella; un cristal desde donde se imaginaba que la estaban observando con detenimiento. Se mostraba tranquila y altiva, esperando la entrada de sus inquisidores. No había prestado declaración. La sospechosa escrutó su mirada en el reflejo del cristal y dedujo que si la estaban tratando así, con cautela, era porque creían que ella era la que había asesinado a Carlo Stamas, aunque no tenían nada concluyente. Era sospechosa de asesinato. Estaban recabando pruebas.

Al otro lado del espejo el comisario García observaba en la penumbra en el monitor de un ordenador portátil las imágenes que les había suministrado el servicio de seguridad del hotel. En ellas se veía a Ana Riccoli y a Carlo Stamas entrando en el establecimiento; también a la pareja en la recepción del hotel mientras se inscribían. Luego visionó las imágenes de ellos esperando el elevador y su posterior salida del ascensor en la planta segunda. La siguiente secuencia que observó el comisario fue la de la mujer en el descansillo de la segunda planta esperando el ascensor que la conduciría a la salida. Miró los contadores de tiempo y calculó que habían pasado casi dos horas entre la entrada de la pareja y la salida de la mujer en solitario. En las imágenes en las que ella estaba esperando el elevador, la mujer se miraba en un espejo que separaba las dos puertas correderas; los accesos se abrían y Ana se introducía en él.

Álvaro Guzmán entró en la habitación, que solo estaba iluminada por la luz que entraba por el cristal separador y la que emanaba de la pantalla del portátil encendido.

–García, ¿me has llamado? –interrogó el inspector mirando al comisario que continuaba concentrado en la pantalla.

Guzmán se quedó contemplando a la mujer que estaba en la sala contigua aislada y el comisario le hizo un gesto con la mano para que se acercara.

–¿Es la sospechosa del asesinato? –Guzmán señaló a la mujer que daba un sorbo contenido a un vaso de un solo uso.

–Sí, estoy revisando las grabaciones de la cámara de seguridad del hotel.

–¿Suicidio?

–No, dos disparos por la espalda y una almohada que amortiguó el ruido de la detonación.

–¿El arma homicida?

–También la tenemos; una semiautomática que pertenecía a la víctima, Carlo Stamas. Quien lo hiciera la dejó tirada al irse.

–Extraño... ¿huellas? –preguntó el inspector aproximándose al monitor donde el comisario revisaba las imágenes.

–Estamos esperando el informe del laboratorio –el comisario no apartó la visión de la pantalla.

García escrutaba la grabación de la salida de la joven en el lobby del hotel. Ana caminaba tranquila hacia la puerta donde la esperaba un deportivo descapotable de lujo. El comisario colocó el dedo en la pantalla donde estaba la mujer.

–No parece el comportamiento de alguien que acaba de asesinar a su amante.

Guzmán cruzó los brazos y dijo:

–Sí, no parece nerviosa, pero ella sabe que la están grabando. Mira, detén la imagen aquí –el inspector señaló unos *frames* donde Ana dirigía su mirada a la cámara–. Ella vislumbra la cámara, sabe que el hotel tiene cámaras y que la están grabando.

–Tampoco es el comportamiento de una joven esposa con remordimientos; es como si no le molestase que la descubrieran.

El comisario cruzó sus brazos entrelazándolos en la nuca.

–La pregunta del millón de pesos es: ¿esa mujer es una asesina? Nosotros no podemos detenerla por engañar a su esposo; la Policía Federal no persigue esposas infieles –el comisario se dirigió a su compañero–. ¿Tú qué crees?

–¿Tenemos algún testigo? ¿Alguien escuchó los disparos? En un hotel pasa mucha gente...

García revisó las notas que tenía en una libreta.

–La camarera que descubrió el cuerpo dice que vio a un tipo que no conocía con un mono azul de trabajo en la planta dos; en la zona de servicio no hay cámaras. Puede ser un sospechoso más. Hemos hablado con el gerente del hotel y están revisando qué trabajadores tuvieron acceso a esa planta en ese turno; pronto sabremos algo –el comisario hojeó otras notas manuscritas–. También hemos interrogado a los clientes de las habitaciones contiguas. Solo uno, el cliente de la 214, estaba esa tarde en la habitación. Ha declarado que escuchó dos disparos cuando salía de la ducha y se estaba secando el pelo. El tipo pensó que sus vecinos estaban viendo una película a todo volumen. Eso es lo que tenemos.

–¿Cuánto tiempo transcurre desde que ella sale de la habitación hasta que la camarera descubre el cuerpo del hombre?

El comisario puso el contador de las imágenes desde que Ana llega al descansillo de la segunda planta hasta que al cabo de quince minutos aparece la camarera visiblemente alterada en ese mismo lugar; los policías se miraron.

–No es mucho tiempo –puntualizó el inspector.

Entró una policía uniformada. Llevaba en la mano el informe de las huellas del arma que había elaborado el laboratorio federal.

Guzmán tomó la carpeta y fue directo a las conclusiones y las leyó; entonces el inspector señaló a la chica, que daba un trago a su café, y dijo:

–Esa joven va a necesitar un buen abogado.

–Tiene suficiente dinero para contratar a todos los abogados de la ciudad.

Julián tocó el timbre y Anthony abrió la puerta.

–¿Te has enterado?

–Sí, pasa –Anthony se puso a un lado para dejarle entrar.

Julián observó a una docena de hombres tumbados por el suelo, algunos completamente desnudos. Anthony le mostró su celular a Julián; tenía puesta la aplicación de Synchro.

–No te preocupes, los tengo relajados en meditación feliz.

Julián asintió y dijo con voz entrecortada:

–Han detenido a Ana como sospechosa.

–Ya. ¿Estaban juntos? –Anthony frunció el ceño; le resultó extraña la pregunta, más aún después de la conversación que había mantenido con Esther. Señaló una puerta acristalada.

–Ven, vamos a estar más tranquilos en la terraza.

Cruzaron el amplio salón con cuidado de no pisar a ninguno de los relajados amigos de Anthony que estaban disgregados por la estancia.

–¿Nuevos amigos?

–Solo conocidos –respondió con ironía Anthony Somoza.

Salieron a la terraza. Las vistas desde el ático eran espectaculares. La noche estaba fría y las nubes de la tarde habían abandonado la ciudad por unas horas dejando el cielo teñido de azul oscuro intenso.

Anthony le puso la mano sobre el hombro; Julián no despreció el gesto de cariño de su amigo.

–Nos vendría bien alguna profecía de las tuyas.

–No se me ocurre ninguna –Julián se quedó un rato pensando–. ¿La ves capaz de matar a Carlo?

Anthony pensó la respuesta.

–¿A Ana? La veo más manipuladora que asesina.

Julián no tenía muchas ganas de hablar y Anthony se quedó en silencio a su lado viendo el espectáculo de la ciudad a sus pies; oteó el contorno del lujoso edificio acristalado.

–¿Sabes si hay otro apartamento como este en venta?

–Si te gusta, te lo vendo.

–¿Cuánto quieres por él? –dijo Julián con desgana.

Ambos esbozaron una sonrisa triste.

–Se me ocurre algo mejor: podemos comprar el edificio –Anthony le dio un palmada en la espalda a su amigo.

Con un último trago, Ana había terminado su café, que estaba frío y muy dulce; los posos del azúcar se habían concentrado todos sin disolver en el fondo del vaso. Dejó a un lado el cubilete de papel encerado.

Guzmán y García entraron en la sala de interrogatorios y se sentaron en sendas sillas frente a la mujer que parecía más calmada según pasaban las horas.

–Ana Riccoli, ¿sabe por qué esta usted aquí? –inquirió el comisario.

–No, llevo un rato esperando a que alguien me lo explique –la joven levantó las manos mostrando las palmas.

–Es usted sospechosa de la muerte de Carlo Stamas.

–Yo no he matado a Carlo –Ana se mostró rotunda.

–Seguro que no, pero el señor Stamas está en estos momentos sobre la mesa de un forense con dos disparos en la espalda –Guzmán probó con la ironía.

Ana Riccoli lo examinó, deteniéndose en cada arruga de su rostro.

–Usted no debería estar aquí. Usted es ese policía que amenazó a la gente en el entierro de su hija. Usted está contra mi marido, contra Synchro. Creo que aquí hay un problema de incompatibilidad... Usted no debería estar haciéndome preguntas.

–Todavía no le he hecho ninguna, y por supuesto no estoy contra su esposo. ¿Qué cree que pensará él de todo esto?

Ana lo miró con desprecio y se quedó en silencio.

García llevaba el informe en la mano y lo dejó caer sobre la mesa.

–Usted fue con el señor Stamas al hotel Las Alcobas, subió con él a una habitación, la 212 para ser más exactos, pasaron la tarde juntos y salió sola. Él está muerto con dos tiros en la espalda –la mujer arqueó las cejas cuando escuchó el número de disparos–. El arma homicida está en custodia y archivada como prueba... Y, ¿sabe qué?... está repleta de sus huellas dactilares.

Ana parecía tranquila escuchando el relato del comisario. De repente su rictus cambió y su rostro se convirtió en una esfinge de cera deshumanizada.

–¿Ustedes no tienen más pruebas que unas huellas en un arma que fue utilizada con fines sexuales? –Ana ladeó la cabeza–. Eso es lo que tienen, nada. Quiero que vengan mis abogados, ya.

–Tiene usted derecho a ser asistida por sus abogados –afirmó el comisario García.

–Nos vendría muy bien si nos pudiera explicar con qué fines sexuales ha sido usado semejante instrumento de hierro fabricado para matar –le espetó Guzmán.

–No tengo inconveniente; a Carlo le gustaba... –la joven se reclinó ligeramente hacia delante como si fuera a contar una confidencia.

Guzmán arqueó ligeramente las cejas.

–No se preocupe, somos algo mayores que usted y creo que hemos oído de todo.

–OK. Al señor Stamas le gustaba que le introdujera el cañón por el culo.

García se llevó la mano al pelo.

–Sí, ciertamente no lo hemos escuchado todo.

–¿El arma estaba cargada cuando realizaba ese excitante juego de introducir el cañón por los esfínteres del señor Stamas? –Guzmán colocó la mano como si fuera una pistola.

–No, claro que no.

–Cuando abandonó la habitación, ¿Stamas estaba vivo?

El grupo de hombres que había disfrutado de la larga velada había abandonado el apartamento de Anthony. Comenzaba la madrugada y los dos socios de Synchro compartían un sofá blanco mientras se tomaban una cerveza Corona; bebían de la botella de vidrio como habían hecho siempre.

–Te llamé esta tarde; no lograba entrar en el código fuente.

–Estaba en plena fiesta –Anthony no contestó; se quedó en silencio un rato largo antes de continuar–. ¿Recuerdas tu última profecía?

Julián lo miró con una amarga sonrisa.

–¿Que nos haríamos muy ricos y que los que se quisieran apoderar de Synchro lucharían para dividirnos?

–¿Se ha cumplido? –interrogó Anthony.

–Creo que sí.

–Esther quiere que sea el próximo CEO de Synchro.

–Me lo puedo imaginar... lo harás bien.

–Primero tenemos que vender y los dos seguimos teniendo la mayoría; ese uno por ciento nos hace dueños del destino de Synchro.

–Carlo no está para aconsejarnos, pero... –Julián Konks tomó un trago largo a su Corona–; Anthony, güey, si te lo quieres quedar todo, tuyo es.

Guzmán estaba apoyado en la pared del pasillo, junto a la puerta de la sala de interrogatorios. Se habían tomado un descanso y además estaban esperando a que llegaran los abogados de Ana Riccoli. El comisario García apareció por el pasillo moviendo la cabeza mientras hablaba por su celular. Colgó.

–Nuestro sospechoso del ascensor de servicio era un nuevo empleado de mantenimiento. No hay sospechoso misterioso como tal.

–Solo la tenemos a ella –dijo el inspector señalando la puerta.

García miró el reloj.

–Está siendo un día largo.

–No te lo vas a creer pero ahora me voy al cementerio.

–¿Al cementerio? Pero no es día de muertos.

–Créeme si te digo que tengo una cita con un fantasma.

La habitación de invitados de Anthony estaba toda decorada en blanco. Heladora. Julián se acomodó delante de la pantalla de la computadora que estaba instalada para ser utilizada por los huéspedes. El joven se había tumbado unos minutos pero no podía dormir y se levantó. Se conectó a su escritorio para revisar *mails*. Ahí estaba el correo de Matías, su secretario, en el que le había adjuntado el teléfono de Yalitza Torres. Ahora no quería pensar y lo archivó. La pantalla del escritorio estaba a su vista; del centenar de carpetas que tenía en la pantalla se fijó en una que había abierto unos meses atrás con el nombre de Ana; así había llamado a los sistemas de apagado y encendido de la aplicación. Ana. Clicó dos veces sobre ella y se abrió una segunda carpeta que desconocía: Nostradamus. Esa no la había creado él.

El huésped de la habitación 214 entregó las llaves en la recepción del hotel; era una hora intempestiva de la noche pero los hoteles están acostumbrados a todo tipo de clientes. Además, había sido una tarde muy movida en el hotel con policías por todos los lados molestando a los selectos visitantes con interrogatorios y ruido de disparos.

El conserje de noche se despidió del hombre siguiendo los protocolos del prestigioso establecimiento:

–Esperamos verle pronto en Las Alcobas, señor Barrios.

Arturo Barrios volvía a su apartamento en Polanco; a esa hora no tardaría más de veinte minutos en llegar.

Nadie lleva flores para depositarlas sobre la lápida de su propia tumba; tampoco a los muertos les hace falta que les llevemos nada, no lo esperan; solo los vivos encuentran consuelo en las ofrendas a los difuntos. La muerte real es el olvido. Ángela Madero colocó el pequeño ramo de margaritas en el mármol blanco que tenía grabado el nombre de Lucas Herrera. Las había tomado prestadas de otra lápida; pensó que al enterrado no le importaría y que el que las puso no se enteraría. Llevaba mucho tiempo sin acudir al cementerio a visitar el nicho donde descansaban los restos de su hijo; no había vuelto desde que ella, Cristina Herrera, también había muerto. Estaban juntos pero su tumba estaba ocupada por una desconocida.

Había salido tarde de su apartamento. Conduciendo su auto se había dirigido al Cinépolis de Miyana Comercial. Todo debería parecer natural, ir a entretenerse a una sala de cine lo era. Arturo la había llamado para excusarse; tenía que acudir a un acto en la universidad y no podía verla esa noche, llegaría un poco tarde. Ella había seguido su juego; ahora se iba al cine.

Entró por una puerta y salió por otra. Si la estaban siguiendo, su vehículo se quedaría aparcado durante unas horas en la segunda planta del complejo comercial. Se puso una gorra y cambió el color de su suéter en unos lujosos servicios públicos. Pasó por delante de su tienda preferida; últimamente toda la ropa que se compraba era de Shasa; se sentía cómoda con ella. Paró un taxi y se trasladó al cementerio.

Ahí estaba aguardando, mirando la tumba que denotaba cierto abandono. Cuando se agachó a dejar las flores retiró con manos temblorosas algunas hojas que habían caído sobre la piedra y que se habían podrido esperando que las retirara el viento. Sabía que Guzmán vendría. Lo presentía; su compañero nunca había despreciado un reto como ese: iba a tener una cita con la muerte.

Ángela vio venir a lo lejos, por el camino asfaltado y vagamente iluminado, la silueta de Álvaro Guzmán y no se movió. El inspector continuó su paseo entre tumbas con la tranquilidad del que se encuentra entre conocidos. Solo se plantó cuando estuvo lo suficientemente cerca como para dudar de la identidad del fantasma que le estaba esperando a los pies del nicho que llevaba su nombre. Se detuvo y miró a la mujer con cara de asombro.

–Hola, inspectora Herrera; espero que tenga una buena excusa para regresar del más allá. Me imagino que Dios se ha quedado sin ángeles en la Tierra.

El sentido irónico en las palabras de su ex compañero le hizo sentir que el tiempo no había transcurrido; incluso esbozó una mueca amable.

–Hola, Álvaro –Ángela apenas podía articular palabra cuando por unos instantes sintió que regresaba a su antigua vida.

–No creo que me hayas citado enviándome un recado desde el averno a través de mi vendedor de marihuana para saludarme –Guzmán continuó manteniendo la distancia con la que había sido su compañera–. Te encuentro bien... y créeme si te digo que yo debería estar más impresionado que tú con esta convocatoria. Por otro lado, me alegra comprobar que te has convertido en una parca.

–¿Una parca? –fue lo único que se le ocurrió preguntar a Ángela.

–Se nota que no has convivido con una abuela de verdad que te contara historias –Guzmán se apoyó sobre una lápida alta que estaba a su lado–. Mi abuela, entre todas las abuelas mexicanas del mundo, era la que más historias se sabía sobre la muerte, y cada noche cuando era un chavo me contaba las mismas una y otra vez. Así de pinche salí que me hice poli... Una parca es una diosa pero de los infiernos; realmente son tres hermanas; no me olvidaré nunca de sus nombres, son hilanderas del antro –Guzmán comenzó a enumerarlas usando los dedos de su mano derecha–. Primero está Cloto, la que elige los hilos para tejer, luego Láquesis, la que devana las madejas de nuestro relato, y por último, la tercera es Átropos, la que se encarga de cortar el irrevocable hilo que nos sujeta a la vida –el policía cruzó las piernas y siguió con los tres dedos levantados entre las dos miradas–. ¿Cuál de las tres parcas eres tú, Cristina Herrera?

La mujer se estremeció al escuchar de nuevo, después de tanto tiempo, su verdadero nombre.

–Seguramente me he convertido en Átropos, la que corta los hilos.

–¿Y por qué has vuelto de la muerte? –el policía bajó la mano y la cerró–. Te creía acompañada en el cielo por tu hijo, Lucas, y por la mía, con Rita. En los momentos duros ese pensamiento me reconfortaba, te lo aseguro; incluso te ponía alas en mis divagaciones.

–Supe lo de Rita. Sabes que lo siento. Sé lo que es perder a un…

–Sé que lo sabes –Guzmán abrió las palmas de las manos–. Ahora que nos hemos saludado cuéntame este enredo. Estoy deseando escuchar algo fantástico. Desde que mi abuelita murió te aseguro que no ha sido sustituida por nadie con historias como aquellas –el hombre tragó saliva–. Quizá por eso me guste la marihuana.

–A mí me vendría bien fumar ahora.

–Desde la muerte de Rita me la estoy quitando, necesito toda la concentración. Aunque eso ya lo sabrás si me has estado siguiendo. Eres la rubia del Uber de ayer en Fumadera. Cuéntame, Cristina.

–Sigues siendo el mejor; me di cuenta de que me habías detectado –la mujer se sentó sobre el mármol con cuidado para no pisar la tumba con su nombre–. Ahora me llamo Laura. Laura Madero es mi nuevo nombre.

–Si te diste cuenta de que me di cuenta, ya no soy el mejor, eres tú… En cuanto a lo de Madero, ese es un apellido… de alcurnia.

La ex agente de la Policía Federal sonrió de nuevo.

–Cuénteme, Cristina, Laura, o como te llames.

La mujer comenzó a relatar su crónica desde la noche en la que recibió el disparo y cayó a la piscina, y como la trasladaron a un hospital, y siguió su historia ante la atenta escucha de Guzmán. Cuando terminó su testimonio, los dos estuvieron unos instantes en silencio, silencio que Guzmán rompió con una pregunta:

–¿Cuál es el siguiente capítulo de este diario macabro?

–Me han dado la orden de matarte.

Guzmán se encogió de hombros.

–¿Y qué vas a hacer? Si me has llamado es que has pensado algo y no precisamente asesinarme.

–Tenemos que sacar a la luz a «Los Muertos» y lo primero es saber por qué te quieren matar.

–Te lo habrán dicho, ¿no? –Guzmán levantó la cabeza al cielo estrellado.

–Algo malo habrás hecho... Pero no, nosotros solo ejecutamos.

–¿Y quién tiene ese poder supremo de condenarme a muerte sin juicio?

–No lo sé. Pero el juego es o te mato o muero yo.

–¿Me estás dando a elegir? Bueno, sea quien sea me quiere muerto. Sé que tengo muchos enemigos. ¿Cuándo y cómo lo vas a hacer?

Entonces Ángela sacó el arma que llevaba oculta y se la mostró a Guzmán.

–Mañana en Fumadera, y recuerda que tendremos una espectadora de lujo; la que tú conociste como inspectora Laura Almilla estará contemplando el espectáculo.

–Entonces tendré que morir; pero necesitaremos más espectadores.

Ángela Madero estuvo tentada de abrazar a su amigo cuando se despidieron. No lo hizo y se arrepintió de ello. Salió del cementerio, volvió al Cinépolis en un taxi y regresó a su apartamento conduciendo su auto azul.

Era tarde cuando estaba maniobrando con su vehículo en el garaje del edificio. Observó un taxi del que se bajaba Arturo Barrios; estaba pagando la carrera. Ángela corrió escaleras arriba; quería llegar a su apartamento antes de que Arturo se sintiera atraído por comenzar sus labores de vigilancia. No debería notar nada extraño. Cuando entró observó las monedas, nada. No encendió la luz del piso y se dirigió a la ducha. Abrió el grifo de agua caliente, luego se sentó en la taza del retrete a pensar mientras el cristal del espejo se empañaba con el vapor del agua caliente. Todavía respiraba con angustia.

Era una tarde calurosa, con esa ligera llovizna plomiza e intermitente que humedecía el polvo blanquecino del altiplano azteca. La calle tenía el tráfico pastoso habitual de la capital mexicana, una mezcla de atasco y destreza milimétrica al volante para no quedarse parado ni con la luz roja de los semáforos.

El Prius híbrido de Guzmán ocupó una de las plazas reservadas para los clientes de Fumadera en la larga fila de vehículos aparcados en batería. El policía miró la guantera del auto, la abrió y agarró el arma que guardaba en su interior; luego con un gesto automático comprobó el cargador y amartilló la nueve milímetros, la guardó en el bolsillo y salió del auto. Guzmán no había sido nunca un policía de arma, él era más de palabras; las veces que la tenía que portar no se sentía cómodo. Él sí sabía que las armas no son disuasorias; eso era una excusa de ignorantes. Si la tienes la utilizas y si la utilizas sale la bala que hiere o mata.

Un arma en la mano no es una moneda con cara o cruz que se lanza al aire; siempre cae enseñando la cruz de una tumba. Un arma es un cáncer; el que la ostenta cree tener la cura de sus miedos, la falsa inmortalidad del que mata para vivir él en una eternidad que le guarde de un mal que está por venir, pero en lo más profundo ese hierro le va matando a él poco a poco. Las balas sin disparar matan igual que las que salen por el cañón caliente; una metástasis de carne, acero y ansiedad que acaba desintegrando el cerebro con el placebo de la defensa personal y dando el poder al dedo que aprieta un gatillo. Armas y miedo son sinónimos, eso pensaba Guzmán.

–Hao, Gaby –saludó Álvaro.

El dueño de la tienda estaba extasiado, concentrado en una partida de hierba que estaba desembalando y cuyo olor embriagador inundaba todo el establecimiento.

–Hao, Álvaro –dijo Gaby dándose la vuelta–; perdona, no te he oído entrar, estaba contemplando unas maravillosas hojas que vienen desde Guerrero en su punto de humedad, padrísimas.

–Sí, el olor es fuera de serie.

–Pura naturaleza salvaje, hermano –Gaby se acercó al mostrador–. ¿En qué te puedo ayudar? ¿Vienes por lo del mensaje de la loca a la que le robaron un mes?

–Sí, noviembre es un mes importante.

Gaby miró de lado al policía sin captar el sentido irónico de sus palabras.

–OK, ¿quieres de esta hierba recién cortada?

–Sí, dame cien gramos.

Gaby se sorprendió.

–¿Pero no lo estabas dejando?

–Nunca se sabe cuándo voy a volver al vicio. Prefiero tener las reservas altas.

Gaby se quedó mirando a Guzmán mientras agarraba un paquete de papel y lo rellenaba con unas hojas secas, luego las pesó en una balanza de precisión.

–¿Realmente a qué has venido, Álvaro?

El inspector levantó la palma de la mano para recibir el pequeño paquete transparente.

–He venido a que me maten.

Gaby se quedó unos instantes estupefacto ante la seriedad de la afirmación de su cliente, luego comenzó a reírse.

Guzmán sacó la cartera y pagó en efectivo.

Cuando el policía salió de la tienda la lluvia arreciaba. Vio a la que conocía como Cristina Herrera dirigiéndose hacía él con la peluca rubia y portando unas gafas de sol que ocultaban su rostro.

«Empieza el espectáculo», pensó el hombre, que comenzó a mojarse.

El inspector se estaba acercando a su auto. Cristina, camuflada, caminaba a paso ligero a su encuentro desde el fondo de la calle con la cara llena de gotas de agua. Guzmán miró a ambos lados de la acera. Un vehículo estacionado hacía mover sus escobillas, que apartaban el agua de la luna delantera. En su interior, un individuo con la vista puesta sobre él; un espectador de primera fila. Más allá había una furgoneta destartalada de cristales oscuros y con una puerta a medio abrir por la que se colaba el agua.

Cuando Cristina se encontraba a escasos cinco metros de su posición sacó el arma y le apuntó. Guzmán no pareció asustarse y reaccionó llevándose la mano al bolsillo donde aguardaba el hierro frío para ser usado.

¡Bang!

El disparo. Un proyectil salió de la Sig-Sauer modelo P-226. Cristina había señalado con su arma a Guzmán y había apretado el gatillo.

El inspector Álvaro Guzmán se desplomó junto a su carro en un charco de agua sucia. Cristina siguió su camino en la dirección donde había caído el cuerpo de su ex compañero y cuando lo divisó abatido sobre la charca volvió a disparar para rematarlo; la camisa del policía se teñía de un rojo pardo.

Gaby miraba aterrado desde el interior de la tienda la secuencia de los hechos. Estaban asesinando a Álvaro Guzmán en la puerta de Fumadera.

Ángela Madero bajó el arma y se fue bajo la lluvia hacia su vehículo en la misma trayectoria por la que había venido esperando a que algo nuevo ocurriera.

¡Bang!

Otro disparo. Apenas la vio; Teresa Mendoza cruzaba la calle apuntando y disparando. Ángela se arrojó entre dos autos sintiendo que un proyectil le había rozado el brazo y le había abierto una herida que tiñó de negro y rojo la manga del suéter de algodón.

Ella era la siguiente en la lista de «Los Muertos»; había cumplido su función y era prescindible. Laura Almillar se había convertido en Teresa Mendoza, una asesina sin escrúpulos. Ya no era la amable y cariñosa amiga con la que consolarse; ahora venía encañonándola bajo la lluvia para asesinarla.

Había errado el primer disparo, pero no se iba a detener ahora. Ángela se revolcó sobre el asfalto mojado intentando divisar a ras de suelo las piernas de Teresa. No vio nada. Con violencia dirigió el cañón de su arma al otro lado de la calle y entre el movimiento cansino y repetitivo de las escobillas que apartaban el agua del cristal divisó a Arturo, que aguardaba en un vehículo el desenlace de las ejecuciones. Todos los peones estaban moviéndose esa tarde de lluvia en un juego mortal. Ella se escoró y apuntó con su arma entre los dos autos esperando la llegada de Teresa.

Pero la voz vino segura y criminal de su espalda:

–No te muevas –Teresa había aparecido donde Ángela no la esperaba–. No te tomes esto como algo personal.

¡Bang!

Sonó un tercer disparo y Ángela cerró los ojos.

Sintió el peso de un cuerpo que caía sobre ella. Laura Almillar estaba muerta por un disparo en la cabeza. La apartó dejándola caer sobre un pequeño socavón que se estaba llenando de agua y centró su atención en el carro en el que Arturo aguardaba el desenlace. El hombre de la pajarita miraba asustado a un lado, no a ella. La mujer se incorporó rápido, olvidándose por unos instantes del dolor que sentía y que por segundos iba coloreando de sangre el suelo. Guzmán la vio y asintió con la cabeza; estaba completamente empapado, su camisa tintada de un tono ocre. El policía continuó apuntando con su arma reglamentaria al vehículo estacionado con el hombre en su interior. El auto salió de su posición estable y se dirigió contra la mujer herida. Arturo aceleró haciendo resbalar las llantas sobre el mojado pavimento; conducía el vehículo en dirección a su ex amante. Ángela levantó el brazo herido y apuntó con la Sig-Sauer al parabrisas, que continuaba su limpieza rítmica, y descargó las trece balas que le quedaban sobre el cristal que separaba al hombre que se hacía llamar Arturo Barrios de la lluvia. El auto manejado por las manos de un muerto cambió de objetivo y se estrelló a pocos metros de la mujer.

Guzmán se acercó al hombre que yacía con los ojos abiertos y la cabeza ladeada, apuntándolo con su arma. Comprobó su yugular; no tenía pulso. Ángela guardó el arma ajustándosela a la cintura del pantalón contra la piel. Todavía estaba caliente del roce de las balas; ella sabía que no había errado ni un solo balazo.

Guzmán observó el brazo de su compañera y le preguntó:

–¿Es grave?

–Un rasguño.

–Estás acostumbrándote a que te disparen y cuando eso ocurre yo termino empapado... –el hombre tenía la camisa embadurnada de un tinte que había accionado al caer para dar credibilidad a la farsa.

Ángela sonrió. El tiempo no había pasado. Guzmán señaló al tipo muerto al volante.

–¿Lo conocías?

–Realmente no, solo me había acostado con él.

–Si quieres conocer a alguien de verdad no te acuestes con él, solo tienes que platicar.

De una furgoneta aparcada con los cristales oscuros salió una joven con una cámara de televisión al hombro y continuó grabando mientras se dirigía a donde estaban los dos ex compañeros observando al conductor inmóvil del interior del vehículo estrellado; por otra puerta entreabierta salió a la lluvia Gloria Altolaza micrófono en mano para unirse a la camarógrafa.

Gaby traspasó el umbral de Fumadera y encendió un cigarro de marihuana bajo la lluvia, dio una gran bocanada y seguidamente dejó salir una nube de humo blanco que se mezcló con las gotas de agua; tenía que rebajar la tensión.

Ángela se acercó a Guzmán y le dio un beso en la mejilla.

–Debo irme; esto no ha terminado. Los Muertos siguen vivos.

–Te dije que traería espectadores –señaló a las dos mujeres que se dirigían hacia ellos–. La única manera de hacer salir a las ratas de sus agujeros es sacándolas en los noticiarios.

Ángela Madero se alejó bajo la lluvia. Guzmán se quedó mirando el cuerpo de Laura Almillar, que se encontraba boca arriba entre los dos autos con un proyectil en la cabeza. Miró su arma; era la que había escupido la bala mortal que descansaba en la cabeza de la mujer sin identidad. La guardó avergonzado. Las armas eran un cáncer, lo había comprobado una vez más.

La joven con la cámara se acercó a escasos metros del inspector; llevaba grabando todo lo que había pasado desde que había aparcado su auto en la puerta de la tienda de cannabis y él volvería a ser el centro de atención por su disparo. Esta vez compartiría protagonismo con una explosiva rubia con gafas de sol y una herida en el brazo que al despedirse le había regalado un beso húmedo en la mejilla.

Aldo Ríos llegó a casa de su hermano en un imponente carro negro de cristales blindados; llevaba puesta la misma camisa blanca que le había entregado Juno cuando fue a buscarlo a las puertas de la prisión.

Su fuga había sido preparada milimétricamente por Juno, el joven gregario de Don, un plan perfecto que había costado cinco millones de dólares y trece muertos. Colorado se había convertido en el estado de la muerte en los noticieros de todo el mundo y Aldo Ríos había sido bautizado como el nuevo enemigo público número uno de Estados Unidos de América. Seis horas más tarde de su fuga, la cabeza del fugado se cotizaba en el mercado de las recompensas a diez millones de dólares y todas las agencias estatales, la CIA, la DEA y el FBI, estaban preparando equipos especiales para su búsqueda por todo el planeta. «Encontrar a Aldo Ríos, cueste lo que cueste».

Cuando se bajó del auto blindado, Aldo llevaba puesta la máscara negra que Ramona le había entregado. Nadie podía verlo, nadie podía saber nada de él; había desaparecido bajo un plástico sin expresión. A partir de ahora solo un reducido grupo de personas podría ver la piel de su rostro.

El hombre de la máscara negra entró en la casa de su hermano; llevaba dos años sin ver a Don. En la puerta aguardaba un hombre corpulento de rasgos asiáticos para guiarlos por la imponente mansión.

El hombre se dirigió por el pasillo porticado de la izquierda y abrió una gran puerta de doble hoja de madera de roble. Se apartó para que pasara Aldo; Juno entró con él. Ramona permaneció fuera de la sala junto al guardaespaldas chino.

Don y Esther les estaban esperando en el salón. Don se impresionó al verlo. Aldo contempló a los dos hombres, también de fenotipo oriental, que estaban en la sala custodiando a su hermano; no se quitó la máscara. Se dirigió a su consanguíneo, que abría los brazos para darle la bienvenida.

–Aldo, bienvenido a casa.

–Hermano, no mames güey. Mi casa desapareció cuando me atraparon los gringos. Mis hombres, o murieron o cambiaron de nido, y ahora soy un refugiado en casa del rey de reyes, mi pinche hermano mayor.

–Celebremos que estamos toda la familia junta –Juno esbozó una sonrisa.

Esther se apresuró a acercarse a su tío, que permanecía con la careta puesta y que no expresaba sentimiento alguno.

–Tío Aldo, me alegro de que hayas venido para mi boda.

–No me iba a perder la boda de mi única sobrina.

–Estás libre.

–Sí, no me tomes por desagradecido; me siento en deuda contigo. Me has sacado, pero en este tiempo no te he perdonado que me hayas metido, Don.

Don miró a Esther desconcertado.

–No sé de dónde has sacado una idea tan disparatada.

–Doncel, no me tomes por un chingón descerebrado. En este negocio no hay lazos de sangre; las cosas siempre ocurren por algo, siempre. Don, tú y yo lo sabemos.

–Puedes quitarte la máscara.

Aldo dirigió la cabeza a los dos guardaespaldas chinos que miraban petrificados.

–No tienes de qué preocuparte, no hablan nuestro idioma.

–Pero tienen ojos y me pueden reconocer.

Don hizo un gesto a los hombres, que se dieron la vuelta como dos niños traviesos castigados en una clase.

Aldo se quitó la máscara negra y la sostuvo en su mano, luego observó una gran caja de madera con una gran placa grabada con el logotipo de Smith and Wesson que estaba a su lado. La reconoció; era una caja que servía para depositar el legendario revólver Magnum 500 de cinco disparos con balas del calibre 12,7 milímetros.

Sonrió, abrió la caja, tomó la pistola, sintió el peso del metal, más de dos kilos, hizo girar el tambor, luego apuntó a su hermano con el cañón de veintisiete centímetros del arma resplandeciente. Todos se mantuvieron expectantes. Don miró a los dos hombres que se encargaban de su protección;

estaban de cara a la pared sin percatarse de lo que estaba sucediendo.

–Siempre te han gustado las cosas a lo grande –dijo sin apartar la mirada de su hermano mayor–. ¿Recuerdas a la Nona, cuando murió padre en aquel pantano devorado por un caimán?; ¿recuerdas la historia del ciervo y el caimán, la recuerdas?

Don aseveró sin quitar la vista del gatillo.

–En el pantano, cuando el ciervo se despierta sabe que debe beber agua del pantano para salvar su vida. Cuando el caimán se despierta, sabe que debe acercarse sigiloso para cazar y poder alimentarse.

Don continuó con la historia que su hermano había empezado:

–Teníamos que elegir si íbamos a ser ciervos o caimanes, pero siempre, sin importar lo que hubiéramos elegido, cuando saliera el sol tendríamos que estar vigilantes. ¿Lo recuerdas?

Aldo continuaba apuntando a Don.

–Es el momento de decidir lo que más me conviene: plegarme a tu poder, teniendo en cuenta que no cuento con nada para poder luchar en iguales condiciones, envejecer y no quitarme esta máscara nunca, o puedo elegir morir ahora mismo pero llevándote por delante. Sería el fin de una familia. ¿Los Ríos o los Nassar? –Aldo volvió a colocarse la máscara–. ¿Tú qué harías, Don? »Esa droga nueva que tiene mi sobrina marca el fin de una época, la muerte de los cárteles; todos irán desapareciendo, todos, poco a poco –volvió a quitarse la careta negra–. ¿Sabes cuál fue el inicio de todo este mundo al que pertenecemos? Una prohibición. Con la Ley Seca un grupo aprovechó la oportunidad para hacer dinero; luego vino la época en que se volvió a permitir consumir alcohol, pero ese grupo ya estaba estructurado y se escondieron para seguir viviendo con el juego, y después de los casinos cuando permitieron el juego, se fueron a las armas y luego a las drogas. Hoy, hermano, cuando surcaba el aire en uno de esos drones me di cuenta de que era el final de un ciclo. Hemos dejado de tener sentido. Llega un nuevo mundo, y tú y yo, Don, somos viejos para entenderlo; apenas sabemos manejar un celular. Las drogas han muerto; solo un milagro podrá salvarlas. Miles de personas que viven de producir, trasladar y vender la droga, y miles de personas que viven de intentar impedirlo, se quedarán sin ganar dinero. ¿Qué van a hacer esas miles de personas de un lado y de otro que lo único que saben hacer es matarse?

Aldo bajó el largo cañón del revólver, dejó la pistola en la caja y la cerró. Continuó con la máscara negra puesta.

Julián estaba sentado en la cama blanca de la habitación de invitados en el apartamento de Anthony; con los pantalones negros y la camisa azul parecía una mancha ante tanta brillantez. Apagó la luz, se sintió mejor. Llamó a Matías, su secretario, para recibir las últimas noticias de Ana, su mujer. Él le contó lo que ya sabía: que era sospechosa de asesinato y que estaba en todas las noticias. Julián se sentía más molesto que engañado. Cuando el secretario le puso al tanto de las pesquisas policiales, le pidió que fuera él quien llevara el contacto con los abogados porque creía que Ana Riccoli saldría pronto en libertad condicional; las pruebas que manejaba la Policía no eran concluyentes. La única cosa que ella no había negado en ningún momento era que había pasado la tarde con Carlo Stamas; de lo que había pasado después de que ella se fuera no era responsable.

Miró la pantalla del ordenador, se levantó y escribió su carta de renuncia como CEO de la compañía Synchro. A continuación buscó el correo que le había enviado Matías con el teléfono de la activista Yalitza Torres y la llamó; necesitaba hablar con alguien que no estuviera de acuerdo con él.

Anthony estaba camino de Synchro para hacerse cargo de la compañía.

Julián se sintió liberado; ya había marcado el teléfono de Yalitza. Ana apenas ocupaba en esos momentos un espacio en su memoria. Y, de repente, mientras sonaban los pitidos que anunciaban la comunicación en la línea, le vino a la mente una idea maravillosa. Supo cuál sería su siguiente proyecto en la vida.

En la sala de juntas no había nadie. Anthony cruzó la estancia muy despacio y se sentó en el sillón que presidía la larga mesa; fuera, a través de la ventana, una decena de drones se elevaban por los aires con sus cargamentos de bolitas negras.

Ángela entró en el apartamento y esta vez no se detuvo en el piso a mirar las monedas que estaban esparcidas estratégicamente. Fue al baño directamente y se quitó las gafas, la peluca y luego el suéter húmedo y ensangrentado; se despojó del arma que estaba pegada a la piel y la apoyó en el lavabo. Tenía la herida abierta, oscura, pero ya no sangraba. Tomó un pequeño botiquín, sacó un bote de alcohol y roció la herida. Sintió un escozor inmenso; luego metió el brazo en la zona de la ducha y dejó correr el agua sobre la herida de bala. Tenía que lavarla bien. Abrió dos compresas y las apretó contra la piel limpia, una venda le sirvió para presionar; más tarde tendría que ir a ponerse una inyección antitetánica. Apoyada contra el lavabo observó con detalle tres pelos caídos, cabellos desterrados, desprendidos, abandonados, solos.

Abrió la manecilla del agua con la intención de que el torrente los apartara y se los llevara por el desagüe; no lo hizo y cerró el grifo. Sus manos rígidas agarraron la porcelana blanca, levantó la cabeza para reconocerse en el espejo. La mirada se había ensombrecido; apenas quedaba un resplandor de esperanza en su iris. Ella lo avistó y supo entonces el motivo que tenía para seguir viva y sonrió dirigiendo su mirada al arma que aguardaba seca. La tomó y sacó el cargador vacío. Un arma sin munición es como una piedra. Se arregló y bajó a la portería. Necesitaba que Julio le abriera la puerta del apartamento de Arturo; seguro que ahí encontraría algo. Sabía que Arturo no regresaría a casa jamás.

Gloria Altolaza abría el informativo especial de la noche con las imágenes del tiroteo que se había producido esa misma tarde y en el que habían fallecido dos personas no identificadas.

Guzmán estaba sentado delante del monitor de televisión viendo las imágenes que había protagonizado unas horas antes. Allí continuaba la maleta abierta de Braulio Gaytán y a un lado el cuaderno con anotaciones y pensamientos del joven. El inspector lo agarró, lo hojeó de nuevo; ya lo había leído detenidamente. Lo tiró a una papelera.

Todas las novias tienen la tentación de probarse el traje el día antes de su boda y Esther Nassar era una novia más con la curiosidad y las expectativas de cualquier mujer que va a contraer matrimonio.

Se miraba en el espejo de su habitación cuando entró el que al día siguiente sería su esposo. Juno se quedó mirándola apoyado en el marco de la puerta.

–Da mala suerte ver a la novia con el traje puesto antes de la boda.

Esther se sintió como si la estuviera viendo desnuda.

–Nosotros llevamos toda la vida juntos; se puede decir que estábamos condenados a casarnos.

No fueron las palabras, fue la manera de decirlas. Esther sintió miedo, un miedo atávico que no había sentido nunca. Se llevó instintivamente la mano al vientre; fue la primera vez en su vida que se sentía vulnerable.

Aldo Ríos se había quitado la máscara negra y reposaba medio adormilado mientras el experto en efectos especiales le cubría el rostro con una crema de silicona que debería ir endureciéndose para crear una máscara. Nadie lo reconocería, solo las huellas dactilares podrían delatarlo. Iría enmascarado una temporada, luego se olvidarían de él. El hombre le colocó un tubo en la boca para que pudiese respirar y le envolvió la cabeza con film de plástico para que la silicona quedara mejor adaptada a la piel. «Serán unos instantes», dijo.

Aldo sintió como de su boca desaparecía el tubo que le permitía respirar y comenzó a asfixiarse; intentó con sus manos arrancarse el film transparente que le impedía respirar. Ramona le sujetaba las muñecas con fuerza. El hombre comprendió en su angustia que todo había acabado y que haber amenazado a su hermano con un arma tenía sus consecuencias. Esta. La tensión duró treinta segundos, después todo terminó. Ramona tomó la careta de plástico negra sin expresión que estaba apoyada en una mesita supletoria y la puso sobre el rostro cubierto de plástico. Aldo había dejado de correr, había llegado a su fin.

El furgón negro permanecía estacionado en la trasera del Instituto de Ciencias Forenses. Ambrose Levi aguardaba pesaroso mirando una puerta blanca que continuaba cerrada cuando esta se abrió y dos hombres salieron presurosos empujando sendas camillas con dos cuerpos envueltos en bolsas de plástico. Abrieron las puertas traseras, introdujeron en el vehículo los cuerpos sin mucha delicadeza y subieron cerrando las compuertas. El furgón arrancó y tomó a la derecha la Avenida de Niños Héroes. Uno de los hombres abrió las cremalleras para mostrar las identidades de los cadáveres que acaban de robarle a Ambrose Levi, que los observaba desde el asiento delantero. Asintió. Eran Teresa Mendoza y Arturo Barrios. También ellos habían llegado a su fin.

10. FIN

Término de algo, su consumación; es también un motivo y el objetivo para cuya consecución el que actúa emplea todos los medios y esfuerzos.

El organista comenzó a pulsar las teclas que inundaron de acordes ceremoniales el jardín. Una ligera brisa del atardecer cimbreaba las lonas y las carpas blancas que estaban emplazadas alrededor de la piscina. La marcha nupcial de Mendelssohn era la señal y el detonante para que el centenar de personas elegantemente vestidas que se encontraban en sus asientos acolchados se giraran en la dirección de la mansión para ver salir a la comitiva que abría Juno Coentrao en solitario, con traje oscuro y corbata de pajarita blanca. Andares elegantes, pasos aplomados para un hombre que no había llegado a la treintena pero que tenía en su mirada las huellas de la muerte temprana. Hoy, sin ningún familiar que le recordara su pasado en Brasil, para él la vida era el futuro. Solo necesitaba una persona a su lado. Cuatro niñas contratadas para la ocasión y que apenas pasaban de los doce años, vestidas vaporosamente, rociaban la alfombra roja de pétalos blancos tras él. Luego apareció Esther Nassar del brazo de su padre. Bajaban las escaleras principales de la mansión estilo colonial, en los altos de los Jardines de la Montaña, en dirección a la parcela de pasto finamente cortado y donde aguardaba expectante un sacerdote bajo un cenador adornado de flores de colores variados. Don Nassar cuidaba de los pasos de su hija embarazada que vestía de blanco con un traje que disimulaba muy bien su vientre abultado.

Don acercó su cara al oído de su hija y sonrió.

–¿Estás segura? –le preguntó.

Ella lo miró sorprendida, luego esbozó una gran sonrisa contemplando a sus invitados.

–Nunca lo he estado tanto. Además, ¿qué harías si no lo estuviera?

El orgulloso padre levantó la mano a modo de saludo y habló mirando al frente.

–Me podría dar un ataque al corazón, aquí y ahora.

Esther Nassar cruzó la mirada con Ramona, que a pocos metros de ellos controlaba el desarrollo de los acontecimientos.

–Llevas toda la vida planeando este momento –ella seguía con la sonrisa–. Al final solo hay una esposa y un heredero. Lo demás no cuenta; lo he aprendido de ti.

–Nada cuenta, nada –Don cerró la pequeña comitiva paterna y siguió caminando.

Los guardaespaldas chinos se mantenían inmóviles controlando cada paso de su protegido, escudriñando a los invitados, mirando a todas partes.

Anthony estaba sentado en las últimas filas. Llevaba puesto un elegante traje azul con cuello Mao; a su lado destacaba un joven de rostro aniñado con un parche que cubría su ojo derecho. Cuando el joven vio bajar a la novia acompañada de su padre, visiblemente afectado agarró la mano del nuevo CEO de Synchro, que sonrió al gesto de su amigo con emoción. La jornada previa había sido muy intensa y hoy podía al fin descansar y disfrutar del episodio nupcial al que había sido invitado.

El día anterior a primera hora de la mañana Anthony Somoza había estado en el despacho de los abogados. Julián Konks le había cedido su porcentaje de acciones para que hiciera lo que quisiera con él, sin cortapisas; estaba todo hablado.

Los abogados habían recibido el encargo con sorpresa; observaban aquella operación con estupor. Solo los dos jóvenes programadores sabían el alcance real de aquellos papeles que estaban firmando con total naturalidad. Mientras tanto, a su alrededor, los juristas veían billones de pesos regalados sin motivo, una excéntrica locura. Ellos, con determinación y sonrisas cómplices, garabateaban resueltos en aquellas páginas donde Julián Konks cedía su paquete accionarial y el mando de la compañía a su socio, Anthony Somoza.

Julián había abandonado el despacho solo, colocándose las gafas de sol cuando el ascensor descendía a la planta baja. Al llegar a la calle se dirigió al vehículo en el que aguardaban los dos guardaespaldas asignados; les pidió que lo llevaran al edificio de Mex-Tec. Había quedado allí con su esposa Ana Riccoli. Él sabía por Matías que ella había quedado libre de los cargos de asesinato. No tenían pruebas concluyentes contra la joven, solo las huellas dactilares en un arma y ella contaba con los mejores abogados del mundo. Ana había pagado la fianza de un millón de pesos y se había ido a casa. Desde allí había llamado en una sola ocasión a su marido y este, aunque había visto en la pantalla su nombre, no había apretado el botón verde para aceptar el reclamo. Ella no lo había intentado más veces. Utilizó otro vía: llamó a Matías, el secretario personal de Julián, y le pidió que concertara una cita con su esposo. No se le ocurrió mejor sitio que el edificio de Mex-Tec para el encuentro. Una hora más tarde Matías le había devuelto la llamada. Julián había aceptado la cita en el edificio donde se habían conocido. Ella había estado en él dos veces la última semana.

Cuando llegó al edificio Julián se sintió reconfortado. Era un lugar inspirador pero sin pretensiones. Los pasillos continuaban llenos de carpetas descoloridas por el abandono del tiempo; el viejo montacargas donde subían con sus bicicletas seguía con rozaduras y desconchones que nadie había reparado. Ana le estaba esperando en el pasillo mirando su celular con desgana; ambos se saludaron con una sonrisa amistosa. Ana por unos instantes pensó en acercarse y abrazarlo, pero él se mantuvo a cierta distancia junto al elevador; la veía hermosa y sensual. Se había puesto una camisa blanca y había dejado a propósito desabrochado un botón que acentuaba su escote. Era una mujer bellísima pero él no la sintió cercana.

–Gracias por venir –Ana colocó una mano en su cadera.

–No tenía muchas ganas de hacerlo –dijo Julián con franqueza.

–Siempre fuiste un caballero.

–Gracias por reconocerlo.

–Solo quería decirte que estoy libre, no tienen pruebas...

–¿No tienen pruebas o no tienen motivos? –Julián apoyó la espalda contra una pared desconchada.

–No tienen nada contra mí –contestó ella con rotundidad–; tú eres el único que tiene algo contra mí.

–Vive tranquila, no soy rencoroso –estuvo un rato en silencio observándola–. Duele pero seguiré vivo... Por otro lado, lo nuestro siempre fue un poco precipitado.

–Sí, nos faltó tiempo de noviazgo –Ana esbozó una sonrisa amarga–. Conocernos mejor hubiera estado bien.

–Creo que nos conocemos muy bien.

–Julián, ¿no quieres hacerme alguna pregunta? –ella deseaba verle enfadado, pero su marido la miraba distante aunque sin agresividad.

–No, creo que tengo todas las respuestas que necesito –el joven señaló el ascensor–. Acabo de cederle todas las acciones a Anthony... y tú puedes quedarte con el dinero y con la casa.

–¿Quieres el divorcio? –le interrogó Ana.

–¿Tú no?

Julián tenía ganas de terminar la conversación. Ella dio un paso al frente y dijo:

–No tengo nada que echarte en cara; quiero decirte que voy a comprar el edificio.

El joven miró al frente.

–El edificio no está en venta; lo compré hace tiempo a través de una sociedad interpuesta, me pertenece.

Ana se sintió contrariada.

–Quisiera salvar lo nuestro.

–Lo nuestro está a salvo. Espero que te vaya bien.

Julián se dio la vuelta para llamar al elevador.

–Por si te sirve de algo, quiero que sepas que esa chingada de tics nerviosos que tenías cuando te conocí ha desaparecido.

–Siempre te estaré agradecido por ese tiempo.

Julián miraba el botón iluminado que anunciaba la llegada del montacargas.

–A lo mejor nos volvemos a ver.

–A lo mejor.

Las puertas del ascensor se abrieron.

–¿Te arrepientes de lo nuestro? –fue la última pregunta de Ana.

Julián se giró y con una sonrisa movió la cabeza negativamente. La puertas se cerraron.

Ana Riccoli presenció como se cerraban las cancelas metálicas con su marido dentro. El edificio ya no sería suyo. Se dirigió a su antiguo despacho, abrió el cajón de la mesa que había sido su escritorio de trabajo, extrajo la libreta que había depositado allí días antes y salió abrochándose el botón de la camisa blanca.

La joven entró en el viejo ascensor de paredes heridas y apretó el desgastado botón redondo con número cero que se encendió tristemente.

Ana Riccoli bajaba también por sus recuerdos en el lujoso elevador de un hotel; atrás dejaba una tarde llena de pasión, desencuentro y fuego.

El ruido del agua inundaba la habitación mientras ella se vestía con la ligereza de la resolución incómoda. Carlo Stamas salía de la ducha y se secaba con la confianza del deber cumplido admirándose en el espejo del baño. Se pasó la mano por la piel brillante de su calva cabeza quitándose las gotas que se habían quedado aisladas en su inexistente cabellera, luego se acercó a la cama donde había arrojado su ropa sin mirar a la joven belleza rubia que se abotonaba el vestido a sus espaldas; distraídamente dirigió su mirada a la cartuchera que había depositado sobre la mesilla y frunció el ceño. No estaban el arma ni el cargador.

No le dio tiempo a darse la vuelta cuando el disparo le llegó seco por la espalda. Carlo Stamas se desplomó junto a la cama deshecha. Ana arrojó el arma sobre la cama, agarró su bolso de Chanel y se fue con la serenidad que tienen las diosas en su mundo de intocables. Carlo se había convertido en un obstáculo que había que derribar; o estabas con ella o contra ella. Ana Riccoli se encontraba tranquila; era tan inmensamente rica que podía disponer de una vida ajena a todo eso a cambio de una minuta de abogado. Ella dominaba el cielo, y ahí no cabía una figura como Carlo Stamas; ella lo había comprendido y los demás lo tendrían que entender. Sí, para eso estaban los abogados. No tenía ganas de volver a su casa y enfrentarse a la infantil mirada de Julián, su marido.

Arturo Barrios aguardaba sentado en la cama de la habitación 214 con las manos enfundadas en guantes de látex. Acababa de pedir una ensalada césar, un sándwich club sin mahonesa y dos cervezas Corona al servicio de habitaciones; no sabía cuánto tiempo estaría esperando.

Sonó el disparo, él se acercó a la puerta y la entreabrió para ver salir a la joven rubia del departamento contiguo. El hombre de la pajarita con aspecto de profesor de Literatura sacó una tarjeta de su bolsillo y abrió sin dificultad la puerta de la habitación 212 que acababa de abandonar la mujer.

Entró y se encontró con un hombre desnudo, ensangrentado y con un tiro en la espalda que se arrastraba en dirección a la puerta. Accedió a la habitación sorteando al herido y las manchas de sangre que emanaban de un tiro muy certero en la espalda. Carlo Stamas seguía vivo y si lo encontraban en este estado saldría de este trance, quizá sentado en una silla de ruedas para el resto de su vida. El hombre del desnudo musculoso con los ojos desorbitados emitía algún gemido babeante de auxilio y esbozó una mueca de esperanza pensando que su sufrimiento había terminado al ver entrar en la habitación al sujeto elegantemente vestido con una corbata de pajarita. Arturo tomó el arma que estaba sobre la cama y una almohada, se situó en la retaguardia de Stamas y disparó por segunda vez sobre la espalda del hombre a la altura del corazón, luego regresó a su habitación, se duchó y esperó la comida que había pedido al servicio de habitaciones.

Cuando Arturo salía de la habitación 212, Stamas, con su último estertor de vida, estiró el brazo y agarró en el instante terminal la hoja de la puerta que se estaba cerrando.

La única idea que obsesionaba a Ángela Madero desde que había dejado tendida entre los dos vehículos a Teresa Mendoza, muerta de un disparo en la cabeza, era Albi, el perro que ella conocía de antaño. Ángela sabía que el can existía; había visto indicios de sus pelos grisáceos pegados en los asientos del auto de la que había sido su amiga Laura Almillar.

Sabía que Albi estaba en algún sitio y tenía que encontrarlo. También comprendía que ahora ella se había convertido en el objetivo número uno de «Los Muertos». Solo tenía dos maneras de continuar viva: huir, ocultarse con la esperanza de dejar de existir en la memoria de estos, o salir a su encuentro y jugar la última partida en su terreno. Eligió la segunda opción y llamó a un número de teléfono que recordaba pero que no había utilizado en mucho tiempo.

El hangar de ladrillo rojo sobresalía del resto de edificios industriales de la zona de Guadalupe Tepeyac. Tenía un señorío y un abolengo que marcaban el carácter de la populosa calle; parecía un antiguo estudio de cine.

Ángela estacionó el auto a un par de cuadras y esperó la llegada del Prius blanco de Guzmán; cuando lo vio le hizo una señal y el policía aparcó. La mujer se acercó al vehículo y observó la maleta de viaje que estaba colocada a los pies del asiento del copiloto.

–¿Te vas de viaje?

–No, solo voy a dejar la Policía para comenzar a trabajar de mozo de los recados –el inspector miró de reojo la maleta negra de Braulio–. Luego tengo que acercársela a un pinche güey. ¿Dónde es el sitio que venimos a visitar?

–Ahí –Ángela señaló el edificio de ladrillo que parecía abandonado.

Guzmán abrió la guantera y extrajo el arma.

–Esta chingona cajetilla se está abriendo más que las posaderas de un puto.

El inspector salió del auto y lo cerró. Los dos compañeros cruzaron la calle entre los autos sin detenerse.

–¿Qué tal el brazo?

–Bien, solo fue un rasguño.

–No lo vas a creer; ayer se llevaron los cadáveres de tus dos amigos del depósito forense.

–Sí que lo creo –Ángela conocía la capacidad de «Los Muertos».

–Quizá se fueron por su propio pie.

La cancela del recinto estaba abierta pero en el aparcadero no había vehículo alguno.

–Teníamos que haber avisado para que nos tuvieran preparada una recepción –Guzmán se situó a un lado de la puerta roja–. Bueno, Cristina, tú mandas en esta operación; espero tus órdenes.

Sobre la puerta había una cámara. Ángela se estremeció al escuchar su nombre verdadero.

–Se trata de entrar e improvisar. Somos dos contra todos los muertos.

–Me lo temía. Es un buen plan, muy elaborado. Me recuerda a la serie esa de los zombis; te lo digo, güey, a mí «Los Muertos» no me asustan; es a los vivos a los que les tengo terror –el inspector sujetó la manecilla de la puerta y apostilló–. Yo, por si no regresamos, lo único que he hecho es escribir un informe y lo he dejado encima de mi mesa para el comisario García; si nos pasa algo por lo menos que nos encuentren, aunque sea con la balacera dentro del cuerpo.

Los dos desenfundaron y quitaron el seguro de sus armas.

–Nos están esperando –dijo ella en voz baja.

–Encima sin factor sorpresa –continuó en tono irónico Guzmán mientras giraba el pomo de la puerta y la abría.

De la claridad a la oscuridad de un ancho pasillo los ojos se adaptaron rápidamente. Entraron con cuidado buscando con las espaldas las paredes y con las armas señalando al frente, dando pasos precavidos. Ángela había estado ahí en un par de ocasiones; se sabía el camino para llegar a la sala de control.

En la sala no había nadie, estaba intacta; ella la recordaba así. Los equipos y pantallas estaban apagados, esperando que alguien los conectara y los hiciera útiles. Estaban solos. Guzmán se quedó mirando el despliegue de pantallas y computadoras que había.

–Estos muertos tienen más medios que nosotros en la comisaría. Pinche suerte, lo que es trabajar con presupuesto.

–Puedo preguntar si hay alguna plaza vacante para recomendarte –Ángela se separó acercándose al fondo del hangar.

–Déjalo, chava, soy muy viejo para cambiar de vida.

¡Ring!

El estruendo de un teléfono retumbó en la estancia. Los dos intrusos dirigieron sus miradas al escritorio donde sonaba el timbre de un aparato negro que temblaba ligeramente.

Ángela Madero se dirigió al escritorio donde estaba el teléfono arrojando sus estridencias sonoras; no lo descolgó. Miró con curiosidad la cámara que apuntaba en su dirección en lo alto de la pared cercana. La cámara cabeceó ligeramente señalando al emisor de las señales sonoras que estaba sobre la mesa.

–Creo que quieren que descuelgues –dijo Guzmán apuntando al teléfono.

Ángela levantó el comunicador.

–Hola, Ángela –saludó la voz conocida.

–Hola, Ambrose.

La mujer se había percatado de que el dueño de aquel saludo era del hombre que daba las órdenes en aquel lugar.

–Te estábamos esperando. Veo que has traído compañía; el objetivo marcado está contigo en vez de eliminado.

–Ya ve, no se me da bien matar amigos policías.

–Gracias por lo que me toca –intervino Guzmán.

Ambrose Levi estuvo unos momentos en silencio antes de volver a hablar.

–Siempre me gustó tu estilo; desde que te conocí sabía que eras una persona de confianza.

Guzmán la miraba sin entender interrogándola con el gesto y preguntó impaciente:

–¿Qué chingada es esta? ¿Dónde están, qué quieren?

Ángela le hizo una señal con los ojos para que tuviera paciencia.

–Dígale al inspector que puede regresar a su casa. Dígale que se vaya tranquilo; usted y yo tenemos que seguir platicando amigablemente. Quiero presentarle a alguien –la voz de Ambrose Levi sonaba conciliadora.

Ángela dudó unos instantes.

–¿Donde está Albi?

–¿Te refieres al perro de Teresa Mendoza?

–Sí.

–Aguarda unos instantes.

La comunicación se quedó muda. Guzmán miró perplejo a su antigua amiga; no había entendido lo del perro. Ángela escrutó el perímetro del lugar intentando descubrir un movimiento, una reacción; los segundos estaban pasando.

–Hei, Ambrose, ¿estás ahí?

Al fondo del hangar se entreabrió una puerta por la que apareció un mastín blanco. El perro entró y se quedó mirando a los lados, luego corrió jugueteando en la dirección de las dos presencias humanas. Guzmán le apuntó; no conocía al mastín que se dirigía a ellos. Ella se adelantó dejando el teléfono y el arma sobre la mesa y dijo:

–Albi, Albi, ven acá muchacho.

El perro corrió amable hacia la mujer y se dejó acariciar. La reconocía.

–Hola Albi, ¿me recuerdas? Soy Cristina, la mamá de Lucas, ¿me recuerdas? Soy la mamá de Lucas –Ángela comenzó a llorar mientras el perro revoloteaba a su alrededor contento.

Guzmán atendía a la escena llevándose la mano a la barbilla y restregándosela desde la boca; también él sintió que en su garganta se acumulaban lágrimas que no salían de sus ojos.

Ángela se recompuso y volvió a tomar el aparato mirando a la cámara que estaba sobre ella.

–Como ves cuidamos los detalles –dijo la voz de Ambrose–. Por si te sirve de consuelo, Teresa Mendoza nos dijo que si le pasaba algo te entregáramos el perro a ti.

Ángela cambio el rictus al recordar a Teresa muerta.

–¿Por qué quería matarme? Teresa lo intentó, ella me disparó.

–Cristina, ella cumplía órdenes igual que tú... Digamos que tú te comportabas de manera extraña, nos hacías tener que estar vigilantes. Lo de anular todas las cámaras del apartamento fue una chiquillada, pero lo de dejar un mensaje en la tienda... ¿cómo denominarías eso, traición, quizás? –una de las pantallas se encendió. Era una cámara instalada en Fumadera, la tienda de cannabis; en ella se veía a una señora saliendo con una crema y a Guzmán mirando a la calle. En otra secuencia se veía a Ángela entrando en la tienda y hablando con Gaby, el dueño.

Guzmán miraba las imágenes con sorpresa; recordaba a aquella mujer comprando la crema para su espalda. Él se había comprado otra igual.

–Quiero que lo entienda, Cristina; seguimos existiendo porque no dejamos cabos sueltos. Quiero mostrarle algo más.

Otra pantalla se encendió; las imágenes que se veían eran las del cementerio. Ángela y Guzmán eran los protagonistas. La mujer se dio cuenta de que todas las precauciones no habían servido para nada, solo habían incrementado las sospechas sobre ella.

–¿Y por qué van a confiar en mí ahora?

–Ángela, la vida cambia en un día. Ayer, con ayuda de su amigo usted neutralizó a dos de nuestros mejores hombres.

–No, eran un hombre y una mujer. Y le aseguro...

–Lo sabemos, ellos están enterrados en un lugar seguro. Dígale a su amigo el policía que vuelva a su aburrida vida, nosotros tenemos que seguir trabajando. Despídase de él y dígale que estará vigilado y que no hacemos excepciones. Además, el sobre que ha dejado encima de su escritorio a nombre del comisario García ha sido pertinentemente destruido.

Albi jugueteaba curioso alrededor de Ángela, que se dirigió a Guzmán:

–Vete, yo me quedo.

–¿Estás segura?

–Sí, lo estoy –ella sabía que mientras estuviera dentro de la estructura de «Los Muertos» su compañero estaría a salvo. Si Guzmán se quedaba, morirían los dos ahí mismo y sus cuerpos serían destruidos sin dejar rastro. Pensó eso pero dijo:

–Cuando murió Lucas una niebla inundó mi vida; sé que es difícil de entender pero el único sitio donde puedo estar sin esa niebla es aquí.

–Te hablé alguna vez de mi abuela, ¿verdad?

Ángela asintió.

–Ella sabía que hay un lugar que no es el cielo pero tampoco el infierno, un lugar a medio de camino donde las almas con pecados van a expiar sus penas.

–¿Cómo se llama el sitio?

–Purgatorio. No tiene las vistas tan bonitas de montañas, de ríos y mares, y las nubes con angelitos y arcos, pero creo que se parece más a esta Ciudad de México, que adoro.

–Entonces seguro que nos vemos allá.

–Allá nos vemos pues. »Ándale –cerró el policía, guardó el arma en el bolsillo y se retiró sin darse la vuelta.

Álvaro Guzmán tenía que devolver una maleta olvidada.

Ángela se quedó acariciando al perro mientras hablaba con la muerte.

Anochecía. La autopista de Colorado tenía el tráfico fluido, el vehículo policial estacionó detrás de un auto que parecía averiado. Teresa Mendoza estaba fuera apoyada en el maletero. Mascaba chicle y parecía que esperaba a alguien. Cuando vio al patrullero que se acercaba saludó con la mano y esbozó una amplia sonrisa juguetona.

El agente de Policía con su uniforme marrón abandonó su carro ajustándose el sombrero de ala ancha, luego llevó su mano al revólver; era una pose. Sin que hubiera tenido tiempo de preguntar Teresa sacó de la espalda una recortada y disparó al uniformado a dos metros de distancia; el agente salió despedido contra el guardabarros de su vehículo. Conmocionado abrió los ojos y miró su pecho; el chaleco antibalas le había salvado la vida, pensó en ese instante al mirarse la camisa marrón destrozada por los perdigones. Teresa dio un paso, el policía levantó la vista asustado sin entender qué le estaba pasando. La mujer volvió a disparar; era el segundo cartucho de la recortada. Luego se dirigió al interior del auto policial, tomó el micro de la radio y dijo en un inglés con acento hispano:

–Patrullero muerto en la autopista, acudan en su ayuda.

Entonces Teresa Mendoza se dirigió a su carro y se fue. En cinco minutos aquel lugar estaría atestado de policías.

Veinte minutos más tarde, Arturo Barrios, con una gorra roja, parqueó su auto en la entrada de las oficinas del sheriff del condado junto a un vehículo oficial con las luces apagadas. Una mujer uniformada con una taza de café en la mano lo miraba desde el mostrador al otro lado de los cristales. Arturo salió del auto y no se dirigió al interior; no iba a poner una denuncia. Un vehículo oscuro de gran formato paró junto a la carretera para recogerlo y siguió su ruta. La oficial de Policía apoyó la taza de café en el mostrador y salió extrañada por la acción del hombre de la gorra roja.

El vehículo explosionó en ese momento.

Arturo se quitó la gorra y la lanzó al asiento trasero.

–Tengo ganas de volver a casa.

Teresa conducía con cuidado; todavía tenían que devolver el vehículo alquilado, tomar un vuelo de regreso de cuatro horas y el aeropuerto iba a estar muy vigilado. Miró de reojo a Arturo.

–No me has comentado nada de lo que pasó la otra noche.

–No pienso hacerlo, soy un caballero.

–No quiero detalles.

–No te los voy a dar.

–¿Te gusta ella? –preguntó Teresa con una sonrisa pícara.

Arturo lo pensó y sonrió.

–Sí, me gusta mucho. Espero que esto se termine pronto. Quizá podamos, quién sabe...

Sonó el celular de Arturo; había entrado un nuevo mensaje. Lo abrió pulsando sobre la pantalla. Era la foto de Carlo Stamas y debajo ponía «eliminar».

Teresa observó de reojo la pantalla con el retrato del hombre calvo y afirmó mirando la noche:

–Esto no terminará nunca.

Continuaron en silencio.

Álvaro Guzmán estaba sentado en el capó del Prius blanco mirando el encapotado cielo cuando Braulio Gaytán salió del presidio donde había estado tres meses purgando sus penas por el homicidio involuntario de Rita Guzmán. El joven abandonaba del centro con un bastón articulado que le permitía sujetar una cámara y conseguir mejores planos de sí mismo. Iba platicando y sonreía con la prisión a sus espaldas que le servía de decorado. Cuando vio a Guzmán se quedó quieto, apagó la cámara y la guardó. Pisó un charco; la lluvia se había retirado pero había dejado el piso húmedo y con bolsas de agua sucia acorraladas y solas.

Levantó el brazo en forma de gesto amable hacia el joven.

–Hola, te he traído la maleta.

–Gracias –contestó el *influencer* confundido por la cordialidad del policía y sacó la zapatilla húmeda del charco que había pisado.

Braulio se acercó al auto con temor.

–Si quieres te acerco a la parada de autobús, está cerca.

–No gracias, espero un Uber.

–Como desees –Guzmán hizo ademán de no importarle y se dispuso a subir al auto blanco–. Es lo que hubiera querido Rita, que platicáramos y nos lleváramos bien pese a todo, ¿no?

El joven sujetó la maleta y volvió a mirar al interior del auto del inspector.

–¿Te llevo? –Guzmán insistió.

Finalmente Braulio asintió, aunque se subió al vehículo con desconfianza depositando la maleta sobre sus muslos.

–Me alegro de que todo haya terminado –expresó Guzmán.

Las palabras del policía reconfortaron al ex presidiario.

–Quiero que sepa que siento mucho lo de Rita, yo la quería.

–Me lo imagino.

Guzmán arrancó.

Braulio se arrepintió al instante de haberse subido al auto con el inspector. Estuvieron un rato cada uno a lo suyo en un silencio incómodo.

Guzmán giró el volante hacia una calle llena de socavones y en dirección a unas naves que parecían abandonadas al fondo.

–Es un atajo, ya sabes cómo es el tráfico en esta ciudad –Guzmán miraba al frente–. ¿Vuelves a casa, a Guadalajara?

–No, estaré unos días aquí en Ciudad de México.

El vehículo se detuvo junto a una nave.

–Hemos llegado; esta es la parada del autobús. Bájate.

El joven se apeó del carro mirando a los lados y sujetando su pequeña maleta negra; un fuerte olor nauseabundo se espaciaba por todos los rincones de aquel deprimente lugar.

–Entra por ahí y compra el billete –Guzmán señaló una puerta destartalada de donde salían los intranquilos gruñidos de una piara de cerdos.

El joven *influencer* no entendía. El olor era intenso y profundo en aquel lugar; ningún otro vehículo se veía en los alrededores.

–Esto es una corral de puercos –aseveró con dudas el muchacho.

–Exacto, chavo.

Guzmán salió del auto y señaló la puerta de nuevo.

–Entra –ordenó.

Braulio agarró la maleta sin atreverse a contradecir las indicaciones del padre de la que había sido su novia. Miró a los lados; no había nadie y ningún lugar hacia donde salir corriendo.

–Pero esto está vacío.

–Llegamos tarde, debe de haber salido ya el último autobús al infierno.

El interior estaba mal iluminado. La nave estaba subdividida en recintos donde se agolpaban las piaras de gorrinos y el hedor que emanaban sus purines era brutal. Cuando Braulio devolvió la mirada a Guzmán después de pasear la vista por el lugar, este le estaba apuntando a la cabeza con la pistola.

–Veamos, chavo de los infiernos, ya has sido juzgado y sé que eres inocente; pero ellos no han leído ese diario del diablo que dejaste abandonado en mi casa. Por eso vamos a jugar al juego de la verdad delante de estos selectos espectadores que están muy interesados en escucharte. El juego consiste en que yo te voy a hacer tres preguntas; si dices una sola mentira te reviento el rostro a balazos y no te dejarán entrar en el averno porque darás negativo en el reconocimiento facial de los demonios; si dices tres verdades te dejo aquí y te vas por tu cuenta a tu chingue casa, a Guadalajara, a cantar rancheras o al purgatorio con tu maleta, y aquí paz y después gloria, que diría mi abuelita. ¿Lo has entendido?

Guzmán no esperaba respuesta alguna por parte del psicópata. Sacó una bolsita transparente con bolitas negras en su interior; habría una decena.

–Primera pregunta: la noche de autos ¿tomaste una pastilla de Synchro como estas? –levantó la bolsa.

–No –respondió desafiante Braulio.

Guzmán fue el primer sorprendido por la rápida contestación del joven.

–Muy bien, veo que conoces el juego. Vamos entonces con la segunda pregunta de nuestro concurso vive o muere pendejo –Guzmán lo miró y sintió ganas de apretar el gatillo antes de hacer otra pregunta–. ¿Tenías prevista la muerte de Rita?

–No –fue igualmente resolutivo en su respuesta.

Guzmán se quedó pensativo y afirmó:

–Te la voy a dar por buena. En tu libreta sí que lo tenías previsto, pero te creo; presumo que no sabías que lo ibas a hacer esa noche –el inspector alzó dos dedos que hacían la señal del signo de victoria. Dos noes.

Braulio, del miedo estaba pasando al desafío con la mirada. Ahora sabía que su casi suegro había leído su libreta de apuntes y que tenía una idea de él que podía derrumbarse en cualquier momento; había que sembrar dudas.

–Ah güey, te estás dando cuenta de que he leído tu malévolo diario con detenimiento. No te preocupes, he tirado esa pendejada escrita por un demente a la basura. Ya sabes que no se puede juzgar dos veces a una persona por el mismo delito. Y tú has quedado absuelto aunque estés como una regadera –Guzmán levantó el dedo anular también; solo quedaron unidos el pulgar y el meñique, que mantenían atrapada la bolsa transparente de bolitas negras–. Vamos con la última pregunta: ¿asesinaste a Rita?

Braulio le miró desafiante y contestó:

–No voy a contestar a eso.

El policía cerró la mano sobre la bolsita.

–Dos respuestas bien y una mal.

Guzmán se acercó al joven encañonándolo y le ofreció la bolsita transparente abierta para que tomara una esferita de Synchro. El joven la agarró sin pensárselo.

–Trágatela –ordenó el inspector amenazante.

Braulio tenía la cápsula negra en la mano y la miraba.

–He dicho que te la tragues; quiero que vivas lo que se siente con una de estas pendejas bolitas dándole órdenes a tu cerebro.

El joven ingirió el abalorio oscuro, luego Guzmán arrojó el resto de bolitas al interior del establo donde se agolpaban los puercos, que se apresuraron a ingerir aquellas minúsculas cápsulas que habían caído entre su pienso. Guzmán abrió una portezuela que daba pasa a un corralillo ocupado por una veintena de gorrinos nerviosos.

–Entra.

–Dijiste que me dejarías ir.

–Yo no miento; de hecho yo no te voy a matar.

Braulio obedeció.

–Ahora, chavo, saca tu maestría de *influencer* y sitúa la cámara para grabarte; te garantizo la fama con este vídeo –dijo Guzmán guardando el arma y sacando el teléfono.

Braulio parecía satisfecho y se calmó; la cámara apuntando hacia él le había hecho sentirse en su hábitat.

–Dicen que estos animales son los más parecidos a nosotros, los humanos. He leído que el corazón del puerco lo usan para hacer experimentos con personas –dijo Guzmán señalando a las fieras.

El joven pulsó en la pantalla el botón rojo de grabar y se alejó para salir favorecido; Guzmán levantó el brazo y le mostró el logo de Synchro que ocupaba la totalidad el cristal de su celular y seleccionó la opción de «relax». Pulsó para activarla con el pulgar. Braulio dibujó una sonrisa sádica; estaba disfrutando de aquel reto. Pasados unos segundos el joven se sentó entre los cerdos, que no prestaban atención al nuevo miembro de la piara; era un extraño. La cámara estaba grabando todo el espectáculo y él era el protagonista de tan insólita aventura marrana. Guzmán miró unos instantes; los puercos parecían no inmutarse con la selección que había realizado. Entonces seleccionó sexo salvaje y pulsó otra vez.

Braulio Gaytán pareció transformarse; se puso de rodillas y comenzó a desabrocharse los pantalones y a revolcarse entre los purines; luego se arrojó sobre un puerco, que lo esquivó temeroso.

Guzmán decidió que había visto bastante y salió de aquel lugar. Súbitamente, estando al otro lado de la puerta, comenzó a escuchar unos chillidos salvajes que provenían del corral que acababa de abandonar; mezcla de aullidos humanos y berridos de animales que se fusionaban con los gruñidos de fondo de un coro de bestias.

En el recinto, los animales que habían ingerido las bolas negras que manipulaban las emociones estaban reaccionando a los impulsos eléctricos de Synchro. Levantaban las gruesas cabezas de orejas puntiagudas y emitían guarridos atroces; su penes largos, estrechos, rígidos, con unos glandes en forma de sacacorchos, rozaban el lodazal mientras se arremolinaban sobre el joven *vlogger,* que también emitía alaridos desesperados. La cámara, insensible, grababa aquella aberración.

Guzmán estuvo tentado de regresar y matar de un tiro a Braulio; era una cuestión de piedad. Pero se subió al Prius blanco y abandonó el lugar. No habría misericordia ese día.

Esther Nassar y Juno Coentrao se dieron un beso en los labios tras la conocida frase de «puede besar a la novia» que formuló el sacerdote con una sonrisa forzada, y a la que siguió el aplauso unánime de los invitados.

Anthony Somoza y su joven acompañante de rostro alargado en el que destacaba un parche de cuero negro que cubría su ojo derecho se daban la mano emocionados por el gesto del beso de los dos recién casados.

Los novios se retiraron entre agasajos y pasaron al interior de la mansión. Fueron directamente a una sala donde los abogados de las dos partes habían preparado un contrato matrimonial que, después de tres meses de negociaciones, iban a firmar los contrayentes; había llegado el momento de consolidar su relación, y no de una manera espiritual; todo tenía que quedar bien atado. Esther y Juno garabatearon sus nombres en los dos gruesos escritos; no quedaba ningún cabo suelto. Los abogados guardaron los documentos sellados en las carteras metálicas de seguridad y luego las esposaron a sus muñecas para ser custodiadas hasta una caja de seguridad. Cuando Don Nassar entró seguido de los guardaespaldas chinos todo había terminado. Sintió un escalofrío al ver a los dos hombres encadenados a los portafolios a prueba de bombas.

La fiesta transcurrió entre cortejos, finezas, músicas amables, charlas de complacencia, excelentes caldos y manjares traídos desde todos los rincones del planeta.

Tres horas más tarde, la pareja tomaba un *jet* privado y se dirigía a Colombia, a la Hacienda Alcázar; no se les ocurría mejor sitio donde pasar su luna de miel que esa fortaleza de recreo; el lugar adecuado teniendo en cuenta la seguridad del recinto y el estado de Esther Nassar. Ella se había despedido de su padre con un afectuoso beso prolongado en la mejilla y una mirada que dejó al poderoso hombre inquieto y lleno de desazón. Él era un caimán, el cazador, el dueño de los manglares, pero ese beso lo había convertido en un cervatillo asustado, en una presa.

Al pie de la escalerilla estaba esperando Jacinto Alcázar, director del recinto fortificado, que había preparado con minucioso detalle la estancia de sus muy distinguidos huéspedes. Habían reservado la Hacienda solo para ellos dos; querían intimidad y no entrar en contacto con otros humanos que no fueran los que estaban a su servicio. Jacinto Alcázar tenía previsto que cada uno, tanto la señora Nassar como el señor Coentrao, tendría sus propios divertimentos; Juno cataría los mejores vinos de la bodega con más de diez mil botellas de selectos alcoholes valorada en cuatro millones de dólares y Esther disfrutaría probando alguna de las piezas del variado arsenal de la armería que contenía más de mil armas de fuego de todos los calibres. Su ginecólogo no se lo había contraindicado; tampoco ella se lo había preguntado.

Ramona permaneció en la fiesta hasta que el último de los invitados hubo abandonado el evento; después se dirigió a cumplir el cometido encomendado.

Don Nassar descansaba intranquilo en su gran cama con dosel. El sueño no llegaba; lo achacó a las emociones asociadas a la boda de su hija Esther. Sentía el acolchado colchón y se agobiaba cubriéndose con el edredón de plumas blanco. Miró a los lados; los dos hombres de traje oscuro armados vigilaban su sueño, estáticos y ajenos al estado de vigilia que impedía su descanso.

Escuchó claramente los ruidos que llegaban del otro lado de la puerta de su recámara; alguien estaba hablando como si pidiera permiso para entrar. Abrió los ojos y observó nuevamente, recostado en la penumbra, a uno de los guardaespaldas que no entendía su idioma. Seguía sin moverse, rígido.

La puerta se abrió y entró Ramona. Tras ella lo hicieron los ocho hombres del servicio de protección permanente que, junto con los dos que estaban sentados a ambos lados de la cama, completaban la guardia pretoriana del magnate. Don se incorporó sobresaltado.

La espectacular mujer se acercó con paso decidido al borde de la cama con dosel del intocable, que aguardaba sentado y mirando temeroso a los lados esperando una reacción que no llegaba. Don apenas vislumbraba la esbelta y poderosa figura de la mujer de platino que había entrado sin permiso y se había colocado frente a él sin que sus custodios se inmutaran.

Ramona sacó un arma alargada con el suplemento de un tubo silenciador, apuntó y disparó un tiro sordo en la frente a Nassar, el poderoso.

Los diez hombres no hicieron nada; eran meros espectadores del asesinato a sangre fría perpetrado por una mujer escultural.

Ramona Drumpf, hija de «El Monstruo», oficial de la SS que había huido de Alemania, se quedó mirando inmisericorde a Don Nassar, que estaba inmóvil con el tiro; una pieza de metal se había alojado para siempre en su cráneo. La cara del hombre comenzó a cubrirse de un líquido rojo espeso que brotaba lánguidamente del agujero de su frente.

–El rey ha muerto, viva la reina –murmuró la mujer bajando el arma infinita.

Los guardaespaldas chinos hicieron un corro alrededor de la cama del hombre al que debían proteger y que estaba muerto. Ramona aseveró con la cabeza; era una indicación. Los varones vestidos de trajes negros, cinco a cada lado de la cama, levantaron el colchón con el muerto y salieron de la habitación por la puerta de doble hoja que permanecía abierta. Parecía una ceremonia fúnebre.

Ramona se quedó en la habitación de la cama sin colchón mirando por la ventana; segundos más tarde vio a los diez hombres de negro salir como un cortejo mortuorio con el cadáver sobre el catre blanco. Luego lo arrojaron todo y sin reparos dentro un gran camión que estaba aguardando. El camión se fue moviendo el martillo neumático que compactaba el contenido reduciéndolo a la mínima expresión.

Los hombres de negro regresaron en silencio a la alcoba. Ellos obedecían a quien les pagaba, y hacía mucho tiempo que Don Nassar no pagaba sus facturas. Los diez hombres elegantemente vestidos formaron una hilera perfecta. Ramona comenzó a entregar un grueso sobre a cada uno; su contenido era un billete de avión y trescientos mil dólares para que regresaran a casa como hombres ricos y tuvieran una vejez apacible en su país. Su trabajo ahí había concluido.

Cristina entró con Albi en el edificio de apartamentos situado en la zona de Polanco y saludó a Julio, que limpiaba con esmero el portal. Entraron en el elevador y pulsó el botón de su planta. Las puertas se cerraron.

Guzmán llegó a casa. La música sonaba estruendosa en la casa de su vecina Gloria Altolaza. Acercó la manga de su chaqueta a la nariz y la olió; apestaba a puerco. Se la quitó y la arrojó junto a la puerta de su habitación sin contemplaciones.

La imagen de su hija Rita apareció sobre el cilindro de AI y le saludó:

–Hola, Álvaro.

–Hola, Betty.

–¿Cómo has tenido el día? –se interesó la imagen creada artificialmente.

–Ha sido un día extraño –contestó el policía dejándose caer sobre el sofá frente a ella.

–El adjetivo extraño tiene muchas acepciones, ¿podrías ser más explícito?

Guzmán miró la caja blanca que permanecía cerrada.

–Betty, ¿hasta qué punto eres confiable? Si yo te cuento un secreto, ¿cómo sé que no lo vas a contar o no te lo van a sonsacar?

–Realmente no puedes confiar en mí; yo soy información, guardo los datos, los almaceno. Mi confiabilidad es de un sesenta por ciento. Soy vulnerable como cualquier elemento en red. Lo siento, no puedo guardar secretos.

Guzmán abrió la caja blanca donde guardaba la marihuana y se lió un cigarro con calma, lo encendió con su Zippo y dio una larga calada que aspiró como si fuera la primera vez que lo hacía.

–Betty, pónme a Bruce.

Mientras Juno se iba a duchar después del viaje de cuatro horas en avión, Jacinto Alcázar acompañó a Esther Nassar a la sala donde la estaban aguardando. Un hombre estaba sentado dándole la espalda y hablando por teléfono. Delante tenía un monitor en el que se veía la imagen de Ángela Madero con un teléfono en la mano, una pistola sobre una mesa y un perro de pelo grisáceo que jugueteaba su alrededor. Esther observó a Ángela unos instantes.

–¿Es ella? –preguntó señalando la pantalla.

Ambrose Levi se dio la vuelta y respondió:

–Sí.

Julián Konks había pedido a sus guardaespaldas que lo dejaran y se dirigieran a las oficinas para encargarle nuevos cometidos a Matías; él ya no era el CEO de Synchro y no necesitaba protección. Volvía a ser un tipo normal; eso es lo que deseaba. Mientras caminaba comenzó a pensar en Box Life, así lo llamaría. Iba a crear un nuevo proyecto que consistía en bancarizar la vida de la personas. Iba a conservar sus recuerdos y también generaría avatares. Quería, si algún día tenía tataranietos, que ellos pudieran mantener una conversación con su antepasado ya desaparecido. Aceleró el paso aunque no tenía prisa. Quería pasar un momento por casa de Anthony y luego había quedado para charlar con Yalitza Torres, la activista anti Synchro; apenas recordaba a Ana.

Entró en la habitación blanca y fría que le había prestado su amigo. Al pasar por el pasillo había escuchado risas en la habitación de su anfitrión; no lo interrumpió.

Todavía conservaba su clave y accedió desde su escritorio; ahí estaba la carpeta con el nombre de Ana. La abrió. Estaba frente a Nostradamus. Anthony había creado un complejo engranaje para proteger su vida. Si no introducía una clave y el escáner de su retina cada veinticuatro horas, el código fuente de Synchro se desactivaría. Julián clicó dos veces sobre la carpeta y la abrió como lo había hecho hacía una semana cuando la descubrió.

Él le había dado todo a Anthony y a cambio su amigo se lo había dado todo a él; le había entregado la llave de la puerta secreta al código fuente de Synchro.

Julián Konks tenía delante el interruptor de encendido y apagado de la aplicación más famosa del mundo, la empresa que más valor tenía en la historia pecuniaria del planeta Tierra. Anthony se lo había ofrecido por mera amistad. Julián tenía en su dedo índice el gatillo que determinaba la vida y la muerte de su creación.

Sin pensarlo, Julián Konks apagó Synchro, el sistema que ellos habían creado para generar una felicidad ficticia en el ser humano.

KOLIMA
BOOKS

www.ingramcontent.com/pod-product-compliance
Lightning Source LLC
LaVergne TN
LVHW010428230826
846092LV00009BA/1080

9788417566722